唐诗宋词元曲精编

【第五卷】

韩东坡／主编

辽海出版社

唐代怀乡诗审美艺术

一、怀乡诗的精神意脉

“对文学生成条件的探究有助于弄清作者创作该作品时的原初意向及其和作品意义系统的隐秘联系，从而增进对作品的理解。比如对大多数作品来说，弄清其创作的社会背景、个人背景及其和主导意象的关系就对意义研究非常有利。”（汪正龙：《文学意义研究》，南京大学出版社 2002 年 6 月版，第 62 页）这也是品读历代怀乡诗、探究其蕴含的极为丰厚的精神实质的一把钥匙，而追溯这一题材演变的历史进程也给人以无限的人生感慨。

“不耕获，未富也。”（《周易 · 象》）如前所述，中国社会传统的农耕生活背景和历代统治集团尚农重农的政策导向造成汉民族安土重迁、安居乐业的群体意识，而这样的一种集体意识在历史发展的长河中又渐次孵化出植根于农业生产的勤劳守成的浓重的乡土情蕴。“鸟飞反故乡兮，狐死必首丘。”（屈原《九章 · 哀郢》）对历代文人而言，社会多显得那么冷酷无情，人们在遭遇种种不幸、精神深受创痛的时候，又大多会想到生养自己的故土，以此来抚慰内心深处的

忧伤与凄苦，往往笼罩着一种极为浓郁的挥之不去的恋乡情绪，并进而内化为一种普遍自觉的审美意识，融入诗美的创造。“物华虽可爱，乡思独无聊。”（欧阳修《初至夷陵答苏子美见寄》）客居他乡的士人，自然要苦苦地思念故土，处处触发乡思，渴盼一份精神家园的宁静，由此而产生真情实感的抒发。而这一乡思往往又排遣不尽，正所谓乡情悠悠，富于感人的艺术力量。这一种乡思，实际上，“既是对积聚在心里的愁情离绪的排遣，也是作为对‘日出而作，日入而息’这种虽是勤苦、却也宁静恬适的生活模式被打破的一种补偿。而这正是大陆农业文化，人和土地、人和家园的不可分离性在审美情趣中的反映。对家园的向往和回归总是人们的一个永恒目标”（夏昭炎：《意境概说——中国文艺美学范畴研究》，北京广播学院出版社 2003 年 4 月版，第 239 页），涂抹上浓郁的主观感情色彩，有着极为丰富深厚的审美内涵。

眷恋乡土之心，可谓人皆有之。人们思乡源自于内心世界的真实冲动，而生活体验本又是艺术创作的第一性，诗又是人类艺术把握世界的一种主要方式。所以，羁旅乡愁，自《诗经》开始就一直是中国古代诗人咏叹不绝的主题，作为一种独特的诗意存在，洋溢着古人最为浓烈的情思，也就不足为奇了。它更有着一种国人独具的景观，有着历代诗人独特的诗情创造，绵延千年而依然不衰，如《诗经·小雅·东山》:“我徂东山,慆慆不归。我来自东,零雨其蒙。我东曰归,我心西悲。”在人和自然的审美关系的领域中,人们注重诗情的提炼与铸造,这些诗句传达出那一时代人们的心曲,千百年后掩卷之时,仍不禁催人潸然泪下。在以后的文人诗中,怀乡诗历久不衰,斐然可观。《古诗十九首》中的《涉江采芙蓉》:“还顾望旧乡,长路漫浩浩”是较早涉及怀乡话题的,突出审美主体的情绪与感受。乐府民歌《高田种小麦》也慨叹:“高田种小麦,终久不成穗。男儿在他乡,焉得不憔悴?”这是从内心迸发出的血泪之音。陆机《赴洛道中作》其一也蕴含着浓郁的思乡而不得的痛苦情怀:“远游越山川,山川修且广。振策陟崇丘,案辔遵平莽。夕息抱影寐,朝徂衔思往。顿辔倚嵩岩,侧听悲风响。清露坠素辉,明月一何朗。抚枕不能寐,振衣独长想。”诗歌开头抒写自己被世网所牵,辞亲入洛而倍增乡愁的悲苦心情,这是诗人的内心世界的坦露,中间着力描绘旅途中的荒凉景色,先点出由南赴北的方向,然后随着愈行愈远的踪迹,一路铺写。景物在朝暮之间的不断变换,实际上展示了诗人早行晚宿的行程。此后,这一题材经过历代诗人的精心开掘,逐渐成为中国传统诗歌的一个主体构成之一,也就是说,在怀乡诗这一艺术领域中,诗人们也创作了诸多充满生机和个性的作品。

无论身处何方和个人秉性有多少差异,故乡都永远是人

们始终牵挂的对象。《梁书·元帝纪》有“瞻望乡关，诚均休戚”的人类普遍情意的表达。刘昶《断句》自叙：“白云满鄣来，黄尘暗天起。关山四面绝，故乡几千里。”抒写客思之情，笔法简洁，但却流荡着颇为浓郁的诗味。谢灵运《登上戍石鼓山》：“旅人心长久，忧忧自相接。故乡路遥远，川陆不可涉。”声情之苦，千载犹闻。鲍照《还都道中三首》其三，写到诗人面对着令人惊惧的客观现实，萌发了“太息终晨漏，企我归飙遇”的人生理想。这是诗人在彻夜无眠之后所做出的唯一的自我安慰之念，由此可见在鲍照的心中，家乡才是唯一的心灵停泊之所。谢朓由于特殊的人生之路，身世悲愤如此深重，诗歌大概也就成了人生最大的安慰，他不得不通过诗歌创作来消解内心的忧郁。诗人多在作品中寄寓缕缕怀乡情思，在题材和抒情方式上有新的开拓与突破，发出强烈而感人的艺术力量，如《晚登三山还望京邑》在一番感叹之后，最后发出“有情知望乡，谁能鬒不变”沉痛之音，传达出那种人人心底皆有而人人笔下所无的深浓情愫，增强了诗篇的艺术效果。诗人的《京路夜发》也有“故乡邈已夐，山川修且广”的情意表达，隐含着诗人对现实处境的深切感受；《休沐重返丹阳道中》更有“试与征徒望，乡泪尽沾衣”的深情，流露出思亲念远的哀伤。这些作品所展示的内涵深处，实际上都回响着时代的悲音。何逊《慈姥矶》也是客中怀乡的作品，主观情志与客观物

境契合交融，传达出一种动人心魄的美感和力量，意味深长：“暮烟起遥岸，斜日照安流。一同心赏夕，暂解去乡忧。野岸平沙合，连山远雾浮。客悲不自已，江上望归舟。”沈德潜《古诗源》卷一三论诗歌的最后一联的思乡之悲：“已不能归、而望他舟之情，情事黯然。”人们可以以此为基点发掘其诗歌的深层意蕴。梁元帝承圣三年（554），庾信出使西魏，遭逢厄运危时，从此长期羁留北朝。庾信寓北，虽生活优裕，北周时为开府仪同三司，但羁旅他乡，身仕异国，内心一直处于失衡与苦痛的状态。《北周书·庾信传》称“信虽位望通显，常有乡关之思”，故国之思常常萦绕诗人心头，如《重别周尚书二首》之一：“阳关万里道，不见一人归。唯有河边雁，秋来南向飞。”诗歌微露绝望和哀怨，沈德潜《古诗源》卷一四说：“从子山时势地位想之，愈见可悲”，深得诗人之心。《寄王琳》：“玉关道路远，金陵信使疏。独下千行泪，开君万里书。”《望渭水》：“树似新亭岸，沙如龙尾湾。犹言吟暝浦，应有落帆还。”两诗也表达了对故国相思眷恋的深情，在这里，诗人将自己内在的思乡之情外化为具体可感的形象，有一种回肠荡气的余韵，风致已近唐人五绝，客居弥久，乡思弥深。庾信的作品表现出浓郁的乡恋情结，可以说是真正的情绪化产物，从而展现出较为深长的社会生活内容，感情凄切悲怆，诗风雄健遒劲，深得杜甫等人的推重，即所谓“庾信文章老更成，凌云健笔意

纵横”（《戏为六绝句》之一），又《咏怀古迹五首》之一“庾信平生最萧瑟，暮年诗赋动江关”，在《风疾舟中伏枕书怀》中还说自己“哀伤同庾信，述作异陈琳”，张说《过庾信宅》也有“笔涌江山气，文骄云雨神”的赞叹。王夫之《古诗评选》卷一论《怨歌行》时甚至说“六代有心有血者，唯子山而已”，这应该也包括了怀乡诗的主体成就的。《四库全书总目》卷一四八称：“至信北迁以后，阅历既久，学问弥深，所作皆华实相扶，情文兼至，抽黄对白之中，浩气舒卷，变化自如。”总之，他们的共同努力，进一步丰富了传统诗歌的艺术表现力，为唐代诗歌的全面繁荣奠定了坚实的基础。

二、唐代怀乡诗的情感蕴意

《庄子·渔父》说：“真者，精诚之至也。不精不诚，不能动人。”人们都知道，真情是抒情诗的生命。每一位生活在异乡他邦的人，都会有那么一股对于故乡深挚而浓烈的依恋之情，唐人自然也不例外，他们在各自不同的诗作中都展现出一种令人叹赏不已的诗化了的乡恋情结，进而展现出审美主体复杂微妙的心灵世界，垒筑起丰富多彩的文学天地，表达的又是超越时代的普遍情怀。离故乡越行越远是一种感受，常使人感叹“家山远千里”（李贺《崇义里滞雨》）而一时归不得，于是就有了岑参《逢入京使》这样的诗篇：“故园东望

路漫漫，双袖龙钟泪不干。马上相逢无纸笔，凭君传语报平安。”诗人把友人相逢场合中的瞬间细节，凝结为一幅亲切感人的动人画面，委婉深曲地抒发自己的念家情思，韵致悠长；而由于种种原因接近家乡了，终得与亲友一会，甚或离家近在咫尺，却不能到家中与亲人一聚又是别一番滋味，如孟浩然的《归至郢中》：“远游经海峤，返棹归山阿。日夕见乔木，乡关在伐柯。愁随江路尽，喜入郢门多。左右看桑土，依然即匪他。”诗歌创作中所表现的是审美情感，它源自于生活情感，是生活情感的艺术化，但又高于生活情感。怀乡诗也是诗人审美情感抒发的一个主体构成之一。唐人的许多作品纯以游子思乡情愫为全诗的线索，显得情真意切，深挚感人，对怀乡题材有创造性的发展，如刘禹锡《南中书来》“旅情偏在夜，乡思岂唯秋？每羡朝宗水，门前尽日流”，门前尽日流淌的河水令人徒增乡思。王夫之《唐诗评选》卷三论马周《凌朝浮江旅思》（一作韦承庆诗）：“昔人目谢康乐诗如‘初日芙蓉’，予于此亦云神采天香，古今鲜匹矣！”全诗是：“太清上初日，春水送孤舟。山远疑无树，潮平似不流。岸花开且落，江鸟没还浮。羁望伤千里，长歌遣四愁。”这一对故乡的思念之情又由于教养、仕途、家庭、年龄以及具体遭遇等原因，表现出较为复杂的情怀，而这样的复杂情怀又往往融为一体，较难再加细分，这里只是为了行文方便，大致厘定为思乡恋亲、思乡念国两个层面。

（一）思乡恋亲

这可以说是怀乡诗所表达的最本质的情怀。意浓才能诗美，人们对故乡山水无限的向往和追恋，对亲朋友人又是那样思念不尽，于是便有大量的怀乡诗作吟咏而出，思归就成了人们经常抒发的主题，款款深情自在其中。生活在隋唐之交的诗人王绩率先在这个题材有所开拓，他的《在京思故园见乡人问》就是主体心灵的一次敞开历程："旅泊多年岁，老去不知回。忽逢门前客，道发故乡来。敛眉俱握手，破涕共衔杯。殷勤访朋旧，屈曲问童孩。衰宗多弟侄，若个赏池台。旧园今在否，新树也应栽。柳行疏密布，茅斋宽窄裁。经移何处竹，别种几株梅。渠当无绝水，石计总生苔。院果谁先熟，林花那后开。羁心只欲问，为报不须猜。行当驱下泽，去剪故田菜。"造语不求奇特，而是用词简浅，自然流畅，但在这一份流畅中却蕴藏着诗人浓郁的思乡之情，质实而真切。陈子良《入蜀秋夜宿江渚》诗也表达了对故乡的深切思念之情："我行逢日暮，弭棹独维舟。水雾一边起，风林两岸秋。山阴黑断碛，月影素寒流。故乡千里外，何以慰羁愁。"《夜宿七盘岭》是沈佺期和宋之问一起总结六朝以来声律方面的创作经验，完成"回忌声病，约句准篇"（《新唐书·宋之问传》）历史使命后的名篇，表现出一种全新的审美取向："独游千里外，高卧七盘西。山月临窗近，天河入户低。芳春平仲绿，清夜子规啼。浮客空留听，褒城闻曙鸡。”沈佺期《驩州南亭夜望》也是体察入微，真切动人：“昨夜南亭望，分明梦洛中。室家谁道别，儿女案尝同。忽觉犹言是，沉思始悟空。肝肠余几寸，拭泪坐春风。”宋之问《题大庾岭北驿》创作于流贬南国的途中，是诗人独特的生命存在方式之反映。诗篇选择极富特征性而又切合时地的物象和情节，如“南飞雁”“陇头梅”等，借以表露深切的思国怀乡的情怀，写景真切。这些浸透着诗人真实感受的诗句，巧妙地构成一幅层次丰富的画面，语淡而情浓：“阳月南飞雁，传闻至此回。我行殊未已，何日复归来。江静潮初落，林昏瘴不开。明朝望乡处，应见陇头梅。”《渡汉江》作于诗人从泷州（今广东罗定市）贬所逃归的路上，它的运思更是令人耳目一新，开启了中国以后许多此类诗歌写作的崭新格局：“岭外音书断，经冬复历春。近乡情更怯，不敢问来人。”第三句宕开一层，转出新意，而正是它更为真实地展现了特定情景下的人的内心复杂情怀：一种激动兴奋却又急切不安的深刻的情感体验，拓展和深化着诗歌的意境，引发人们心灵的震颤。正如黄周星《唐诗快》所说的：“人人有此情，而不能为此语。”如杜甫《述怀》中的几句明显得益于这一构思的：“自寄一封书，今已十月后。反畏消息来，寸心亦何有！”杜审言《旅寓安南》也作于流贬安南（今越南）的时候，眷念之情，溢于字里行间：“交趾殊

风候，寒迟暖复催。仲冬山果熟，正月野花开。积雨生昏雾，轻霜下震雷。故乡逾万里，客思倍从来。”

贺知章诗歌清丽而明快，如《晓发》诗倾诉了一种自我独特的审美感受：“故乡杳无际，江皋闻曙钟。始见沙上鸟，犹埋云外峰。”诗歌先情后景，写景部分则是由近及远，极具层次之美，增强了诗的艺术表现力。《回乡偶书》更是名闻遐迩：“少小离家老大回，乡音无改鬓毛衰。儿童相见不相识，笑问客从何处来。”诗歌以充满童心童趣的意象，表达一种咀嚼人生之后的至情，意味浓厚纯正，真可以说是“凡有井水饮处，皆能歌贺诗”了。因为，诗歌往往是浓情凝练的产物，历经世事沧桑，自然更有利于诗情的升华。孟浩然《早寒江上有怀》抒写游子思乡情绪，清冷孤寂的背景设置更是强化了诗人归乡的渴望，也可以算得上是孟诗中的佳作了：“木落雁南度，北风江上寒。我家襄水曲，遥隔楚云端。乡客泪中尽，孤帆天际看。迷津欲有问，平海夕漫漫。”孟浩然《宿建德江》也许更加脍炙人口：“移舟泊烟渚，日暮客愁新。野旷天低树，江清月近人。”诗歌集中摹写出“暮烟笼罩中的一抹树林，一轮水中月影。水墨朦胧中显示出开阔深远，灰色调中透露着明净。一缕淡淡乡愁，弥漫于这样一个朦胧而明净、深远而静谧的景界中，分不清是景是情，而是一种情景一体的浓烈氛围。他捕捉到的，就是最足以表现当时心绪的这一片朦胧而又明净的氛围。任何与

这片氛围无关的景物与情思，他都删汰了。而创造这样一个氛围，为的是把那一缕淡淡的乡愁传神地、自然地抒发出来”（罗宗强：《隋唐五代文学思想史》，中华书局1999年8月版，第84页）。张说《南中别蒋五岑向青州》一诗，以浓郁的抒情笔调，表达了自己对家乡与亲友的思念之情：“老亲依北海，贱子弃南荒。有泪皆成血，无声不断肠。此中逢故友，彼地送还乡。愿作枫林叶，随君度洛阳。”张九龄《初发道中寄远》诗流露了“日夜乡山远，秋风复此时”的深情厚谊。“词翰早著，为天下所称”（殷璠《河岳英灵集》）的王湾《次北固山》（又题《江南意》）形成美妙的艺术意境，深得后人赞许：“客路青山下，行舟绿水前。潮平两岸失，风正一帆悬。海日生残夜，江春入旧年。乡书何处达？归雁洛阳边。”王维《和使君五郎西楼望远思归》：“高楼望所思，目极情未毕。枕上见千里，窗中窥万室。悠悠长路人，暧暧远郊日。惆怅极浦外，迢递孤烟出。能赋属上才，思归同下秩。故乡不可见，云水空如一。”独立望远，衾枕苦想，远浦孤烟……处处使人感受到诗人思家的情绪，最后揭示出“故乡不可见”的主旨，使诗歌的情感容量突破有限的篇幅。诗人17岁的时候所创作的《九月九日忆山东兄弟》一诗更是由于抒发了人类最为普遍的情感而几乎成为怀乡这一审美意识的代名词：“独在异乡为异客，每逢佳节倍思亲。遥知兄弟登高处，遍插茱萸少一人。”人们每当

这样的时刻，自会吟诵起“每逢佳节倍思亲”的惊人妙句，以表达思念亲友的情怀。

崔颢的《黄鹤楼》那真可以说是唐人怀乡诗的巅峰之作了，最能体现唐人风采，久享盛誉：“昔人已乘黄鹤去，此地空余黄鹤楼。黄鹤一去不复返，白云千载空悠悠。晴川历历汉阳树，芳草萋萋鹦鹉洲。日暮乡关何处是，烟波江上使人愁。”诗人来到黄鹤楼，黄鹤已去，千载不复，但见远处芳草萋萋，自然勾起对家乡的深切怀念。吴世昌认为：“韦庄选《又玄集》载崔颢《黄鹤楼》诗，题下自注黄鹤乃人名。首句作‘昔人已乘白云去’。此晚唐人所见，皆合情理，似胜他本。”（吴世昌：《词林新话》增订本，北京出版社 2000 年 10 月版，第 443 页）所说应是。诗歌不着粉饰，全不见意匠经营之迹，言语浅显而深意直贯，把心中的那一份怅惘表达得凄美动人。谢榛《四溟诗话》卷一认为：“诵之行云流水，听之金声玉振，观之明霞散绮，讲之独茧抽丝。此诗家之四关。使一关未过，则非佳句矣。”以此衡之，崔颢《黄鹤楼》全诗无一句不佳，所以，严羽《沧浪诗话·诗评》对此诗推崇到极致：“唐人七言律诗，当以崔颢《黄鹤楼》为第一。”沈德潜《唐诗别裁集》卷一三也大加称赏：“意得象先，神行语外，纵笔写去，遂擅千古之奇。”金圣叹慨叹：“作诗不多，乃能令太白公搁笔，此真笔墨林中大丈夫也。颇见龌龊细儒，终身拥鼻呦呦苦吟，到得盖棺

之日，人与收拾部署，亦得数百千万余言，然而曾不得一乡里小儿暂时寓目，此为大可悲悼也。”唯有王夫之《唐诗评选》卷四在赞其“鹏飞象行，惊人以远大”以后，又称“一结自不如《凤凰台》，以意多碍气也”，单以此诗而论，有失公允。

“床前明月光，疑是地上霜。举头望明月，低头思故乡。”李白的《静夜思》也是唐人怀乡诗中的极品，诗歌以看似浅易的语词写眼前的月光，传达出对皎洁月光的审美体验，以及由此引发的远客思乡之情。诗歌似乎纯任自然，但却是深意曲包，蕴藉深厚，真可以称得上是“诗境忽来还自得”（白居易《将至东都，先寄令狐留守》），把单纯中寓丰富的艺术创作审美特质发挥到极致，显示出非凡的魅力，也增加了诗歌的感人力量。这也许是一首最为深情倾注的诗。俞樾《湖楼笔谈》叹服诗歌是“以无情言情则情出，从无意写意则意真”。杨义《李杜诗学》更有着详尽的分析：“疑月为霜，心境自然是一片晶莹、清凉而渣滓悉去，这就为人月相得、思通千里准备了一种清明虚静的心理机制。于是在举头低头之间，人与月产生瞬间的精神遇合；在瞬间遇合中激发了一种具有恒久魅力的回忆，那就是对童年时代故乡明月的回忆。由瞬间的直觉，达到了精神深处的永恒，这就是李白脱口而出，却令人百代传诵的奥妙所在。”（杨义：《李杜诗学》，北京出版社 2001 年 3 月版，第 371 页）李白又有《宣城见杜鹃

花》："蜀国曾闻子规鸟，宣城还见杜鹃花。一叫一回肠一断，三春三月忆三巴。"诗人痛苦的心灵在客观自然的万物中找到了归宿，以此渲染出游子羁旅在外而殷切思乡的情怀。诗歌省却了具体生活场景的描述，以"曾""还"二字承接，一气流转，风韵独绝。又如约作于开元二十三年（735）客居洛阳时的《春夜洛城闻笛》，也是以强烈的乡国之思归题收结："谁家玉笛暗飞声？散入东风满洛城。此夜曲中闻折柳，何人不起故园情。"沈祖棻《唐人七绝诗浅释》对第一句有着这样深切的体会："'谁家''暗飞声'，写出'闻'时的精神状态，先听到飞声……却又不知何人所吹，从何而来，所以说是暗中飞出。"（沈祖棻：《唐人七绝诗浅释》，上海古籍出版社 1981 年 8 月版，第 63 页）在这样的情景中，再辨认出原来是《折杨柳》歌，谁能不思念起远方的故土呢？又如《峨眉山月歌送蜀僧晏入中京》："我在巴东三峡时，西看明月忆峨眉。月出峨眉照沧海，与人万里长相随。"《淮南卧病书怀，寄蜀中赵征君蕤》有"国门遥天外，乡路远山隔。朝忆相如台，夜梦子云宅"的诗句，写出了诗人远别后对家乡的深切思念之情。岑参《宿关西客舍寄东山严许二山人时天宝初七月三日在内学见有高道举征》也有"孤灯然客梦，寒杵捣乡愁"的艺术表达，有时也发"塞迥心常怯，乡遥梦亦迷"（《宿铁关西馆》）的慨叹，展现的都是久滞异地不能复归的乡愁。

刘长卿《金陵西泊舟临江楼》：“萧条金陵郭，旧是帝王州。日暮望乡处，云边江树秋。楚云不可托，楚水只堪愁。行客千万里，沧波朝暮流。迢迢洛阳梦，独卧清川楼。异乡共如此，孤帆难久游。”即使身处旧时的“帝王州”，诗人还是禁不住“望乡”，可见思乡之情的浓烈，而客行万里之外，乡关遥不可及。飘拂的云，流动的水，也只是增添了一份愁绪而已，何况又是日暮时分。这样的愁苦就只有独自一人咀嚼了。诗人又有《余干旅舍》：“摇落暮天迥，青枫霜叶稀。孤城向水闭，独鸟背人飞。渡口月初上，邻家渔未归。乡心正欲绝，何处捣寒衣？”刘长卿《从军六首》其三则是写人在边塞的愁苦：“倚剑白日暮，望乡登戍楼。北风吹羌笛，此夜关山愁。回首不无意，滹河空自流。”人处荒寒的塞外，愁苦自然更增一分。登上戍楼，乡关何处？羌笛悠悠，更触动那一份愁情，而极目所见，也只是千百年来空自流淌的滹河而已。韦应物《闻雁》一开始就直抒胸臆，再以连绵不断的秋雨来强化这种情思，诗人觉得意犹未尽，最后用雁声来衬托自己的这一份乡思，那是因为雁是传统的归家的象征：“故园眇何处？归思方悠哉。淮南秋雨夜，高斋闻雁来。”卢纶《逢病军人》也是这一题材的有深意的开掘：“行多有病住无粮，万里还乡未到乡。蓬鬓哀吟古城下，不堪秋气入金疮。”确如范晞文《对床夜语》卷五所说的：“凄苦之意，殆无以过。”而其中的“万里还乡”，固然还算

有点希望，但最终是“未到乡”，则是逼近一步的写法了。

韩愈《宿龙宫滩》：“浩浩复汤汤，滩声抑更扬。奔流疑激电，惊浪似浮霜。梦觉灯生晕，宵残雨送凉。如何连晓语，一半是思乡。”关于诗歌的最后一联，斯蒂芬·欧文先生指出：“也许人们通常的解释是正确的，词语‘连晓语’是韩愈自己或者是他同伴的话语声，但是我更愿意相信，这是波浪和他交谈的声音。惊涛骇浪已经变成他亲密的朋友，向诗人低语着思乡的情怀。”（〔美〕斯蒂芬·欧文：《韩愈和孟郊的诗歌》，天津教育出版社 2004 年 1 月版，第 103 页）这样的品读直透诗人心灵深处，可谓深知韩愈者。韩愈若能起而知之，亦当颔首称是。孟郊《闻夜啼赠刘正元》：“寄泣须寄黄河泉，此中怨声流彻天。愁人独有夜灯见，一纸乡书泪滴穿。”诗人在一个夜晚听到了他人的哭泣之声，触动起自身的思乡之情，便情不自禁地写了一封家书，一边写，一边还含着热泪，以至于泪滴纸穿。《归信吟》构思更是奇崛：“泪墨洒为书，将寄万里亲。书去魂亦去，兀然空一身。”自己的魂魄都随家书远去，回归到万里之遥的故土，这样，一份乡思表达得更为动人。苏轼《读孟郊诗》所谓“诗从肺腑出，出辄愁肺腑。有如黄河鱼，出膏以自煮”，大概指的就是这样的作品了。贾岛也有《晚晴见终南诸峰》诗：“秦分积多峰，连巴势不穷。半旬藏雨里，此日到窗中。圆魄将升兔，高空欲叫鸿。故山思不见，碣石泬寥东。”方

岳《深雪偶谈》说："喻凫、顾非熊，继此张乔、张蠙、李频、刘得仁，凡晚唐诸子皆于纸上北面，随其所得深浅，皆足以终其身而名后世。"就怀乡诗这一题材看来，也是这样，如张乔《吴江旅次》就与贾诗神韵酷似："行人愁落日，去鸟倦遥林。旷野鸣流水，空山响暮砧。旅途归计晚，乡树别年深。寂寞逢村酒，渔家一醉吟。"刘叉《塞上逢卢仝》诗也创造了极为感人的艺术境界："直到桑干北，逢君夜不眠。上楼腰脚健，怀土眼睛穿。斗柄寒垂地，河流冻彻天。羁魂泣相向，何事有诗篇。"

白居易《邓州路中作》："萧萧谁家村，秋梨叶半坼。漠漠谁家园，秋韭花初白。路逢故里物，使我嗟行役。不归渭北村，又作江南客。去乡徒自苦，济世终无益。自问波上萍，何如涧中石。"诗人以细腻的笔触，尽情敞开人在旅途，思乡不已的心灵世界。张籍《秋思》着重写了一个充满深情的细节来凸显浓浓的思乡情意："洛阳城里见秋风，欲作归书意万重。忽恐匆匆说不尽，行人临发又开封。"这也是诗人"看似寻常最奇崛，成如容易却艰辛"（王安石《题张司业诗》）诗艺的一个重要组成部分。刘言史《越井台望》也着重在细节的刻画上，突出自己孤寂难耐的情怀，给人以强烈的形象感，动人心魄："独立阳台望广州，更添羁客异乡愁。晚潮未至早潮落，井邑暂依沙上头。"武元衡的《春兴》深刻地抒发了去国怀乡的羁旅之愁，托物起兴，借梦思

乡:“杨柳阴阴细雨晴,残花落尽见流莺。春风一夜吹乡梦,又逐春风到洛城。”杨柳飘拂,细雨初晴,残花落尽,流莺啼鸣,可以说,其中的每一个物象都能激发人的思家之念,但诗人却是有家难归,于是,只有借助一场春梦,才能稍稍慰解。崔道融《归燕》则以海燕来去自由自在,映带出人的因故滞留而不能遽归,从而抒发游子的思乡情怀,构思上别具一格:“海燕频来去,西人独滞留。天边又相送,肠断故园秋。”耿湋《发绵津驿》:“孤舟北去暮心伤,细雨东风春草长。杳杳短亭分水陆,隆隆远鼓集渔商。千丛野竹连湘浦,一派寒江下吉阳。欲问长安今远近,初逢塞雁有归行。”诗人用自己的情感把眼前所看到的客观物象统摄起来,组成一幅凄清而又感人的思乡图,借以传达了一种内心的伤感情绪,乡思之重也就自在其中了。项斯《苍梧云气》:“何年化作愁,漠漠便难收。数点山能远,平铺水不流。湿连湘竹暮,浓盖舜坟秋。亦有思归客,看来尽白头。”诗人远游苍梧,面对着异乡的山水,不由得泛起心中的思乡之念,展现了一种内在的感情力量,正如徐光大先生所说:“在作者看来苍梧云气的变幻,仿佛都带着愁氛,使人忧伤。他是个‘思归客’,本来多愁善感,更面对舜坟、湘妃这个传说中的悲剧,便自然地情景相生,互相感染。”(徐光大校注:《项斯诗注》,浙江古籍出版社 2006 年 3 月版,第 7 页)赵嘏《长安晚秋》:“云物凄凉拂曙流,汉家宫阙动高秋。残星几点雁横塞，长笛一声人倚楼。紫艳半开篱菊静，红衣落尽渚莲愁。鲈鱼正美不归去，空戴南冠学楚囚。”诗歌以凄丽景致衬托出诗人自身晚秋长安思归的乡愁，情景清远。计有功《唐诗纪事》卷五六载杜牧读了“残星”一联，“吟咏不已，因目嘏为赵倚楼”。杜牧有《早秋客舍》诗：“风吹一片叶，万物已惊秋。独夜他乡泪，年年为客愁。”诗歌寄寓了太多的羁旅思归之情，回荡着千古不衰的情思。我们透过作品中呈现出的那一凄凉境界，可以窥见诗人心底哀苦的情怀。司空图《故乡杏花》有深情一问：“寄花寄酒喜新开，左把花枝右把杯。欲问花枝与杯酒，故人何得不同来。”司空图又有《客中重九》则是直抒胸臆：“楚老相逢泪满衣，片名薄宦已知非。他乡不似人间路，应共东流更不归。”又如韦庄的《江外思乡》：“年年春日异乡悲，杜曲黄莺可得知。更被夕阳江岸上，断肠烟柳一丝丝。”

（二）思乡念国

审美情感是一切艺术的内在生命。中国传统文人从事诗歌创作，往往讲求“诗从骚雅得，字向铅椠正”（陆龟蒙《村夜二篇》之二）。这样的诗歌传统在怀乡诗中也有所表现，在这些作品中，并不是一般的所谓抒写离乡别井之愁，而是展现自我以身许国的壮志，诗的审美内涵也由此得到进一步深化和拓展，人们可以从中强烈地感受到审美主体的那一种不凡的抱负，这就是“未收天子河湟地，不拟回头望故乡”（令狐楚《年少行》）、“爱君忧国去未能，白道青松了然在”（李商隐《偶成转韵七十二句赠四同舍》）之类的情意表达，忧愤更为深广。换言之，在抒发思念亲人、怀念故土等人生感怀的同时，唐代的怀乡诗进一步打通家国的界限，表达了更为丰富深厚的情怀，提升了作品的思想高度，传统怀乡题材的诗境得到极大拓宽。胡晓明《中国诗学之精神》认为：“究其实，中国诗人之乡关之恋，充分凝聚着中国文化的特性，实属中国诗人之一种共通的文化情怀。”（胡晓明：《中国诗学之精神》，江西人民出版社 2001 年 9 月第 2 版，第 165 页）所以，“诗人之生命，与民族、国家之大生命；诗人之感情存在，与国家、社会之理性目的，紧紧相连”（同上书，第 171 页），识见至为精卓。而这一“共通的文化情怀”又表现为：“一方面，将中国人的乡关之恋政治化、理性化。思家的魂梦飞萦，不仅是一己小我的温煦之情，而是与国家民族文化理想循循相通的庄严圣洁之情。另一方面，家国同一精神又将中国人的政治情结生命化、人伦化。政治之治乱兴衰，不再是外在生命人伦之事，而是由生命中延伸开展而出的真实需求。韩愈有诗云：‘潮阳南去倍长沙，恋阙那堪又忆家。’（《次邓州界》）‘恋阙’是理性的政治意识，‘忆家’是感性的生命欲求，前者植根于后者，后者又为前者所强化、延伸；‘那堪’即表明情感幅度之广与深，令诗人有难以承受之苦。中国怀乡诗浓重之忧患意识以及强烈感染力之缘由，即于此可见出一斑。”（同上书，第172页）

张九龄《初秋忆金、均两弟》：“江渚秋风至，他乡离别心。孤云愁自远，一叶感何深。忧喜尝同域，飞鸣忽异林。青山西北望，堪作白头吟。”正如孙琴安先生所说：“当时诗人政治上失意潦倒，心情沉郁，故秋风初至便感怀兄弟，因京城长安在荆州的西北面，故末尾有‘西北望’之句，正可见出他仍想归京为朝廷出力的强烈的政治愿望。”（孙琴安：《唐诗与政治》，上海人民出版社2003年7月版，第58—59页）诗人以饱含情味、寓意深长的意象，赋予诗作以一种较为深远的象征内涵。“中夜四五叹，常为大国忧！”（《经乱离后天恩流夜郎忆旧游书怀赠江夏韦太守良宰》）李白《登金陵凤凰台》也是韵味深含之作：“凤凰台上凤凰游，凤去台空江自流。吴宫花草埋幽径，晋代衣冠成古丘。三山半落青天外，二水中分白鹭洲。总为浮云能蔽日，长安不见使人愁。”沈德潜《唐诗别裁集》卷一三：“三山二水可见，而长安不见，为浮云蔽也。有忧谗畏讥意。”也就是说，李白的这一首诗就不是一般的“思乡心独苦”（杨慎《送余学官归罗江》）这一乡情的表达，而是“帝乡三千里，杳在碧云间”（李白《登敬亭北二小山余时客逢崔侍御并登此地》），在“近来乡国梦，夜夜到长安”

（戎昱《罗江客舍》）的慨叹中蕴含着更为深厚广大的思想情怀。诗歌既夹杂对自我生活的回味及这一生活不再的喟叹，有一份感念君主、怀恋朝廷的情怀，更包裹着对朝政的殷忧与对国事的关念，那是因为“西北乡关近帝京，烟尘一片正伤情”（司空图《浙川二首》之二），可见诗的结穴，该句力重千钧，给人以一种回味无穷、意在言外的美的感受。崔国辅的《王昭君》（一作《吟叹曲》）是一首较为奇特的怀乡作品。诗人从王昭君的角度倾诉想念京国的情绪，从而表达了一种思念乡国的情怀：“汉使南还尽，胡中妾独存。紫台绵望绝，秋草不堪论。”

胡晓明分析杜甫《奉酬李都督表丈早春作》“望乡应未已，四海尚风尘”和《野老》等诗篇时认为“滞留异乡与未能为朝廷出谋献策，构成同一心理缺憾”，而《江汉》诗则“从表达形式上说，思家的情感抒发与经国的知性议论，构成和谐的诗意张力”（胡晓明：《中国诗学之精神》，江西人民出版社 2001 年 9 月第 2 版，第 173 页），都极为精确。沈德潜《唐诗别裁集》卷一三就指出诗人的《野望》诗是“前半思家，后半思国”，表现出对家国深沉的忧患，极为精当：“西山白雪三奇戍，南浦清江万里桥。海内风尘诸弟隔，天涯涕泪一身遥。唯将迟暮供多病，未有涓埃答圣朝。跨马出郊时极目，不堪人事日萧条。”文辞可谓经济，蕴意却是丰厚。

李益《夜上受降城闻笛》则是尽人皆知的："回乐峰前沙似雪，受降城外月如霜。不知何处吹芦管，一夜征人尽望乡。"诗歌从一些具体的塞上景色衬托出战士滋生的怀乡情绪。受降城是回乐县的别称。贞观二十年（646），唐太宗曾亲临此地接受突厥一部的投降，故得此名。诗歌显示了征人心中立功绝域、安国靖边与怀乡思亲的矛盾。黑格尔在《美学》中指出："诗所应提炼出来的永远是有力量的，本质的，显出特征性的东西。"（〔德〕黑格尔：《美学》第一卷，商务印书馆 1979 年 1 月第 2 版，第 214 页）《夜上受降城闻笛》应该说实现了这样的审美意义的，作品首先营造出触发乡思的典型环境。如霜之月和这样的月色笼罩下的沙漠，自然引发征人浓浓的思乡情怀。不但如此，诗歌还设置了一个特定的画面——芦管声起，凄凉幽怨，更是令人难以抑制自我情思。这样的思乡情怀更值得人们去加以演绎与生发，正如李锳《诗法易简录》所说的："征人望乡，只加一'尽'字，而征戍之苦，离乡之久，胥包孕在内矣。"诗人的《从军北征》也是一首抒发征夫怀乡之思的作品，构思基本上也同《夜上受降城闻笛》，悠扬哀怨的羌笛自然逗人归思，但由于诗中有了"一时回首月中看"的细节描写，更使全诗显得新警有力，以强烈的艺术魅力感染后人："天山雪后海风寒，横笛遍吹《行路难》。碛里征人三十万，一时回首月中看。"诗歌在客观景物的描写中浸透了戍边将士

的愁苦之味。几十万长年羁旅塞外的征人大军中，自然也少不了诗人自己，所以，黄叔灿《唐诗笺注》说："碛里征人，妙在不说着自己，而已在其中。"正理清了这一诗作的艺术特色。"三年已制思乡泪，更入新年恐不禁。"（李商隐《写意》）李商隐《无题》诗中唯一的一首非情爱题材的作品，但由于身处风雨飘摇的晚唐时代，作品在渗入了令人难以排解的思乡情怀的同时，自然也意味着一种人生价值的幻灭，审美意境得到极大的开拓："万里风波一叶舟，忆归初罢更夷犹。碧江地没元相引，黄鹤沙边亦少留。益德冤魂终报主，阿童高义镇横秋。人生岂得长无谓，怀古思乡共白头。"《访秋》一诗寄情于物，也隐含着思乡的情怀："酒薄吹还醒，楼危望已穷。江皋当落日，帆席见归风。烟带龙潭白，霞分鸟道红。殷勤报秋意，只是有丹枫。"

诗是最富于主观性、心灵性的艺术，审美情感可以说是诗歌之魂。胡晓明《中国诗学之精神》认为："中国思乡曲忧患之深、痛苦之至，唯有到了遗民口中，方才越转越深，唱出了字字泣血的音符。"（胡晓明：《中国诗学之精神》，江西人民出版社 2001 年 9 月第 2 版，第 174 页）因为在他们的诗中抒发的将是更为深沉的感伤情绪，作品也多突出诗人在这一特定情景下强烈的主观感受，尤以民族情怀较为凸显的宋末、明末等为最。这一审美格局因与唐人之间没有切实的关系，所以不做具体论述。

三、柳宗元怀乡诗的审美表达

“古来才命两相妨”，李商隐《有感》诗中的这一番感叹道出了中国古代许多知识分子的共同命运，柳宗元也是才高命蹇这一群体中比较典型的一位了。柳宗元于德宗贞元九年（793）20岁时与刘禹锡等同中进士，五年后又登博学鸿词科，可谓是少年科场得意了，后历任集贤殿正字、蓝田尉、监察御史里行等，仕途也一路顺畅，顺宗永贞元年（805）新政时任礼部员外郎，积极支持并亲自参与王叔文、王伾推行的一系列具有进步意义的改革措施，如罢宫市、免奉进、释放宫廷女乐等。不久，由于一系列较为复杂的社会因素，顺宗李诵被迫内禅给太子李纯，革新措施旋告失败，诗人也由此远谪为永州司马，从此开始承受悲剧性的命运，诗人的济世之志在险恶的社会政治环境中自然难以实现。考之以史，李纯本非嫡出，其母王氏的名号最初不过是“才人”，至多也只是“良娣”而已。顺宗登基后，李纯的太子地位也在废立之间。《旧唐书·武元衡传》载：“宪宗即位，始为太子。”《册府元龟》卷一七二也有类似的记载。说白了，李纯就是先登上了皇位，再正式承认有了太子的合法名位，这在中国几千年的君主制社会中也是极其不正常的现象。刘禹锡在晚年所作的《子刘子自传》中也说：“是时太上久寝疾，宰臣及用事者都不得召对。宫掖事秘，而建桓立顺，功归贵臣。”所谓“建桓立顺”，以汉说唐，表面上触及东汉桓、顺二帝都是纯由宦官扶持的历史事实，实际上道出了宪宗能够继位的真相。所以，可以这样说，“宪宗取代顺宗，实际上是一次逼宫之举。唐宪宗是以宦官为首的腐朽势力拥立起来的”（傅经顺：《李贺传论》，陕西人民出版社1981年6月版，第76页），正因为如此，所以宪宗不行登基大典，而先宣布王叔文、王伾的贬黜决定。随后也就有了八司马之贬，并规定，如遇恩赦，也不在量移之列。这种决定，都是个人恩怨在中间起着决定性的作用。在永州待了十年以后，柳宗元于宪宗元和十年（815）始召至京，不久又南贬为柳州刺史。这种强烈的失落与反差，常人是难以接受的，而在实际生活中，绝不苟合求荣的柳宗元又往往是独自一人默默咀嚼着那份也许本不属于自己的人生痛苦，多次与亲友谋请援引而没有什么令人欣喜的结果，真可谓是愁思百结而又难以排遣。人生之路的发展变化也就往往制约着文学艺术的创作精神，这对于柳宗元来说也是如此。这样长期的悲苦生涯使得诗人在这一时期的诗歌创作中自然流露出浓郁的乡关之思，展露出诗人精微深细的情感世界，这些情绪又是他一生志气的曲折表现。柳宗元在诗歌中流露的这一独到的美感体验丰富而又活跃。

怀抱改革社会的理想而不得实行，面对现实的困顿和压抑，耿介独立、守道若一的诗人渐次感受和表现苦闷、感伤

的情绪是必然的。因为忧郁和孤独本就密不可分，而怎样有效地排解，又是一个永远的历史话题。诗人从早年的志满意得，到这一时期的抑郁无为，经受着人生的磨难，心却又不忘怀着昔日那一份重振家国的憧憬。所以，他在诗中所表现的乡关之思在饱经忧患的心灵吟唱，深藏着对人生的那一份执着之外，又更多地凸现为家国共通的文化情怀，闪耀着四海升平的理想，思乡的情感抒发与对社稷的深切关注，构成最为和谐的诗意张力，开拓出全新的境界，意真诗才美，同时，也时有新的审美视角和艺术表现，具有了超迈时辈的艺术魅力。柳宗元的笔下时时闪耀着美的光辉，流动着美的韵律。通过对诗人怀乡诗的解读，也许能帮助人们更好地理解柳诗的这样一种审美特性。

“窜身楚南极，山水穷险艰。”（《构法华寺西亭》）柳宗元一生仕途舛厄，历经风雨的侵袭，以罪人待职的经历漫长而又沉重，正如葛立方《韵语阳秋》卷一一所说的“柳子厚可谓一世穷人矣”。由于长期被摒落在政治的外缘，淹留异乡，柳宗元转而向传统的隐逸文化寻求精神支点，乡思一直是殷切的，自然也就有了较多的思乡诗，咏唱着一支支婉转缠绵的思乡曲，这要到他的全部作品中去把握与领会了。但这些曲子是诗人几十年（尤其是后十余年）心路历程的真实记录，又往往是同一主题的反复变奏，独到的美感体验丰富而又活跃，常伴有新的审美视角和艺术表现，开拓出全

新的境界，粲然可观，时见精妙。柳宗元的一些作品，多围绕着远贬与思乡、幽独情怀与田园情味、有心扶国与报效无门等矛盾展开，又极注重诗歌语言的提炼与诗歌意境的建构，所以深挚而又动人。柳宗元贬居永州期间，长期滞留“寓居湘岸四无邻”（《从崔中丞过卢少府郊居》）的龙兴寺，目睹的多为“风起三湘浪，云生万里阴”（《奉和杨尚书郴州追和故李中书夏日登北楼十韵之作依本诗韵次用》）的惨景，处处触动诗人急切思归的神经，直到元和五年（810）才在潇水支流冉溪上购置土地，构亭筑屋，移居于此，并改冉溪为愚溪。沈德潜《唐诗别裁集》卷四说：“（柳宗元）愚溪诸咏，处连蹇困厄之境，发清夷淡泊之音，不怨而怨，怨而不怨，行间言外，时或遇之。”“缧囚终老无余事，愿卜湘西冉溪地”（《冉溪》），也就是从这一时候起，思乡之念便已萦绕于脑际，所以在作品中多抒写思家怀归之情，所谓“岂无故乡路，路远未成归”（李频《春日思归》），如《溪居》诗即吐露了诗人羁旅乡愁的情感底蕴，作品中客观景物与诗人的灵魂深处有着一种无言的交融和契合，给人以强烈的触觉印象：

久为簪组累，幸此南夷谪。闲依农圃邻，偶似山林客。

晓耕翻露草，夜榜响溪石。来往不逢人，长歌楚天碧。

诗是时间的艺术，面对着长期与农为邻、作客山林的生活情景，诗人只有北望长安，而长安又被万千山水阻隔，无法排遣心中的凄凉与怨怒，于是，便只有百无聊赖地啸歌于贬谪之所。这一声“长歌”，是以几年的非人生涯凝结而成的浩歌一曲，掩盖不住诗人内心的悲愤与忧虑，悲叹自已的时运不济，而孤独无依的惨状也就彰然，从而扩张了诗歌的情感容量，使人于笔墨之外，想见更多的生活内容。这也正是谢榛《四溟诗话》卷一所要求的结句当如撞钟余音不断的艺术境界，令人悲怆。还有《零陵早春》“问春从此去，几日到秦原？凭寄还乡梦，殷勤入故园”等，也是思乡情怀的真诚流露。不过，诗人并不是直白地表达返家的愿望，而是痴情地询问：“几日到秦原?”诗人一片真情洋溢其中，最后，诗人也只有寄情于美丽的梦境之中了，从而自然地构成一个寄托感情的时空跳跃场面，句清意新。因为梦者的主要特征就是能够摆脱物理时空，使诗的情感得到更有力更完美的传达。方干《思江南》“昨日草枯今日青，羁人又动望乡情。夜来有梦登归路，不到桐庐已及明”，在总体构思上应该说是受到《零陵早春》一诗艺术审美意韵的影响，唐汝询《唐诗解》卷二三说得极是：“零陵在南，春最早；秦原在北，春稍迟。故问春从此而去，几日而到秦原乎?”诗人在《闻黄鹂》中以最富于包孕性的时刻展现了“倦闻子规朝暮声，不意忽有黄鹂声。一声梦断楚江曲，满眼故园春意生。目极千里无山河，麦芒际天摇青波”的感物怀土之思。“我今误落千万山，身同伧人不思还。乡禽何事亦来此，

令我生心忆桑梓。闭声回翅归务速，西林紫椹行当熟”，这一审美体验的物化更使得诗歌唱叹有情，渗透着诗人魂断心伤的主体感受。胡仔《苕溪渔隐丛话》后集卷一一推崇为：“其感物怀土，不尽之意，备见于两句中，不在多也。”又如《春怀故园》也是吐露肺腑之作：“九扈鸣已晚，楚乡农事春。悠悠故池水，空待灌园人。”诗人对时间的流逝和物候的变迁极为敏感，一个“晚”字便蕴含了无限的凄楚在其中，一个“空”字更是在客观自然物象中渗透主观意绪，以“悠悠”描摹故乡的池水，也表示着诗人的一片诗心早已从南国跃出，跨越了万山的阻隔，飞抵日思夜想的故土，最后一句则以向秀与吕安灌园山阳的典故，进一步拓展审美时空，艺术地处理了瞬间与永恒的话题，其后温庭筠《寒食前有怀》也有这样的低吟：“旧约不归成独酌，故园虽在有谁耕？”又如《入黄溪闻猿》一诗：“溪路千里曲，哀猿何处鸣。孤臣泪已尽，虚作断肠声。”该诗包蕴着极为丰富的潜台词，一个“虚”字，使诗思虚化，准确、真切地传达出诗人当时内心复杂而苦楚的心境，弦外之音是意味深长的。实际上，这也从一个侧面展露了诗人的乡关之思，倾注了诗人在被贬中的抗争情怀，给人一种沉重的压迫感。陈师道《和寇十一晚登白门》尚有“孤臣白首逢新政，游子青春见故乡”的一丝欣喜，可孤孑无依的柳宗元连这样的机会都没有，最后客死他乡，令人扼腕。

“十年憔悴到秦京，谁料翻为岭外行。”（《衡阳与梦得分路赠别》）人类的情感世界都会随着时代环境和自身境遇的变化而变化，而从一定的意义上说，诗歌创作本来就是生命的一种存在方式而已。于是，我们便不难知道，寓居永州期间，柳宗元从内心深处应该说还是怀抱着回归京城从新作为的一丝希望。谪柳以后，诗人自知一切都不复存在，于是更觉无物可慰岑寂，久滞他乡，心力交瘁，固然“劲色不改旧”（《酬贾鹏山人郡内新栽松寓兴见赠二首》之二），但已是所谓“两鬓霜华千里客”（于谦《上太行》），自知北归早已无望，更加萌发和滋长“烈士不忘死，所死在忠贞”（《韦道安》）的念头，所以思乡之心更为痛切，正在一步步地啮噬着诗人孤寂的心魂，而诗艺也更为纯熟。如《登柳州峨山》就抒发了诗人登高临远而产生的“荒山秋日午，独上意悠悠。如何望乡处，西北是融州”的感喟，切合古乐府《悲歌行》“悲歌可以当泣，远望可以当归”的意味。面对着秋后荒寒的山岭，一种悲愁不禁袭上心头，何况是独自一人，身边无伴，往家乡方向远眺，至多也只是融州而已，这更加重了怅恨，此情何堪？正如诗人方干在《客行》诗后四句所慨叹的“触目多添感，凝情足所思。羁愁难尽遣，行坐一低眉”，赵嘏《经无锡县醉后吟》也有“穷秋南国泪，残日故乡心”的感叹，李商隐《桂林路中作》“欲成西北望，又见鹧鸪飞”，构思立意都与此诗相似。《与浩初上人

同看山寄京华亲故》更为诗人的乡思寻觅到最为合适的附丽之处，该诗是这一思乡题材的集大成之作，极具典范的审美意义："海畔尖山似剑铓，秋来处处割愁肠。若为化得身千亿，散上峰头望故乡。"极目龙城，锋似剑铓，这一物象更加触动了诗人早已郁积于心的浓烈乡愁，强化了诗人思归之念的殷切与执着。"似剑铓"三字可谓举力万钧，这完全是诗人从内心迸发出的血泪之音。本来山自为山，与诗人内心的愁苦何干？但诗人却去着力写出无知、无性、无情的自然景物的那么一种性情，给人以极大的心灵震撼。杨庶堪《论诗绝句》得此诗的神髓："剑割愁肠海上峰，始知愁苦易为工。柳州山水堪供老，万里投荒别泪红。"柳宗元《得卢衡州书因以诗寄》固然也有"林邑东回山似戟"的妙喻，都能静景动写，形象鲜活，但在《与浩初上人同看山寄京华亲故》这首诗里，更重要的是诗人表现了出奇的审美想象力，是灵感的一次爆发，完全突破了现有时空的局限，在这样的一首小诗中印证了感受生命与宇宙之可能，交织着强烈的宇宙感和社会感，具有不可抑止的生命和意志的冲力。马鲁《南苑一知集》认为"绝句四句内自有起承转合，大抵以第三句开宕气势，第四句发挥情思"，正因为有了第三句的气势恢宏，最后的思乡之意才显得那么浓烈，如此动人心魄。苏轼在《书柳子厚诗》一文中曾从写实的艺术方面对诗歌做了首肯，"仆自东武适文登，并海行数日，道旁诸峰，真

如剑铓。诵柳子厚诗，知海山多尔耶”，《白鹤峰新居欲成，夜过西邻翟秀才》一诗还从中化用出“割愁还有剑铓山”的诗句。《与浩初上人同看山寄京华亲故》，将想象的异彩投射到客观物象上，翻新出奇，构成千古传诵的佳句，也具有极度的空间张力，臻乎情景相生的美学境界，试对比一下张固咏叹桂林山水的《独秀峰》：“孤峰不与众山俦，直入青天势未休。会得乾坤融结意，擎天一柱在南州。”我们就可以清楚地感受到《与浩初上人同看山寄京华亲故》所达到的境界更加显豁与高远。《梵网经卢舍那佛说菩萨心地戒品第十》说：“千花上佛，是吾化身；千百亿释伽，是千释伽化身。”诗人以“若为化得身千亿”的惊人之思，开启了后人的无数法门，如袁枚《游黄山记》就有“恨不能化千亿身，逐峰皆到”的联想，陆游晚年所写的《梅花绝句》在“闻道梅花坼晓风，雪堆遍满四山中”的描绘后甚至逸兴遄飞，喷发出“何方可化身千亿？一树梅花一放翁”的奇思妙想。由此可见，柳宗元南贬之时，在继续不忘社会问题的探索的同时，也能进一步地潜心于艺术境域，从而实现了情怀与审美艺术水平的全面提升。以此视之，柳宗元完全可以进入中国传统诗人的大家行列而毫无愧色。

与《与浩初上人同看山寄京华亲故》等诗同为高妙的还有《柳州二月榕叶落尽偶题》：“宦情羁思共凄凄，春半如秋意转迷。山城过雨百花尽，榕叶满庭莺乱啼。”诗作叙写了环境与心境的双重凄清与凝重，情真而语挚，王尧衢《古唐诗合解》说：“羁人最怕是秋，今春半而木叶尽落，竟如秋一般，使我意思转觉迷乱也。”本是春和景明的节令，却尽是百花零落，榕叶满庭，这更催生诗人的羁旅之思，这一令人凄迷的“宦情羁思”中，又融入了较多的对故土的思念之情，所以，刘永济《唐人绝句精华》指出：“此诗不言远谪之苦，而一种无可奈何之情，于二十八字中见之。”诗歌被宋长白在《柳亭诗话》卷二三中誉为以榕树为题“前人取为诗料，始于柳子厚”，更具有开拓题材的意义，苏轼《次韵江晦叔兼呈器之》诗“笑说南荒底处好，只今榕叶下庭皋”，即由此生发而来。总之，《柳州二月榕叶落尽偶题》一诗以一个逐客的目光，展现了特定时空中的诗歌意象，新颖而奇妙，诗人是在时空碎片中发掘出美的意蕴，后二句更是客观物象以自在的呈现形式表现出诗人丰富而复杂的心理感受，是一种充满诗意的美丽感伤。总体来看，柳宗元的诗才与其文华可谓相得益彰，江盈科《雪涛诗评》在“诗文才别”这一条下即认为：“从古以来，诗有诗人，文有文人。譬如斫琴者不能制笛，刻玉者不能镂金，专擅则独诣，双骛则两废。有唐一代诗人……求其兼诣并至，自杜樊川、柳柳州之外，殆不多见。”

叶嘉莹先生《从元遗山论诗绝句谈谢灵运与柳宗元的诗与人》在阐释诗人的《同刘二十八哭吕衡州兼寄江陵李、

元二侍御》时透辟地指出："可见柳宗元所悼惜的，还不仅只是一个友人的死亡而已，他所悼惜的乃是一个共同的政治理想之失败和破灭。因此柳宗元之被贬谪，实在比谢灵运之被斥逐有着更多的悲慨和郁愤。"（叶嘉莹：《迦陵论诗丛稿》修订本，河北教育出版社 1997 年 7 月版，第 183 页）情感美是诗美的灵魂。所以，对永贞革新事业的回顾和对社稷家国所始终抱有的那一份深切关注，在叙事中表述自己高尚的审美追求，不再吐露个体层面上的一己穷愁，才是柳宗元乡关之思的精神所在。这样，我们才能真正理解已经萌生"甘终为永州民"（《送从弟谋归江陵序》）的思想的诗人，却为何总是时时感觉到"惜非吾乡土"（《游朝阳岩遂登西亭》），以致咏叹："理世固轻士，弃捐湘之湄。……朔云吐风寒，寂历穷秋时。"（《零陵赠李卿元侍御简吴武陵》）姚莹《论诗绝句六十首》所谓"史洁骚幽并有神，柳州高咏绝嶙峋。吴兴却选淮西雅，不及平生五字真"，从诗人的怀乡诗角度看，也是颇为确切的。

终其一生，柳宗元怀抱利器而不为世用，反遭远贬僻乡之责。严酷的社会现实和自身痛苦的遭际使诗人的心中充满复杂的情感波澜。他那为乡闾而牵动的心不得安宁，诗歌中身为远客的乡关之思展露了诗人欲归不得的痛苦，每一个意象都负载着灵魂深处的痛苦重压，"客有故园思，潇湘生夜愁"（《酬娄秀才寓居开元寺早秋月夜病中见寄》）也就成了真正的夫子自道。柳诗现存一百六十余首，在唐人中并不算多，但数量的稀少难掩其质量的精纯。柳宗元的这些作品上承杜诗所发轫的意境，进一步开拓了诗境的空间，也印证了一切诗情源于生活的孕育和激发的创作发生论，有着诗人的独特音调和情感色彩，引发人们强烈的共鸣，如李德裕南贬时所写的《登崖州城作》完全是柳诗的历史回响："独上高楼望帝京，鸟飞犹是半年程。碧山似欲留人住，百匝千遭绕郡城。"副岛一郎《宋人眼里的柳宗元》认为："柳宗元的诗，在唐代几乎不为人所瞩目，现在也只能读到司空图的评论'今于华下方得柳诗，味其深搜之致，亦深远矣'（《题柳柳州集后》）而已，这大概是因为柳诗的风格不合唐人口味，而与宋人所崇尚的诗风相近。至于陶诗，白居易曾作有《效陶潜体诗十六首》，这说明在唐代已有一些先行者推崇、学习陶诗，不过对陶诗的真正的接受和推崇则始于宋代。陶柳二人在宋代得到'发明'，不仅仅是因为他们的诗风与宋人的文学好尚偶然相合，更是因为宋人积极主动地吸取陶柳诗风的结果。可以说，陶柳诗在宋人形成自身审美感、艺术观上起了很大的作用。"（〔日〕副岛一郎：《气与士风——唐宋古文的进程与背景》，上海古籍出版社 2005 年 8 月版，第 17 页）文中关于柳诗"在唐代几乎不为人所瞩目"的结论，似乎存在一些偏颇，但影响宋人为大，却是合乎文学发展的历史事实的。即以在《与程全父书》中自称视柳宗元

和陶渊明二人为南迁“二友”的苏轼而论，接连不断的放逐生涯，狂澜不止的宦海风波，使诗人萌生了浓浓的乡思，《南康望湖亭》即表达了这样的情思：“八月渡长湖，萧条万象疏。秋风片帆急，暮霭一山孤。许国心犹在，康时术已虚。岷峨家万里，投老得归无?”在“投老得归无”的回声里高扬着昔日“许国”“康时”的音调。《游金山寺》则借长江之水生情，借山川风物以明心迹。又如《澄迈驿通潮阁二首》之二：“余生欲老海南村，帝遣巫阳招我魂。杳杳天低鹘没处，青山一发是中原。”词作如《醉落魄·离京口作》等也有这一情思的反映：“此生漂荡何时歇？家在西南，长作东南别。”正如王水照先生《苏轼的人生思考和文化性格》所说：“王粲《登楼赋》云‘人情同于怀土兮，岂穷达而异心’，在苏轼心中得到放大、延伸和升华，正是从怀乡作为思考的起点，推演出对人生旅程无常和虚幻的体验。”（王水照：《苏轼研究》，河北教育出版社 1999 年 5 月版，第 75 页）所以，仕途偃蹇、流贬僻远更磨砺出诗人博大超迈、绝俗升华的坚毅品格，处危难困苦之中而不为祸福、苦乐所拘牵，乐观自信，超然洒脱。又如旅居异乡的李觏有《乡思》一诗：“人言落日是天涯，望极天涯不见家。已恨碧山相阻隔，碧山还被暮云遮。”诗歌在沉重的苦难中品尝人生三昧，声情之苦，千载犹闻。这一诗歌无论从精神情怀还是审美表达，都可以看出是对柳宗元怀乡诗的一种回

响。叶嘉莹先生《从李义山〈嫦娥〉诗谈起》里的一段话语直入这些诗人的心灵世界，也可以帮助我们更好理解柳宗元乡关之思的审美意义："一个真正的诗人，其所思、所感必有常人所不能尽得者，而诗人之理想又极高远，一方面既对彼高远之理想境界常怀有热切追求之渴望，一方面又对此丑陋、罪恶而且无常之现实常怀有空虚不满之悲哀。此渴望与不得满足之心，更复不为一般常人所理解，所以真正的诗人，都有着一种极深的寂寞感。"（叶嘉莹：《迦陵论诗丛稿》，中华书局 2005 年 1 月新 1 版，第 133 页）

唐诗宋词的文化与历史

唐诗的繁荣

隋唐五代是前后相续的几个不同的朝代，在这几个朝代中，隋代是在魏晋南北朝长期战乱分裂之后建立起来的一个统一王朝，但它却只存活了 38 年（581—618）时间。五代又称五代十国，是在大唐王朝灭亡后天下陷入混乱状态下建立起来的几个割据分裂的短命王朝，在中原，先后有后梁、后唐、后晋、后汉、后周五个王朝走马灯似的转换更替，在南方，还有吴、南唐、吴越、楚、闽、南汉、前蜀、后蜀、荆南、北汉十个小国轮番上阵或同时并存，其中只有北汉建都于太原，但是五代十国加起来前后也只不过维持了半个多世纪（907—979）。在历史的长河中，它们的生命都犹如流星般一闪即逝。只有唐王朝强盛繁荣，延年益寿，存活了近 300 年之久（618—907），将中国封建社会的发展推上了鼎盛的最高峰。与威赫长寿的大唐帝国相比，隋代和五代十国显得是那样微不足道，但是，因为它们一居唐头，一处唐尾，所以历史不能不把它们联系在一起。文学史把隋唐五代放在一段里讲述，也是因为这个缘故。

其实，隋代几乎没有自己的文学，它只不过是对南北朝文学向唐朝文学的发展起了一点过渡作用。五代十国也只有词体文学的发展较为兴盛，而且主要限于西南和江南地区，其他文学形式的创作则成就甚微。只有唐代文学呈现出空前的繁荣兴盛景象。唐代不仅是中国古代散文和古典小说发展的一个重要的转折时期，出现了风行当时、影响深远的“古文运动”，产生了被后代尊崇和效法的“唐宋八大家”中的韩愈和柳宗元，出现了由以志鬼神之怪为主转向以传人事之奇为主的传奇小说，而且还从民间产生了“曲子词”这样一种新型的音乐文学形式，民间歌谣、变文、俗赋、说话等通俗文学的发展也很兴盛。更重要的是，唐代乃是中国古代诗歌发展的黄金时期，唐诗代表了中国古代诗歌繁荣的最高峰，唐诗也代表了唐代文学的最高成就。王国维在其《宋元戏曲史》自序中说：“凡一代有一代之文学，楚之骚，汉之赋，六代之骈语，唐之诗，宋之词，元之曲，皆所谓一代之文学，而后世莫能继焉者也。”王国维就是把唐诗作为唐代的代表文学，作为唐代最擅长而后世难以为继的“一代文学”看待的。鲁迅先生也这样说过：“我以为一切好诗到唐已被做完，此后倘非能翻出如来掌心之‘齐天大圣’，大可不必动手。”（《鲁迅书信集》）鲁迅先生所言，也大体符合实际。唐诗乃是中国古代最好的诗，唐前固然不无好诗，但从总体而言未能达到唐诗的高度。唐以后也固然不无能翻出如来佛掌心的“齐天大圣”，然而就整体来看也终于未能超出唐诗。

唐诗自它产生之日起，千余年来一直备受我国人民的喜爱。宋、元、明、清各代的诗人受唐诗的影响，学习唐诗，攀拟唐诗，几至于亦步亦趋，自不必说。就是宋元戏曲、明清传奇和小说的创作，也无不受到唐诗的滋润和哺育。从唐代开始，研究唐诗的风气便日甚一日，编选唐诗的、注解唐诗的、批点唐诗的、评论唐诗的，人数众多，形式多样，令人眼花缭乱。各种唐诗本纷纷出世，尤其是像《唐诗三百首》（编选者为清人孙洙，号蘅塘，晚号退士）这样的选本更是广泛流传，家喻户晓。一种体裁，一代文学，魅力如此巨大，影响如此深远，恐怕在世界文学史上都是罕见的。唐诗不仅备受中国人民的喜爱，而且也在全世界广为流传。早在唐代，唐诗就流传到日本、朝鲜、越南等国。目前，世界上已有日本、英国、美国、法国、德国、西班牙、意大利、俄罗斯等几十个国家几十种文字翻译、选编和出版了唐诗集和唐诗研究的著作，唐诗对法国象征派诗歌和英美意象派诗歌的创作都曾产生过不小的影响。

唐诗繁荣昌盛的壮观景象，主要表现在以下两个主要方面：

首先表现在唐诗创作队伍庞大，创作成果丰硕。唐代诗人和诗作究竟有多少，我们今天恐怕已难以准确统计出来。早在宋代，赵孟奎就曾编纂过一部《分门纂类唐歌诗》，据其序言称，凡录1353家，诗40791首，可算是第一部较像样的唐诗总集了。以一人之力去编纂“一代文学”之总集，其勇力自然可嘉，但其成就也难免受到局限。因此，我们可以肯定地说，该书所收唐诗并不完全，但其所录诗人和诗作的数量却已相当可观。到了清代康熙年间，彭定求等四库馆臣奉皇帝之命编成《全唐诗》，凡900卷，诗人2200余家，诗作48900余首。这就是古人对于唐诗的一个总结集。然而，《全唐诗》虽以“全”命名，但其所收也并不全面，比如，据《新唐书·艺文志》记载，刘希夷集10卷，令狐楚集130卷，可《全唐诗》所收两人诗作都不过几十首，可见唐诗散佚失传数量之多。今人王重民、孙望、章养年、陈尚君等，在清人所做工作的基础上，又对《全唐诗》进行了补辑，其中以陈尚君的《全唐诗补编》为集大成之作，共补辑诗人1000余家、诗作6000余首。这样，我们今天所能见到的唐诗总数已达54900余首，已知的唐代诗人总数为3200余家，即使除去其中重出互见或误收误题的诗人诗作，我们也完全可以确认，今存唐代诗人诗作的总数至少有3千余家、5万余首。尽管我们不排除还有大量的唐代诗人诗作已经散佚失传的可能性，但是以上统计已是迄今为止最为完备的数据了，这个数字已经远远超出了先唐各个时代，甚至是先唐各代诗人诗作的总和。唐代诗歌创作所取得的空前丰硕的成果，从一个方面有力地反映了唐诗的繁盛气象。就创作队伍来看，唐诗的作者大部分是地主阶级知识分子，也有一小部分是劳动人民。上至皇帝、后妃、宦官、宫女，下至儿童、妇女、僧道、歌伎、士兵以及农民起义者，都留下了各自的诗篇。无论是官署、旅途、客店、闺阁、市井、娼肆、酒楼，还是江湖、山林、田园、边塞、战场、庙宇，到处都能听到吟咏的声音，可见唐代作诗风气之甚，诗人队伍之庞大，这不仅是中国古代其他各朝所不能相比的，而且也是世界其他国家所罕见的。

其次表现在唐诗体裁大备，名家辈出，流派众多，风格各异。唐诗的诗体有三言、四言、五言、六言、七言、杂言各体，有古诗、歌行、乐府、新乐府、律诗、绝句各类，几乎囊括了中国古代所有的诗歌体裁，尤其是律诗和绝句，乃是唐代才发展成熟的格律诗体，并且从此一直成为中国古代诗歌的主要体裁。在唐代 3 千余名诗人中，有很多“名家”和“大家”，如“初唐四杰”（王勃、杨炯、卢照邻、骆宾王）、“沈宋”（沈佺期、宋之问）、陈子昂、张若虚、孟浩然、王维、高适、岑参、王昌龄、李白、杜甫、刘长卿、韦应物、孟郊、韩愈、贾岛、李贺、元稹、白居易、柳宗元、刘禹锡、杜牧、李商隐、温庭筠、皮日休、聂夷中、杜荀鹤、罗隐、许浑、韦庄等，均堪称“名家”或“大家”。不仅“名家”辈出，“大家”如林，而且流派众多风格各异，呈现出姹紫嫣红、百花争艳的景象。有田园山水诗派，也有

边塞诗派；有通俗诗派，也有险怪诗派；有豪放飘逸者，也有沉郁顿挫者；有雄浑悲壮者，也有典雅平淡者；有真率通俗者，也有瑰奇险怪者；有清新明丽者，也有绮丽浓艳者。正如《全唐诗》序言所说“诗盈数万，格调各殊”“精思独悟，不屑为苟同”。诗体、作家、流派、风格，是衡量一个时代的文学繁荣与否的几个重要“参数”，唐诗在这几个方面都呈现出空前的盛况，共同构成唐诗繁荣的一个重要表征。

唐诗为什么会形成不仅空前而且绝后的繁盛景象呢？这是一个古老而又复杂的问题，是历代以来人们长期思考而未能很好解决的一个问题。综合历代研究的各种成果和意见，人们对有关唐诗繁荣原因的探讨和解释，大致可以归纳为以下六个方面。

（一）丰裕的经济

基础经济繁荣为诗歌兴盛提供了雄厚的物质条件。唐初，社会经济凋敝。经过隋朝后期的暴虐统治和随之而来的战乱，“伊洛已东，暨于海岱，灌莽巨浸，茫茫千里，人烟断绝，鸡犬不闻，道路萧条”。面对这样的社会状况，唐统治者接受了隋朝短期灭亡的教训，采取了一系列比较开明的政策，旨在缓和阶级矛盾，发展社会经济。武德七年（624）唐高祖颁布了均田令和租庸调法。均田令规定：十八岁以上的中男和丁男授田一百亩，老男残疾者授田四十亩，寡妻寡妾授田三十亩。租庸调制规定：受田农民，租，每丁纳谷二石；庸，每丁年役二十日，或以绢、布代役；调，随乡土所出，纳绢二丈，绵三两，或布二丈五尺，麻三千。隋末农民战争中，地主逃散，死亡很多，他们遗留下来的田地，有的转移到农民手中，有的成为国家控制的荒地。唐均田令的实施，不仅承认了农民占田的合法性，而且使无地、少地的农民依法请授荒田，造就了大批自耕农。租庸调制的实施，在一定程度上减轻了农民的经济、劳役负担，“以庸代役”使农民有较多的时间从事生产，调动了农民的积极性。

隋末战乱结束后，户口百不存一，农民各处流散，豪强大族借机庇荫逃户。为保证均田令、租庸调制的推行，唐政府制定了一套完备的检查户口的方法，并“一岁一造记账，三年一造户籍”。户籍的编定把豪强士族荫附下的逃户变成了封建王朝的“编户”，使更多的农民回到国家控制的土地上来。为驱民归田，贞观年间，唐王朝“出御府金赎男女自卖者还其父母”；放宫女三千，嫁就民间，从突厥赎回被掠走的“男女八万口”。

唐初统治者通过均田令，租庸调制，编制定户籍，放免奴婢，打击了豪门士族势力，扶植了中小地主阶级，改善了劳动人民的处境。正是由于这一系列生产关系的调整变化，

使社会秩序稳定，社会经济迅速发展。据《通鉴》载：贞观三年（629）后“天下大稔，流散者咸归故里，……终岁断死刑才二十九人，东至于海，南极五岭，皆外户不闭，行旅不赍粮，取给予道路焉”。及至玄宗开元年间，“海内富实，米斗之价钱十三，青、齐间斗才三钱，绢一匹，钱二百，道路列肆，具酒食以待行人”。随着农业的发展，商业、交通运输业也发展起来。唐代城市空前繁荣。全国交通畅达，陆路以长安为中心，有 5 条干线通往各地，水路以扬州为中心，大运河沟通了南北水系。“天下诸津，舟航所聚，旁通巴汉，前指闽越”“控引河洛，兼包淮海。弘舸巨舰，千舳万艘，交贸往还，昧旦永日”（《旧唐书》卷九四《崔融传》）。

经济繁荣，交通便利，社会安定为唐诗的兴盛发展提供了雄厚的物质基础和良好的社会环境。这正是李白、杜甫等诗人能够恣情漫游祖国名山大川，王昌龄、王之焕等得以悠闲进行“旗亭酬唱”的特定物质条件。

（二）清明的政治环境

只有在较为清明的政治环境中，人们才能够畅所欲言，秉笔直书，文化才能出现活跃的局面，并臻于繁荣。唐朝的统治者在这方面还是有值得称道的地方。如唐太宗鼓励群臣直谏，开创一代纳谏之风。司马光《资治通鉴》载唐太宗：

“神采英毅，群臣进见者，皆失举措。上知之，每见人奏事，必假以辞色，冀闻规谏。尝谓公卿曰：‘人欲自见其形，必资明镜，君欲自知其过，必待忠臣。苟其君愎谏自贤，其臣阿谀顺旨，君既失国，臣岂能独全！……事有得失，毋惜尽言。’”这便是鼓励群臣直谏。之后唐朝的历代皇帝也大多具有这种纳谏的胸怀，这对诗歌创作无疑是一个很好的政治环境。诗歌的创作可以谈政治而无禁忌，无须拘泥于创作的题材和主体，这是诗歌繁荣的一个重要条件。

唐朝较其前的任何时代在文化政策上都是比较开放的，这与唐王朝的君主出身于北方少数民族（当时条件下）有关。他们虽然了解中原文化，特别是汉朝以来的儒家文化，但是唐朝统治者们有自己的理解，这对汉朝以来的儒家文化而言可以说是一种异质性文化理解，正是这种异质性的理解方式，使得唐王朝的统治者们可以推行一种不同于前朝的文化政策，而他们推行的文化政策正好是文化理解与文化共融，这种政策符合了当时民族融合的趋势，适应了当时文化发展的规律，促进了唐王朝文化的发展。

统治者的个人爱好、提倡有助于全社会重视诗歌风气的形成。唐代君主，很重视诗歌，也大都能诗。太宗先后开设文学馆、弘文馆，招延学士，编纂文书，与之唱和吟咏。高宗日常自制新词以入乐。玄宗本人就是诗人，自述每运笔赋诗，辄“乐以忘忧”。文宗特制诗学士 72 人。武皇宴集群臣，宋之问赋诗最佳，曾获御赐锦袍。帝王的爱好、倡导提高了诗人的声誉，有助于形成全社会重视诗歌的风气。作为统治这个朝代的王族，唐帝国一代雄主傲视群伦，胸襟眼界之开阔前所未有。更重要的，唐代是中国历史上一次空前规模的民族大融合，连太宗李世民也具有外族血统，因此唐王朝的民族政策具备了前所未有的开明。唐朝奉行的国策是“中国既安，四夷自服”，讲究对待外族一视同仁。很多域外文化融入中华文化之中，呈现一片天朝大国的风尚。唐代的自信，使它的诗人具备了“会当凌绝顶，一览众山小”般的胸襟，各族文化更是百花齐放，万家争鸣。唐代的统治者之好诗词歌赋，尤甚往朝。康熙年间编定的《全唐诗》，录入48900余首，唐太宗李世民的《帝京篇十首并序》列位卷首。尔后的高宗、则天、中宗、睿宗以及此道高手玄宗李隆基，都对此十分重视。不仅如此，王室成员中的后宫佳丽、公主王孙，能言诗的也不在少数，他们所起的引领推动作用也不可忽视。

文禁松弛，是产生大量抨击权贵、真实反映底层生活诗歌的前提。文学艺术的高峰，总是出现在思想比较解放的时代。唐朝统治者清明大度，敢于招贤纳谏。唐太宗能用直言敢谏的魏徵；武则天重用贤臣狄仁杰；唐玄宗对于那些直刺自己的诗歌也不查禁。“遭逢圣明主，敢进兴亡言”，唐代诗人在一个较为自由的思想空间里直抒己见。李白有“奸臣欲窃位，树党自成群”，杜甫有“边庭流血成海水，武皇开边意未已”……这些大胆揭露权贵的不朽诗篇，只有在文禁松弛的社会环境里，才能一经问世就得以广泛流传。文禁松弛的政治气氛，使民族艺术的创造力得到解放，使诗人无所顾忌地追求艺术的创造力得到解放，使诗人无所顾忌地追求艺术的创造与完美。

（三）风行的诗赋

取士科举仍要算作唐人入仕最正规的途径。因为科举有定时和限额，还有一套标准的程式，是唐王朝选拔官吏最有效的手段，具有其他方式不可比拟的优越性。唐帝国为了巩固其统治，制定和执行通过科举从庶族地主中选拔人才的制度，以打破高门大族对仕途的垄断。科举考试科目有秀才、明经、俊士、进士、明法、明字、明算、一史、三史等。其中明经、进士两科尤为重要，名臣多从这两科出身。明经主要考帖经；进士主要考诗赋。诗赋固然是浮文，但比帖经，思想较为自由；又齐、梁、陈、隋以来，诗赋对文士有吸引力，已相沿成习，文士多愿应进士科，表现自己的才能。及第人数，一般是进士百人中取一二，明经十人中取一二，难易悬殊，唐人有“三十老明经，五十少进士”的谚语，因此朝野都重进士、轻明经。必须申明，自南朝以来，士人多以能作诗表明自己士人的身份。这种陋习到唐朝愈益盛行。

南朝士人作诗固然由于“世俗以此相高，朝廷据兹取士，禄利之路既开，爱尚之情愈笃”，不过还未曾明文规定诗为禄利之路。唐朝以进士科取士，作诗成为取禄利的正路，后来甚至非科第出身的人不得为宰相。因此，唐代文人几乎无一不是诗人，只有好不好的区别，不存在能不能的问题。玄宗开元、天宝以后，进士科特盛，由此进身的士人授官后往往升迁较易，以至中唐以下的宰相多由进士出身，更引起时人对科举的重视。唐代文人中，除李白表示不屑于应举，企图通过征召由布衣一跃而为卿相外，其余很少有人自甘放弃这条从政之路。元辛文房《唐才子传》录唐代诗人 278 人，其中进士及第者 171 人，占总数的一半多，考取其他科目或应考而未取者尚不在内，可见科举势力之大。

科举制度推动了文人去广泛涉猎典籍，增强文化修养。唐代著名诗人都以读书勤奋、学识渊博而自负。李白夸称“五岁诵六甲，十岁观百家”（《上安州裴长史书》），杜甫自谓“读书破万卷，下笔如有神”（《奉赠韦左丞二十二韵》），均为突出的例子。白居易《与元九书》中回顾自己“十五六始知进士，苦节读书。二十以来，昼课赋，夜课书，间又课诗，不遑寝息矣”，生动地反映了一般士子为应举而刻苦攻读的情景。正是这种文化修养上的多方面提高，给予文学创作以比较丰厚的知识基础，再加上技巧、声律、体制的讲求，才有可能促成诗歌的兴盛。与此同时，科举也推动了文

化的普及。唐王朝对举子资历的限制，是放得比较宽的，除贱民与商工杂色外，均能应考。这样就刺激了各类教育的空前发展，使整个社会的文化水准有所提高，也就扩大了诗歌的群众基础。

同科举取士的仕官制度相适应，唐代社会风行行卷之风。大凡欲得进士科名，无不预先作诗以就教于方家，经名家点化，才得以成名。有些了无诗才的人，经名家点化，亦得成名。这些活生生的例子无不吸引着那些欲得声名的士人。《李白诗集》有送王屋山人魏万（即魏颢）《还王屋山》诗一篇。魏万从河南到山东找李白，只见到他的儿子，说李白游梁园（开封）去了。魏万回到梁园，又听说往江东去了。魏万到吴越两地寻他，李白游天台山回广陵（扬州），两人才见了面。李白说他走三千里路来相访，是个爱文好古之人，送他一篇《还山诗》，魏万也作了一首《金陵酬李翰林谪仙子》诗，又作了一篇《李翰林集序》，说李白夸他将来必著大名于天下，那时不要忘了自己和儿子明月奴。魏万自称得李白如此重视，果然几年后进士登第。后来魏万自称没有什么成就，《全唐诗》仅存他诗一首，即《金陵酬李翰林谪仙子》，要不是他依傍李翰林，这一首诗也未必被留存。《李翰林集序》文字不甚通顺，他的进士及第，主要是得到走三千里路见李白的好处。另一位诗作不多，却以行卷诗高人一着而名于后世的诗人，那就是朱庆余。他的《闺意献张

水部》（又题《近试上张水部》）写道："洞房昨夜停红烛，待晓堂前拜舅姑。妆罢低声问夫婿，画眉深浅入时无?"此诗投赠的对象就是官水部郎中的张籍。张籍当时以擅长文学而又乐于提拔后进与韩愈齐名。朱庆余平日向他行卷，已经得到他的赏识，临到要考试了，还怕自己的作品不一定符合主考官的要求，因此以新妇自比，以新郎比张，以公婆比主考，写下这首诗，征求张籍的意见。不能否认，科举取士和行卷之风对促进唐诗的创作起了巨大的推动作用。

（四）活跃的社会思想

有唐一代的社会思想，总的来说是比较开放和活跃的，这是基于上升、变革时期的社会形势，也和唐王朝实行较为开明的思想政策有关。

唐代士大夫文人除个别严于攘斥异端外，通常都随意出入于三教之间，甚至外修儒服而内诵梵呗，或者一边求仕一边学仙，自己不以为怪异，旁人也不觉得有什么不合适。这种看似矛盾的行径，恰恰显示了唐人的开放心态和宽容作风，便于他们从不同的文化传统中去广泛吸取思想上的养料。

唐代社会开放心态的另一征象，便是任侠风气的抬头，它为当时社会思想的构成增添了新的成分。任侠虽然不同于儒、释、道那样各有一套自成体系的理论观点，但它确是唐

人身上的重要习性，是一种弥漫于整个社会的时代风尚：不仅显现为游侠之士的众多与活跃，而且反映于文人士大夫对侠的爱好与仿效，致使侠的气质渗透到了社会生活的许多领域。任侠的风气大大激发了唐代文人的主动性和进取心，帮助他们在仕进时树立起强烈的功名事业感，而在隐退中仍保持着“不屈己，不由人”的傲兀不平的气概。这样一种高扬的主体意识，必然要给文学创作打上深深的烙痕。唐诗倡导“风骨”，崇尚宏大的气魄和刚健的笔力，抒写英雄怀抱，追求个性解放，跟任侠思潮是一脉相承的。

侠、儒、释、道四股思潮贯穿于唐代社会，它们分别在唐诗的风骨、兴寄、兴象、文辞等方面得到了显影。但是，这四股思潮并非孤立地存在或简单地凑合在一起，它们之间还有着错综复杂的关系。比较来说，儒、侠两者在社会思潮总体中占据着更为突出的位置。宗儒，大体上指明了唐人的政治方向；任侠，则更多地显示了唐人的人格精神。两者相反而又相成，共同组合成唐人思想的主干。在立身处世的原则上，儒与侠找到了一致的基点。儒者主张“用之则行，舍之则藏”（《论语·述而》），或者叫作“穷则独善其身，达则兼善天下”（《孟子·尽心上》），而侠士则不论穷达，都要济世。儒与侠相结合，促使儒家传统中“济苍生，忧社稷”的一面得以充分展开，而任侠的思想行为也获得了较为开阔的视野，这对于诗歌创作的写照人生、体察民虞是大有

益处的。然而，在对待个性人格的态度上，儒与侠又颇有差异。儒家虽不否认个人的尊严，但它更加强调礼教伦常的规范，要求个性人格从属于这一规范，而侠的精神却是以个人的价值和个体的主动性为出发点，甚至不惜扰乱现存秩序以伸张个人的意志。儒、侠之间的这一矛盾，在唐人心灵深处筑构起一种特殊的张力，使他们时时偏离封建伦理道德的规范，显露出反抗礼教束缚、争取个性自由的叛逆倾向，给诗歌作品带来了慷慨不平的气调和豪迈不羁的热情。总之，重事功和重个性，可以说是儒、侠两大潮流相互撞击、相互渗透下的思想结晶，它们合在一起，保证了唐人在协调社会与个人关系上取得相对的平衡。这是上升、变革时代特有的社会心理，而唐代文化心态之成为我国封建历史时期发育最正常、最健康的思想形态，原因就在这里。

唐代诗人不像历代文人那样恭谨慎微、拘挛守常、皓首穷经，也不像两宋、明清文人讲理性那样头巾气、道学气、八股气，他们一般都较外向、畅达、无所顾忌，敢于直抒己见，不避权贵，洒脱不羁。因为他们的哲学思想较复杂，眼界开阔，不囿于一家一经，除了接受儒家思想熏陶外，对佛、老典籍都有濡染。李白就“观百家”（《上安州裴长史书》），刘禹锡“九流宗指归，百氏旁捃摭”（《游桃源一百韵》），王维兄弟既儒亦佛，柳宗元除宗儒家外也深涉佛理，文起八代之衰、以儒家道统继承者自居的韩愈也自称“少好学问，自五经之外，百氏之书，未有闻而不求，得而不观者”（《答侯继书》）。因之，阅读唐诗首先感到的就是诗人开拓的胸怀、不凡的襟抱和爽朗的气势。尽管诗人的气质、个性、风格不同，但给人的总印象却颇有气魄。“初唐四杰”诗中渴望建立功业、指责权贵的情怀历历可感。王勃把送别友人之诗写得十分壮健，“无为在歧路，儿女共沾巾”（《送杜少府之任蜀州》），将传统的黯然神伤之情扫除殆尽，以互励共勉各奔前程的豪语出之，毋怪他赋《滕王阁序》有当仁不让之举。杨炯“宁为百夫长，胜作一书生”（《从军行》）的豪情，骆宾王从徐敬业造武则天反的胆略，卢照邻《长安古意》里以扬雄自况显示有书富贵的气概，陈子昂“感时思报国，拔剑起蒿莱”（《感遇》）的雄心，李白“一醉累月轻王侯”（《忆旧游寄谯郡元参军》）的兀傲，高适“喜言王霸大略，务功名，尚节义”（《旧唐书·高适传》），岑参“勤王敢道远，私向梦中归”（《发临洮将赴北庭留别》）的报国热忱，杜牧“千首诗轻万户侯”（《登池州九峰楼寄张祜》）的自负，莫不令人击节称赏。很容易被人误解为文弱的杜甫，虽自称“奉儒守官”，也有“一日上树能千回”的体魄和“放荡齐赵间，裘马颇清狂”（《壮游》）的经历。受到大诗人杜甫的激赏的苏涣，据《唐才子传》称是出身强盗的诗人，虽然做了侍御史，却鼓动哥舒晃造反。进士出身的皮日休卷入黄巢起义的洪流中……所有这一

切，千古之下，足使历代文人黯然失色。

（五）深厚的文化积累

虽说唐代诗人创立了一代新风，但这也是建立在他们多方面地继承既有的优良文学传统的基础之上的。但在这里，有两个相关联的问题需要区别开来加以考虑。

首先一点，应该看到，唐人所承受的文学遗产是相当丰厚的。更遥远的不去说它，就从《诗经》算起，古典诗歌进入唐代，也有了一千七百多年的历史。先秦诗、骚并称，一富于写实精神，一带有浪漫气息，它们共同构成了我国诗歌历史长河的两大源头。两汉时期，乐府加强了叙事的成分，古诗深化了抒情的功能，对后来的诗歌作品发挥着深远的影响。建安以后，名家辈出，诗人创作的自觉性大大提高，整个魏晋南北朝时期的诗歌艺术呈现出空前活跃的局面。从内容看，政治、社会、田园、山水、边塞、宫廷、咏怀、咏史、玄言、游仙、咏物、艳情，差不多后世诗作的重要题材，它都接触到了。从文学技巧与风格看，汉魏的风骨、齐梁的声律、民歌的天然色泽、文人诗的琢炼手法，以及“清新”“俊逸”“风华”“老成”等各个作家体态风貌上的特长，无不受到唐代诗人的重视和学习，而为他们所充分吸收。没有前人的这一系列准备，唐代诗歌的高潮是难以出现的。不仅如此，唐诗还从诗歌以外的文学传统中摄取了

养料。先秦、两汉的政论与史传文，汉代大赋和后来的小赋，六朝骈文、抒情小品与山水游记，魏晋以后的志怪、志人笔记小说，乃至与唐诗并行发展的唐代古文、传奇、变文、曲子词等，都在唐代诗人的作品中留下了或深或浅的印记。这也说明了唐诗所接受的文学传统的深厚。

但是，这只是问题的一个方面，即文学传统为新一代文学创作提供了可以作为承传的对象，然而，单凭这一方面，尚不足以掌握整个承传关系。我们知道，就文学传统的积累而言，总是后来居上的，但不等于说后一代的创作成果定然超胜前代。唐代诗人接受了深厚的传统，这是唐代诗歌繁荣兴盛的必要条件。而宋人在唐人承受的传统之上再加以唐人的创造，明清人在宋人承受的传统之上再加以宋元的创造，却未必宋诗定然优于唐诗，明清诗更优于宋诗。进化论在这里是全然不适用的。什么原因呢？即使撇开其他因素，光就文学承传的范围来说，也是因为上述观念只注意到被承传的对象，却忽视了承传主体的存在。文学上的承传关系，并不是一个纯由承传对象限定的消极被动的进程，而是一个主体性很强的能动地选择与加工的过程。换句话说，并非传统给予什么，后人便接受什么，而是新一代人根据自己的需要，有意识地到传统中去择取、消化、改造与扬弃，以形成适合自家口味的独特的文学风貌。因此，考察一种承传关系，不仅要了解主体所面临的对象，即前人提供了哪些可供选择的

传统，还要着重看一看与对象相对应的主体，即承传者本人对这些传统采取了什么样的选择与加工的方针。这后一个方面，尤其是承传问题的关键所在，不容掉以轻心。

从总体上看，唐代诗人对于文学传统的态度，可以借用杜甫诗中的两句话来概括，叫作“别裁伪体亲风雅，转益多师是汝师”（《戏为六绝句》之六）。这是杜甫自述创作的经验，而在一般唐人之中也是有代表性的。所谓“别裁伪体”，就是要剔除不合理、不适用的东西，有原则地对传统进行选择、加工；而所谓“转益多师”，则是要突破一家一派的拘限，尽可能广泛地学习和采纳一切有用的东西。两个方面又是相互依存、相互制约的：丢掉了前者，“转益多师”就成了无所适从的东拼西凑；而脱离了后者，“别裁伪体”也容易导引到狭隘、封闭的路子上去。于是，唐人便将这两者结合起来了。

（六）庞大的寒士群体

唐代文学的作者是以“寒士”为主体的。“寒士”在唐以前专指寒门庶族出身的知识分子，他们受门阀制度的限制，往往被排挤在政权机构以外或从属于某个权力集团，没有自己独立的政治地位，他们构成了统治阶级内部等级结构的下层。入唐以后，门阀制度解体了，庶族地主作为新兴力量登上仕途，其中一部分人，迅速转化为新贵集团，成为统治阶级的上层，也就脱离了原来的寒士成分；剩下那部分长期蹭蹬失意或仅仅浮沉于宦海的知识分子，才仍然算得上是寒士。另一方面，出身于旧世族的一批文人，不再坚持旧有的门第观念，转入新的生活轨道，他们也可能获得寒士意识，成为唐代寒士集团的组成部分。因此，“寒士”在唐代是一个比较宽泛而流动的范畴，大致上指地主阶级里面居于中下层的文士，却可以包容不同门第和出身的人。如被称作唐诗“始音”的初唐四杰，就是一群“年少而才高，官小而名大”（闻一多《唐诗杂论·四杰》）的寒士诗人，由他们揭开了批判和改造宫廷诗风的帷幕。稍后的陈子昂在政治和文学主张上更为激进，也正因此遭到当权的武氏集团的忌恨，以致冤死狱中。盛唐名家里，李白自称“陇西布衣”（《与韩荆州书》）；孟浩然终身未仕；高适长时期落拓江湖，四十六岁始中科举；岑参自幼家道沦落，壮盛以后遍历边陲以求取微官；杜甫算是出身于“奉儒守官”的家庭，而本人求仕长安时，过的仍是“朝扣富儿门，暮随肥马尘。残杯与冷炙，到处潜悲辛”（《奉赠韦左丞二十二韵》）的生活，更不用说中年以后的颠沛流离了。下而及于元和诗坛，孟郊以贫寒著称，张籍、王建止于卑职，贾岛做过和尚，李贺一生未曾应举，刘禹锡、柳宗元因参加王伾、王叔文革新集团而遭贬逐废置，只有白居易、韩愈等少数人晚年稍见显达，而亦都经历过一长段寒士的生涯。

置身于上升、变革的时代，唐代寒士不能不感受到那种全民族社会生活腾跳激荡的律动，这种感受更由于他们自身地位的变化而得到加强。一般说来，寒士在唐代的社会地位还是比较低下的，不少人困顿于场屋，沉沦于卑位，甚至辛苦辗转，潦倒终生。但门阀制的枷锁毕竟打碎了，通过科举等途径入仕从政成了现实的目标，也确有人由此跻身庙堂，提出或在一定程度上推行自己的政治主张。可见寒士在唐代虽仍遭受压抑，却不再是毫无政治独立性与主动性可言的附庸，他们构成了社会政治生活中一支能动的力量。也正因此，寒士的文学最终能够取代贵族文学，从而占据主导地位。

唐诗的嬗变

如果让中国当代文人有机会穿越时光隧道回到古代，他们多会选择宋代；若给当代诗人们一个同样的机会，那唐朝必是不二之选——唐朝之后的诗人们，还有谁敢于道出“前不见古人”？从某种意义上来说，这个把中国诗歌推到了前所未有之高度的朝代也就此终结了诗歌这种体裁，令后世文人们对天妄叹“吾生也晚”。虽然宋、明、清各朝的诗歌创作数量远远大于唐朝，但不论质量、题材、气势或意境，均难以出其右者。诚然，其中亦有不少留名青史的诗家和作品，不过唐朝那种层出不穷的杰出创作群体与丰硕创作成果却难以重现了。

将唐朝诗歌分为初、盛、中、晚四期，始于严羽《沧浪诗话》，并沿用至今。

唐诗分期	年号与年份	历经年代
初唐	武德元年至开元元年（618—713）	历时近100年
盛唐	开元元年至大历元年（713—766）	历时约50年
中唐	大历元年至大和九年（766—835）	历时近70年
晚唐	开成元年至天祐四年（836—907）	历时近70年

初唐时期历时近百年，是四个分期中时间最长的。在这百年之中，诗风也在不断变化。从整个唐诗史来看，诗坛最主要的变化是诗风上从六朝绮丽矫饰之余波过渡到开元诗坛的“颇通远调”（殷璠《河岳英灵集·序》）；诗体上则完成了古体诗向近体诗的转变。

有唐之初，海内初定，诗界并未出现很突出的诗人，多数诗人都是朝中重臣，其作品也多为应制诗，题材单一狭隘。据统计，《全唐诗》收入初唐诗人220余家，其中210多家是宫廷君臣、后妃，占总数的95%左右。而其作品中确认为写于宫廷范围的诗约1520首，占总数（2444首）的62%左右。初唐宫廷诗风流变考论而大量的应制诗与唐太宗有莫大关系。《旧唐书·李百药传》记载："（太宗）罢朝之后，引进名臣，讨论是非，备尽肝膈，唯及政事，更无异辞。才及日昃，命才学之士，赐以清闲，高谈典籍，杂以文咏，间以玄言，乙夜忘寐。"一方面是"上有所好，下必甚之"，另一方面是贞观年间的百废俱兴，令臣子们的歌功颂德有理有据，故而应制诗及其纤柔婉媚的风格统领了诗坛。诚然，齐梁诗歌中确有一些艳情卑亵之作，可是，不少作品也被以"托物言志"为唯一标准的文学批评系统过分地夸大了其绮艳靡情的一面。

其实，这种承自南朝齐梁的诗风从深层来说带有一种强烈的"末世情怀"，文人们对家国前景的担忧、对自身前途的绝望导致他们沉溺于醉生梦死的物质生活中，难以自拔。诗歌也从言志抒情的工具变为显才的文字魔方，任其玩味、摆弄。其时诗歌格律方面的理论成果又在客观上助长了以文字为游戏的风气，致使诗歌风骨不存。

值得注意的是，这种"末世情怀"在五代与宋初也出现过，即著名的花间词派。当然，这种高雅而奢侈的文字游戏需要坚实的经济和文化基础，而齐梁宫廷和唐初君臣均两者兼备，适能为之。不过，唐初的君臣只是在齐梁残留的诗风和自己业已定型的创作习惯上续写这种绮靡之词，毕竟唐太宗和虞世南、长孙无忌、李百药等人与"者边走，那边走，只是寻花柳"（后蜀·王衍《醉妆词》）的末代荒淫君臣还是有云泥之别的，而他们也用诗歌抒发过个人感怀，如唐太宗的《饮马长城窟行》和魏徵的《述怀》等。前者的“塞外悲风切，交河冰已结。瀚海百重波，阴山千里雪”颇有边塞诗派疏朗高峻之风，而后者“中原初逐鹿，投笔事戎轩。纵横计不就，慷慨志犹存”则被后人赞为“气骨高古”之作，并称“盛唐风格，发源于此”（沈德潜《唐诗别裁集》）。唐初诗坛的总体格调是纤弱哀怨的，虽然宫廷诗人的心态已有欣欣向荣之气，但如上所述，他们的审美与创作习惯仍循南朝齐梁柔媚艳情的旧风：“宫体诗在唐初，依然是简文帝时那没筋骨、没心肝的宫体诗。不同的只是现在的词藻来得更细致，声调更流丽，整个的外表显得更乖巧、更酥软罢了。”（闻一多《唐诗杂论·宫体诗的自赎》）然而这时期却有一个不得不提的人物——姓王名绩字无功的这位活着时没过过几天舒心日子，死后被人推崇备至的潦倒初唐诗人。王绩号东皋子，做过几任小官，后归隐。他嗜酒、擅诗，虽字为“无功”，但他那宛若写意水墨画般的清幽诗风对初唐浮艳犹存的诗坛却着实有功。这里必须提到的是司马迁的“发奋著书说”和苏轼“诗人例穷蹇，秀句出寒饿”的论点。诗歌是一种主观抒情性很强的文学体裁，故而应制诗这类命题作文难免流于平庸。儒家的入世思想一直是中国传统文化的主流，历代的很多隐士都是因为种种原因到不了兼济天下的通达境界，才退而选择“穷则独善其身”的，

所以他们的诗不事雕饰却字字珠玑，于清雅中见质朴，于洒脱中见惆怅。质朴是得自贴近自然的生活体验和崇尚自然的心态；惆怅则来自难以实现理想的落寞感。王绩的诗亦然："百年长扰扰，万事悉悠悠。日光随意落，水势任情流。礼乐囚姬旦，诗书缚孔丘。不如高枕枕，时取醉消愁。"（《赠程处士》）不过，若论初唐诗坛上最夺人眼球的诗歌，那非张若虚的《春江花月夜》莫属了。虽然称此诗"孤篇压全唐诗"是过誉了，但多少证明了它的价值。就像谈到中国现代文学无法绕开鲁迅一样，说初唐诗歌是绕不开《春江花月夜》的。张若虚与贺知章、张旭和包融合称"吴中四士"，而张若虚的厉害之处就在于以一首诗而名垂青史，就像武林高手以一招撒手锏而打遍天下无敌手，或者像流行歌坛那些一辈子只唱一首歌的歌星差不多。这首被闻一多先生赞作"替宫体诗赎清了百年的罪"（闻一多《唐诗杂论·宫体诗的自赎》）的诗歌究竟有何与众不同呢？

春江潮水连海平，海上明月共潮生。滟滟随波千万里，何处春江无月明。

江流宛转绕芳甸，月照花林皆似霰。空里流霜不觉飞，汀上白沙看不见。

江天一色无纤尘，皎皎空中孤月轮。江畔何人初见月？江月何年初照人？

人生代代无穷已，江月年年只相似。不知江月待何人，但见长江送流水。

白云一片去悠悠，青枫浦上不胜愁。谁家今夜扁舟子?何处相思明月楼。

可怜楼上月徘徊，应照离人妆镜台。玉户帘中卷不去，捣衣砧上拂还来。

此时相望不相闻，愿逐月华流照君。鸿雁长飞光不度，鱼龙潜跃水成文。

昨夜闲潭梦落花，可怜春半不回家。江水流春去欲尽，江潭月落复西斜。

斜月沉沉藏海雾，碣石潇湘无限路。不知乘月几人归，落月摇情满江树。

此诗将景、情、思全然融合在一起，题材上与宫体诗无甚差异，却大异其趣。从诗题看，这是乐府旧题，春、江、花、月、夜五个名词携手所营造的氛围分外迷人。撇开意境和氛围，《春江花月夜》最打动人的恐怕是“江畔何人初见月？江月何年初照人?”这带有人生哲思的自问。在空寂缥缈的天地之间，诗人与江、月适成三人，而诗人则将心中的寥落与怅惘对着江月娓娓道来，平添几分凄清之美。面对春江月夜，诗人没有“自其不变者而观之，则物与我皆无尽也，而又何羡乎?”（苏轼《前赤壁赋》）的洒脱，在道出对永恒的哲学思考时又不禁轻叹人生的无常，有情人总是聚少离多，连年战乱之中更是如此。那洒满离人屋内的皎皎清

辉，把无处不在的离思朗照无遗。《春江花月夜》以这种隽永的意味独步初唐诗坛，在中国古典诗歌的长河中也堪称翘楚。

作为初唐诗坛这枚硬币的另一面，陈子昂应算是与张若虚相得益彰的诗人了，他们所代表的不同风格是唐代诗坛的第一个变奏，从张若虚到陈子昂，古典诗歌才真正蜕变为我们现在所公认的“唐诗”。诚然，张若虚今仅存诗两首，另一首《代答闺梦还》文辞细腻但不脱宫体诗的窠臼，故其“诗风”只能管窥于《春江花月夜》一首了。而陈子昂对于初唐诗坛，更像个革命斗士，称：“文章道弊五百年矣！汉魏风骨，晋宋莫传，然而文献有可征者。仆尝暇时观齐、梁间诗，彩丽竞繁，而兴寄都绝。每以咏叹，思古人，常恐逶迤颓靡，风雅不作，以耿耿也。”（《与东方左史虬修竹篇·序》）他最著名的诗作莫过于“前不见古人、后不见来者”的《登幽州台歌》和《感遇》三十八首。他提倡汉魏风骨，要求诗文要有“兴寄”，要“骨气端翔”“有金石声”。而他自己也在创作中始终贯彻如一，《感遇》组诗洗尽了齐梁风气，多慷慨兴寄之思。《登幽州台歌》也暗含人生何其短的悲慨，以及这种悲慨在空旷的天地间引起人深层的孤独感。在《春江花月夜》中我们也能看到类似的情绪和思想，只是表现方式迥然相异，恰如磁石的两极。

当然，在张若虚和陈子昂之前还有其他一些诗人，在初

唐诗坛的初变中充当着此两者的“阶梯”，如刘希夷、“四杰”等，但这些人只是几度“蜕皮”的过程，初唐初变的真正“蝶变”却成就于张若虚与陈子昂之手。两者对后世的影响颇大，这种影响在当时就已显现，张九龄的“兰叶春葳蕤，桂华秋皎洁。欣欣此生意，自尔为佳节”（《感遇》）中难道没有“兰若生春夏，芊蔚何青青。幽独空林色，朱蕤冒紫茎”（陈子昂《感遇》第二首）的影子？而谁又能否认“今人不见古时月，今月曾经照古人。古人今人若流水，共看明月皆如此”（李白《把酒问月》）的诗句是脱胎于《春江花月夜》呢？

唐朝的一代之文学毫无疑问是诗，而唐诗中最具时代特色的唯有律诗，因为律诗这一诗体到了唐初才真正完成。这儿的“阶梯”式人物是上官仪和“四杰”，上官仪在前人的基础上提出“六对”“八对”说，如“天对地，日对月”（正名对）、“花叶对草芽”（同类对）、“绿柳对黄槐”（双声对）等。这一理论“已从一般的词性字音的区分上升到了诗歌联句的艺术创造”，对律诗体制的完成有积极意义。“四杰”则在创作中部分实践了这一理论。可在创作中严格遵守此原则的则是世称“沈宋”的沈佺期和宋之问：“五言至沈宋始可称律。律为音律法律，天下无严于是者。知虚实平仄不得任情，而法度明矣。二君正是敌手。”（王世贞《艺苑卮言》）试看沈宋二人的诗作：

沈佺期《被试出塞》：

十年通大漠，万里出长平。寒日生戈剑，阴云拂旆旌。

饥乌啼旧垒，疲马恋空城。辛苦皋兰北，胡霜损汉兵。

宋之问《和赵员外桂阳桥遇佳人》：

江雨朝飞浥细尘，阳桥花柳不胜春。金鞍白马来从赵，玉面红妆本姓秦。

妒女犹怜镜中发，侍儿堪感路旁人。荡舟为乐非吾事，自叹空闺梦寐频。

这两首的诗意不尽相同，后一首仍不脱绮艳之气，不过在格律上却完全成熟了。

盛唐诗歌是由一群特别时代孕育出的特别之人挥洒出的特别文字。唐朝在百年华诞之时空前繁荣，文人在不同以往的取仕途中或得志或失意，这些感受被尽情倾泻在诗歌中。这种倾泻使盛唐诗坛的气势异常宏大，也成就了“百花齐放、百家争鸣”的局面。有个成语叫“盛气凌人”，这个词看似贬义，用在这里的含义却不同于往常，即气势盛大，足以盖过他人之意——只要和中唐士人孟郊、李贺的愁比一比，和晚唐士人温庭筠、李商隐的愁比一比，和宋词里那类锁在小楼深院中的闲愁比一比，就可以感到李白即使是愁，也是强者之愁，也有一股浩然的壮气充溢其间。

对于盛唐诗风，还有一种更深入人心的提法，就是“盛

唐气象”，盛唐诗歌的气象，即是植根于盛唐时期诗人们昂扬向上的精神风貌，开阔壮大的胸襟气魄，雄视古今的高度自信，乐观开朗的生活态度，在诗歌里表现出的思想情怀，及因此形成的艺术风貌与艺术风格。因为有了独特的内涵，故在形式上也具有了一种独具昂扬、明朗的基调。诗歌中的盛唐气象，最根本、最特别同时也是最具魅力的，是盛唐诗歌的内在精神特质。

舒芜认为“在盛唐诗人当中，具有全面代表性的，表现出典型的盛唐气象的就是李白”（孙殊青《李白诗论及其他》引言）。李白的自信，李白的想象，李白的浪漫，李白的天才，几乎可以说是盛唐这个伟大的时代造就了这位奇特而完美的诗人。盛唐人的非凡气度和兼容精神在他的诗中有着最为完美的体现。李白像将儒、道、酒、仙、侠、纵横等各家思想与气质凝聚一身，形成其超然于出入世之间，驰骋于现实人生与理想人生之间，寄情于世间情义与美不胜收的大自然之间的奇妙个性与心灵，堪称古今独一无二。龚自珍说：“庄、屈实二，不可以并，并之以为心，自白始。”（《最录李白集》）正看出了其个性与心灵之奇妙。盛唐时代的蓬勃向上的理想主义精神，直接孕育了他的浪漫情怀，使盛唐人独有的英雄意识、自我意识和人生理想，在他的诗中得到淋漓尽致的展现。“五陵年少金市东，银鞍白马度春风。落花踏尽游何处？笑入胡姬酒肆中。”（《少年行二首》之

二）意气风发，激情昂扬，洒脱之姿溢于言表。“蓬莱文章建安骨，中间小谢又清发。俱怀逸兴壮思飞，欲上青天揽明月。”（《宣州谢朓楼饯别校书叔云》）随意上天入地，有如天马行空，超然自得。时代的精神风貌在他宏阔的意象中，在其变幻莫测的想象中得到提升。“天生我材必有用，千金散尽还复来。”（《将进酒》）鸿鹄之志所包孕的诗人情怀，使诗人理想主义精神与天真烂漫的性格，映照在盛唐如日中天的社会背景之上，如梦如幻，亦真亦幻，令人沉醉，令人神往。一曲《望庐山瀑布》唱下千里银河，一首《秋浦歌》吟白千丈青丝。“白发三千丈”“飞流直下三千尺”“尔来四万八千岁”“扶摇直上九万里”，庞大的数字衬出开阔的意境，显示出凝聚千年的力量。“仰天大笑出门去，我辈岂是蓬蒿人？”（《南陵别儿童入京》）唯有盛唐的气氛下才能造就如此的李白，也唯有李白才能因此成为盛唐气象的代言人。苏轼评价李白“开济明豁，包含宏大”“戏万乘若僚友，视俦列如草芥，雄节迈伦，高气盖世”（《李太白碑阴记》），正是时代玉成他做盛唐的鸣禽。

王维与孟浩然并称，一直是唐代山水田园诗的代表。人们认为宁静、优美、清新是他们诗作的特点，认为疏淡的情怀是他们感情的全部。但诗人前期的作品可以说是气质的直观体现，毫不隐藏。孟浩然的一首《临洞庭湖赠张丞相》写得气象开阔，气势磅礴。“气蒸云梦泽，波撼岳阳城。”“坐观垂钓者，徒有羡鱼情。”积极用世的思想已不言自明。更不用说“魏阙心常在，金门诏不忘。”（《自浔阳泛舟经明海作》）“壮图衰未立，斑白恨吾衰。”（《家园卧疾毕太祝曜见寻》）的内心呼喊了。而王维不甘寂寞与平庸的本性在他早期的塞上劲歌中也有全真的展现。“日暮沙漠陲，战声烟尘里。尽系名王颈，归来报天子。”（《从军行》）“大漠孤烟直，长河落日圆。”（《使至塞上》）“回看射雕处，千里暮云平。”（《观猎》）闭眼细品，会有一股强烈的雄阔之气和理想情怀从心底涌起。诗人笔下边塞图景的辽阔无边，正是诗人胸怀大志、眼界高远的真实表现，心灵的地平线上，描绘着无比美好的理想图景。孟浩然、王维后期诗作虽然偏向宁静秀美，但深入探寻，会发现在他们的不少作品中，仍然带着一股壮逸之气，恬淡之中掩抑不住强烈的感情之潮。“且乐杯中物，谁论世上名。”（孟浩然《自洛之越》）给人以清闲，乐在其中的假象。而“隙驹不暂驻，日听凉蝉悲。”（孟浩然《家园卧疾毕太祝曜见寻》）才是真正的孟浩然。王维的诗虽然“空”“静”，但寂静中却处处是生的喧嚣，给人以万物生生不息之感，让人感受到生命之热烈欢快。“明月松间照，清泉石上流。竹喧归浣女，莲动下渔舟。”（《山居秋暝》）清新宁静的外表下是一颗热情的、躁动的心。可以说，在这一点上，王维的边塞诗歌与山水田园诗歌形异

而神同，有着异曲同工之妙。其山水田园诗所蕴藏的生机、活力与热情，显示着盛唐的风采气质，这内在的神韵其实是一点即通的。正如李泽厚在评价孟浩然的《春晓》和王维的《鸟鸣涧》等诗所说的："忠实、客观、简洁，如此天衣无缝而有哲理深意，如此幽静之极却又生趣盎然，写自然如此之美，在古今中外所有诗作中，恐怕也数一数二。她优美、明朗、健康，同样是典型的盛唐之音。"（《美的历程·盛唐之音》）盛唐的边塞，早已失去了它原有的沉寂与恐怖，而成为众人关注和向往的地方。在那里，充满了盛唐人的好奇，寄托着盛唐人的豪情与英雄主义理想。在他们的眼中，恶劣的天气，独特的异域风光最为奇妙，无疑是让人惊叹和激赏的美景。大漠风沙，如斗巨石，都是表现他们英雄本色的载体。盛唐经济社会和文化的变化，在盛唐人的心态与胸襟上烙下了明显的痕迹。原来的畏途成了今日的英雄用武之地。在王昌龄、高适、岑参三位诗人的笔下，边塞诗尽现了盛唐人的豪气。庄严的历史感，昂扬的民族自豪感与乐观的英雄主义，盛唐精神在他们的边塞诗中打下了深深的烙印。"虏骑闻之应胆慑，料知短兵不敢接，车师西门伫献捷"（岑参《走马川行奉送封大夫出师西征》）的极度自信，"黄沙百战穿金甲，不破楼兰终不还"（王昌龄《从军行七首》之四）的英雄气概，"秦时明月汉时关"（王昌龄《出塞二首》之一）的时空激越，“劝君更进一杯酒，西出阳关无故人”（王维《送元二使安西》）的关爱情怀，都是盛唐时代人们独有的气质与情怀的体现。“平沙莽莽黄入天”（岑参《走马川行奉送封大夫出师西征》）明皇幸蜀图的辽远与雄浑，“一川碎石大如斗，随风满地石乱走”（同上）的惊险与奇异，都不再成为悲歌，而是渗透着惊喜与豪迈的讴歌。“宁知戎马间，忽展平生怀。”（高适《酬裴员外以诗代书》）“知我沧溟心，脱略腐儒辈。”（王昌龄《宿灞上寄侍御玙弟》）在他们的笔下，没有心灵的阴霾，没有情绪的悲伤，只有发泄不完的诗情与乐观自信的理想。

杜甫早期与李白一样，有着高度的自信与俯视八极的气概。看他自述早年的生活与眼界：“性豪业嗜酒，疾恶怀刚肠。”“饮酣视八极，俗物多茫茫。”（《壮游》）绝非凡庸等闲之辈。看他早期诗作“会当凌绝顶，一览众山小”（《望岳》）、“何当击凡鸟，毛血洒平芜”（《画鹰》），可谓气势宏大，壮志凌云。而“星垂平野阔，月涌大江流”（《旅夜抒怀》）、“吴楚东南坼，乾坤日夜浮”（《登岳阳楼》），运笔如椽，不亚于李白之诗。更有“丈夫四方志，安可辞固穷”（《前出塞九首》之九）、“男儿生世间，及壮当封侯。战伐有功业，焉能守旧丘”（《后出塞五首》之一）之语，同样丝毫不逊于边塞诗名家。那种充满自信、饱含理想、积极奋进的情怀在诗中的显现，难道不是盛唐人独有的精神气

象吗！随着杜甫生活的改变，他漂泊流寓时期的作品的确多是沉郁顿挫的，但仔细品味，就会觉出其中忧伤而不消沉，沉郁而不颓废的深意。他的现实主义的诗作虽然饱含沧桑与辛酸，却有着无人能敌的气魄与力度。

盛唐诗人虽也各有自己的艺术追求，但他们却有一个共同的特点，那便是感情基调的昂扬、壮大与明朗。就盛唐诗歌总的风貌来看，他们是以追求秀丽与雄浑之美为主，并由此而创造出了兴象玲珑的诗歌意境。严羽《沧浪诗话·诗辨》云："盛唐诸人唯在兴趣，羚羊挂角，无迹可求。故其妙处，透彻玲珑，不可凑泊，如空中之音、相中之色、水中之月、镜中之象，言有尽而意无穷也。"这是用以禅喻诗的方法对盛唐诗歌意境做出的传神描述。然而中唐诗歌则表现出迥异的风貌。

贺裳《载酒园诗话又编》云："中唐人故多佳诗，不及盛唐者，气力减产。雅淡则不能高深，雄奇则不能沉静，清新则不能深厚。至贞元以后，苦寒、放诞、纤缛之音作矣。"盛唐诗歌意境是阔大、外展的，而中唐诗歌则趋向于狭小、内向。这种差别的产生，与人们的心理因素密不可分。盛唐一代诗人，怀着宏伟的理想，以蓬勃热烈的感情，激昂慷慨的声音去表现盛唐时代种种激动人心的生活和斗争。那种追求进步政治的理想、为祖国建功立业的英雄气概，以及反抗权贵的精神，乃是盛唐诗歌的主流。可是，安史之乱后，社会政治及文化特质都发生了巨大的变化，盛唐人那浪漫豪爽的气质已成为过去，那博大宽阔的胸襟已不复存在，那积极的、浪潮般的政治热情与生活热情也已渐渐退潮。严峻、冷酷的现实使中唐诗人陷入极度的苦闷、彷徨之中。可以说，中唐诗歌基本上就是以苦闷、彷徨、哀愁为主调。他们由对社会政治的关心，转变为描写身边琐事，抒发内心苦闷；由对大自然风光的赞美，转变为在其中寄托空虚的精神；由对火热战斗场面的歌颂，转变为吟唱一曲曲送葬的哀歌。

韩孟诗派，尤以抒写个人不幸遭遇及内心苦闷而著称。孟郊、贾岛等人所突出表现的个人生活中的贫病苦寒，久已成为文学史中的话题。而李贺的诗歌，在诉说怀才不遇的愤懑、对现实生活的消极冷漠，以及抒发内心苦闷等方面，堪称中唐诗歌的代表。如其《秋来》：

桐风惊心壮士苦，衰灯络纬啼寒素。

谁看青简一编书，不遣花虫粉空蠹。

思牵今夜肠应直，雨冷香魂吊书客。

秋坟鬼唱鲍家诗，恨血千年土中碧。

秋风起，壮心惊，随着时光的流逝，自己的壮志也消磨殆尽。在这凄风苦雨之夜，香魂来吊、鬼唱鲍诗、恨血化碧等形象的出现，正是为了表现那怀才不遇、抑郁未申的情怀。诗人在人世间找不到知音，就只能在阴冥的世界里寻求

同调了。他的《梦天》等诗，在表现对人世沧桑的深沉感慨的同时，又表现出了不满现实社会而又无力改变它，因而所产生的厌弃现实、逃避现实的心理状态。

同样，中唐的边塞诗与盛唐相比，建功立业的英雄气概已经黯然消失；乐观豪放的情调与雄浑悲壮的风格，已为凄凉感伤的情调与含蓄深婉的风格所代替。中唐著名边塞诗人李益，尽管“可与太白、龙标竞爽”（《诗薮·内编卷六》），然其凄凉感伤的情调，却与盛唐诗人大不相同。如其《夜上受降城闻笛》《从军北征》等名作，就都明显地带有置身边地、怀念故乡与厌倦战争的情绪。而他的《观回军三韵》《回军行》等诗，则突出描写了唐官军败退的惨状。如《回军行》：

关城榆叶早疏黄，日暮沙云古战场。

表请回军掩尘骨，莫教士卒哭龙荒。

没有昂扬的激情，更没有浪漫的色彩，一切似乎又都回到了残酷的现实之中。如果说盛唐诗人笔下的边塞生活，是催人奋进的战歌，那么，此诗就是催人泪下的送葬哀歌了。这在盛唐诗歌中是罕见的。

可见，“文变染乎世情”（《文心雕龙·时序》），诗人的心理状态与时代有着密切的关系，同时又深刻地影响着他们的诗歌创作，尤其反映在他们的审美心态与诗歌意境的创造上。

邵祖平《唐诗通论》云："唐之作家，无虑两千人……其作品则有飘逸、雄浑、浩荡、横郁、优秀、奇警、清拔、精深、悍刻、艳冶、流丽，奥峭、孤覆之殊。而其大要所归，一天放之妙，一整融之功；一属自然，一隶工力而已。"并认为李白是"自然派之神而圣者"，杜甫是"工力派之神而圣者"。且"唐之初、盛，自然者比较居多"，然而"时至中、晚，风尚所至，人人自欲探骊珠，家家自拟抱荆玉，而诗锻炼苦吟日著，故工力派为之绝盛，几欲尽夺当时自然派之席"（《学衡》第12期）。这种认识的确颇有见地。盛唐诗歌，虽也有以工力见长者，但其主流仍是自然浑成。同样，中唐诗歌，虽也有以自然见长者，但其主流却是以工力称盛的。可以说，盛唐诗歌意境，属于天籁之美；而中唐诗歌意境，则属于人工之美。

如李白的《春色洛城闻笛》："谁家玉笛暗飞声，散入春风满洛城。此夜曲中闻折柳，何人不起故园情。"洛阳春夜，不知何处传来阵阵笛声，那表现离愁别绪的《折杨柳》之曲，似有似无，似近似远，仿佛融化在无处不到的春风里。这和春风一起飘忽弥漫的笛声，很自然地勾起诗人一缕淡淡的乡愁。它轻轻袭来，与无边的春和悠扬的笛声融为了一体。自然浑成，表现出天籁之美。如此自然浑成、兴象玲珑的意境，在盛唐诗歌中相当普遍。中唐的诗歌，虽也偶有一些，但更多的诗却已失去了天籁之美，而带有人工的痕

迹，有些甚至沦为拼凑、雕琢。如钱起《故王维右丞堂前芍药花开凄然感怀》一诗："芍药花开出旧栏，春衫掩泪再来看。主人不在花长在，更胜青松守岁寒。"前两句通过具体的形象，表现忆念之情怀，的确是真挚自然、情深味厚。但接下二句，却是抽象的是非判断，毫无言外之韵，令人感到索然无味。这就明显显露出拼凑的痕迹。

集中体现了中唐诗歌创新方向的元白与韩孟两大诗派，在审美心态与诗歌意境的创造上，就更加显示出与盛唐迥异的风貌。

元白新乐府，出自功利主义的目的，重在恢复和发扬光大"诗教"的传统，因而在诗歌艺术上的追求，他们甚至还不如大历诗人。白居易《新乐府序》自叙其五十首新乐府云："篇无定句，句无定字；系于意，不系于文。首句标其目，卒章显其志，诗三百之义也。其辞质而径，欲见之者易谕也；其言直而切，欲闻之者深诫也；其事核而实，使采之者传信也；其体顺而肆，可以播于乐章歌曲也。总而言之，为君、为臣、为民、为物、为事而作，不为文而作也。"又《策林》六十八云："伏惟陛下诏主文之司，谕养文之旨，俾辞赋合炯戒讽喻者，虽质虽野，采而奖之。"白居易提倡"删淫辞，削丽藻""著诚去伪"等主张是正确的，但过分追求"美刺比兴"，重在议论说理，却忽视了诗歌艺术形式的重要性。难怪苏轼讥刺他们为"元轻白俗"（《祭柳

子玉文》)，张戒说他们“专以道得人心中事为工，然其词浅近，其气卑弱”(《岁寒堂诗话》)。可见元白对于诗歌的审美标准，是以核实、浅切、质轻为最高目标，即以俗为美。因而他们在诗歌意境的创造上，不仅与盛唐人大异其趣，而且与中唐诗人也有明显的区别。如白居易的《新丰折臂翁》，这首诗写一个为了保全性命而不得不折断己臂的老兵的故事，事件本身很典型。诗的上半段，诗人以娴熟的技巧，写得情景兼备，韵味深远。当写到“万人冢上哭呦呦”时，本应结束全篇(杜甫《兵车行》即以“新鬼烦冤旧鬼哭，天阴雨湿声啾啾”结束全篇)，可是白居易为了“显其志”，便硬添上一大段枯燥无味的议论，从而割裂了性情，破坏了全诗的意境，成了全诗的蛇足。

刘熙载《艺概·诗概》说韩愈的诗是“以丑为美”，的确道出了韩诗审美视角的重要特征。如其《落齿》诗，本来，由于落齿，应想到老之将至与身体的残弱，但韩愈却津津乐道，引以为荣。诗中不仅将落齿与山崩的雄壮气势相比，且谓“语讹默固好，嚼废软还美”，以赞歌的方式做自我慰藉。又如《郑群赠簟》《嘲鼾睡》《孟东野失子》等，都是把人们日常生活中认为是丑恶的、令人厌恶的东西，当作美的事物加以歌颂。说韩诗“以丑为美”，的确并不过分。其实不只是韩愈，韩孟诗派其他成员也同样如此。孟郊对于贫、病、苦、寒的反复咏叹，就是这种心态的反映。如

他的《秋怀》其十三，极写病态弱质，甚至细写疮臭蝇聚之状，实令人不堪忍受。贾岛诗歌在这方面的表现也很突出，闻一多先生就说他“甚至爱贫、病、丑和恐怖”（《闻一多全集》册三）。如其《题长江厅》：“言心俱好静，廨署落晖空。归吏封宵钥，行蛇入古桐。”又如《泥阳馆》：“客愁何并起，暮送故人回。废馆秋萤出，空城寒雨来。夕阳飘白露，树影扫青苔。独坐离容惨，孤灯照不开。”就都是这种审美心态的反映。杜牧《李长吉歌诗序》云：“牛鬼蛇神，不足为其虚荒诞幻也。”王任思《昌谷诗解序》亦云：“以其哀激之思，变为晦涩之调，喜用鬼字、泣字、死字、血字。”这些都抓住了李贺诗歌的重要审美特征。在李贺的笔下，白天和黑夜是颠倒的，光明和黑暗也是颠倒的：“月午树立影，一山唯白晓。漆炬迎新人，幽圹萤扰扰。”（《感讽五首》其三）可见李贺对于鬼魂世界的欣赏，已远远超出人类正常的审美心态。

晚唐诗是一个兴盛王朝的挽歌，透过晚唐诗作的表层，可以清晰地看到其主调由逃避现实和抨击现实两个侧面构成，这正是晚唐诗人人生观的悲观性和社会观的逆反性的突出反映。晚唐诗作字里行间溢出与盛唐诗无法掩饰的乐观情调迥然不同的感伤情调。《春江花月夜》淡淡的哀愁终于被绝望的伤感所淹没。前者对未来充满憧憬，后者品尝着生命的苦涩；前者是朦胧的追求，后者是清晰的颓唐。正是在悲观、感伤的主旋律中，隐藏着晚唐诗人们自我价值的凸现，他们以美的深切感受来掩饰生命的痛苦，如同尼采哲学所展示的，在悲观的背景下，用艺术来肯定人生。中国古典诗史唯有在晚唐才如此集中地呈现出这种“世纪末”的景象。

感伤情调的渗透在晚唐代表作家李商隐和杜牧的作品中，表现为一种深刻的诗化的凝结。他们自觉地抒发时代和社会赋予个人的真实情感。在高度的诗歌艺术中折射出感伤的色泽。诗情有时深邃，有时清淡，有时沉郁，有时飘逸，但总是将历史的兴衰和哲理的思考寓于诗的形象之中，悲观性的抗争性和思绪都溶化在诗的浓重氛围里，给晚唐诗坛树立了感伤与美丽相统一的精品的楷模。

“一生襟抱未尝开”（崔珏《哭李商隐》）的遭遇和“欲回天地”的雄心的矛盾，使李商隐的主要作品同感伤情调密切相连。在如梦的诗境中总有一双清醒而忧愤的眼睛注视着现实与历史，以深情、浓艳的色调抒发社会和个人的双重悲剧咏叹。在晚唐诗坛上，没有另一位诗人将咏史诗写得那样沉痛、惊警。李商隐对政治的关切寓于含蓄的讽刺，又通过触目惊心的历史画面加以凸现。“小怜玉体横陈夜，已报周师入晋阳”（《北齐》），“春风举国裁宫锦，半作障泥半作帆”（《隋宫》）的历史的嘲讽，深深地蕴含着现实的沉痛；《筹笔驿》凭吊孔明所寄托的遗恨，不仅有历史的凝重感，而且有深挚的感慨；《安定城楼》中诗人高尚情怀的吐

露，也潜藏着对社会的失望和对现实的抗争；《重有感》则是积极用世的热情在现实压抑下化作泡影的写照。盛唐咏史诗的建功进取精神显然已为亡国之忧替代，这是李商隐咏史诗的一层内涵。更深刻的一层内涵则是政治抱负不能施展，人生价值不能实现的沉重的压抑感与悲观意识的体现。正是这种压抑的悲剧意识，比晚唐其他诗人在更深沉、更艺术的层次上，凝结了怆然的感伤情调，弥漫渗透在义山诗作的各个层面、各个角落。他的蕴藉深沉，最突出地体现在爱情诗和政治诗的双重内涵之中。在同一首诗中，爱情的悲剧与政治的失意融而为一，成为互为表里的不可以常理、常情估测的意境，因此李商隐诗的朦胧，不在于过多地用事用典，而在于以高度的美去掩饰、去蕴藏深刻的人生悲剧，使之达到一种崇高的境界。宋元以来诗评莫衷一是的《锦瑟》的扑朔迷离，全在沧海月明的境界中，隐蔽着凄冷孤寂的惆怅之怀，而不在用典的精工，诗作层次的曲折，又反映了感伤情调所附丽的实事的难言，而不在故弄玄虚。义山许多诗篇仅仅为情感的自我抒发而作，而非为文人雅士酬唱而写，因此保持着崇高的悲剧精神，他的无题诗是这种悲剧精神的突出体现，那种哑谜式的意境犹如一个清醒而哀婉的梦，从表层看是难以言明的情怀与故事的陈述，从深层看则是衰颓时代社会感伤心理的凝结，而沉博艳丽、深情绵邈等恰恰是晚唐感伤情调所能达到的最高层次的诗歌表现形态和审美水准，

这便是李商隐诗作特别是七律成为晚唐诗艺术成就高峰的根基所在。唯有李商隐，才能以浓艳的语言来表现深深的感伤，“隔座送钩看酒暖，分曹射覆蜡灯红”（《无题》）似乎是宴乐场景的细腻刻画和色彩的着意渲染，却清晰地反衬出借酒浇愁的乐中之悲；唯有李商隐，才能以高度的意象概括起社会的末季心态，“夕阳无限好，只是近黄昏”（《登乐游原》）而外，还有如“秋阴不散霜飞晚，留得枯荷听雨声”（《宿骆氏亭寄怀崔雍崔衮》），“客散酒醒深夜后，更持红烛赏残花”（《花下醉》）等，似乎是生活一角的自我品味与感受，却捏塑出绝望悲愁的社会与时代的心理形象；唯有李商隐，才能以杰出的“造句”功力提炼出崭新的情感境界，“身无彩凤双飞翼，心有灵犀一点通”“春蚕到死丝方尽，蜡炬成灰泪始干”的名句似乎是语言的创新和凝结，却分明是诗人深邃的悲剧性精神世界的崇高展示。

杜牧诗以俊迈拗峭、深于感慨的风格卓立于晚唐诗坛而与李商隐齐名，“刻意伤春复伤别，人间唯有杜司勋”（李商隐《杜司勋》）是义山对杜牧诗的赞赏，也表露了渗透于杜牧诗中的感伤情调成为两位大诗人共同的旨趣。李商隐的崇高的悲剧精神在杜牧诗中演绎为一种俊爽的才气和活泼的思路所无法掩饰的忧伤。晚唐颓败的世风透过不同的诗格折射出多样的形态，却总是悲剧精神的共通的产物。杜牧咏史诗虽不如李商隐的触目惊心，却是形象的史论。“唯有凉州歌舞曲，流传天下乐闲人”（《河湟》）以幽默语道出抑郁不平气，无奈中显出别样的沉痛；“唯有紫苔偏称意，年年因雨上金铺”（《过勤政殿》）细致而夸张的特写，更衬托出极度的悲伤；“一骑红尘妃子笑，无人知是荔枝来”“霓裳一曲千峰上，舞破中原始下来”（《过华清宫绝句》）的深刻讽刺和愤怒谴责，分明包含着内心的悲痛。就连抒情写景的七绝，也时时流溢着对时事的清醒的审视与忧伤。“南朝四百八十寺，多少楼台烟雨中”（《江南春》）不仅烘托出江南特有的风物，更隐藏着一种历史的沉思和感慨；“商女不知亡国恨，隔江犹唱后庭花”（《泊秦淮》）在讽刺之下透出对国事的隐忧，构成了譬喻般的警告；“停车坐爱枫林晚，霜叶红于二月花”（《山行》）也有种掩饰不住的淡淡的孤寂和追怀；“多少绿荷相倚恨，一时回首背西风”（《齐安郡中偶题二首》）同样蕴含着浅浅的哀伤。杜牧咏叹个人身世之作似乎在更自由和纯真的天地里道出了时代的悲苦。“砌下梨花一堆雪，明年谁此凭栏杆”（《初冬夜饮》）的“含思悲凄，流情感慨”（《唐音癸签》引徐献忠语），“为问寒沙新到雁，来时还下杜陵无”（《秋浦途中》）在羁旅愁思之外的无奈的哀伤，都在高层次的艺术境界中体现着深深的感伤情调。在杜牧以华丽辞藻写就的颓废诗歌中，分明背弃了崇高的悲剧精神，同李商隐纯净的、深挚的哀伤分道扬镳，但恰恰又宣示了逃避现实的深深足迹。

宋词的渊源

词的出现，迄今至少已有一千三四百年之久了。

知道一件事物的起源，必须要知道这件事物的本质。同样，若想对词的起源有正确的了解，就必须对词的本质有正确的把握。“青史应同久，芳名万古闻。”（薛存诚《御制段太尉碑》）词的每一种“芳名”，诸如曲子词、乐府、长短句、诗余等，都是对词的性质与特征的各个侧面的体认过程。而宋词的渊源，除了需要探究词作为一种文体的起源之外，还必须对唐五代之词略做梳理，以显示词自唐至宋的发展历程，进而见出唐五代词对宋词之质的规定性。

关于词的起源，前人历来有不同的说法，可谓众说纷纭。这主要是因为他们各自切入的角度不同，不过大体是这三个方面：诗与词的关系、词的长短句样式之渊源、音乐与词的关系。他们的观点多少可以加深对词的认识。以下将从时间上往前追溯，由远及近，对诸家之言做简要的阐述与分析。

一、宋词的渊源

（一）源于远古说

这一派主要是清人汪森等根据词的句式长短参差错落的文体特征，追溯词的起源。他们发现，自从有了诗歌也就有了长短不一的句式，那么，词的源头自然可以推溯到上古。汪森的《词综序》说：“自有诗而长短句即寓焉，《南风》之操、《五子》之歌是已。周之《颂》三十一篇，长短句居十八；汉《郊祀歌》十九篇，长短句居其五；至《短箫铙歌》十八篇，篇皆长短句，谓非词之源于？”与汪森时常讨论、编辑《词综》的朱彝尊，词学观点与其亦完全一致。他在《水村琴趣序》中说：“《南风》之诗，《五子之歌》，此长短句之所由昉也。汉《铙歌》《郊祀》之章，其体尚质。迨晋、宋、齐、梁《江南》《采菱》诸调，去填词一间耳。诗不即变为词，殆时未至焉。既而萌于唐，流演于十国，盛于宋。”

相传虞舜做五弦琴，歌《南风》；《五子之歌》则出自《尚书·夏书》，后人相传其为夏时的歌曲。朱、汪两人从远古的《南风》《五子》等诗歌开始，又延及《诗经》及以后其他诗歌中的长短句，认为词中长短句的源流既广且长。

朱、汪两人主要从句式的长短出发推溯词的源头，不过因为没有顾及词的音乐特征，引来其他词论家的质疑。明人俞彦曰：“古人凡歌，必比之钟鼓管弦，诗词皆所以歌，故曰乐府。……故盈天地间，无非声，无非音，则无非乐。”其意为讨论词的起源之着重点在于合乐而不在句式长短。而从诗与词皆可配乐演唱的特征出发，俞彦也认为词起源于上古，他说：“词于不朽之业最为小乘，然溯其源流，咸自鸿蒙上古而来。如亿兆黔首，固皆神圣裔矣。”

（二）源于《诗经》《楚辞》说

讨论词的起源，亦有许多词学家追溯到《诗经》与《楚辞》。《诗三百》经孔子删正，被后人奉为经典；楚辞以其忠君意志的一再表达、比兴手法的完整运用，影响后代诗歌创作，形成创作传统。这是《诗经》与《楚辞》也时常被认作古代诗歌源头的原因。

南宋以后，由于苏轼词的影响与词坛风气的转移，词人们开始要求歌词也能寄托更多的社会内容，抒发个人的性情怀抱，即要求以重大题材入词。如此一来，必须提高词的社会地位，为词在正统文坛中争得一席之地，于是，词坛上出现了“尊体”的呼声。最初将词的源头追溯到《诗经》《楚辞》，就是这种“尊体”的一种具体措施。

胡寅在《向芗林酒边集》后序中说：“词曲者，古乐府之末造也。古乐府者，诗之旁行也。诗出于《离骚》《楚辞》，而《离骚》者，变风变雅之音，怨而迫、哀而伤者也。其发乎情则同，而止乎礼义则异。”

张镃于《题梅溪》云：“《关雎》而下三百篇，当时之歌词也。圣师删以为经。后世播诗章于乐府，被之金石管弦，屈、宋、班、马由是乎出。而自变体以来，司花傍辇之嘲，沉香亭北之咏，至与人主相友善，则世之文人才士，游戏笔墨于长短句间。”

“尊体”的呼声，到清代登峰造极。词起源于《诗经》与《楚辞》的说法，更加被人们所普遍接受。《四库全书总目》卷一百九十九《碧鸡漫志提要》说：“宋词之沿革，盖三百篇之余音，至汉而变为乐府，至唐而变为歌诗。及其中叶，词亦萌芽。至宋而歌诗之法渐绝，词乃大盛。”清成肇麐《唐五代词选》说：“十五国风息而乐府兴，乐府微而歌词作。”清许宗彦《莲子居词话序》说：“自周乐亡，一易而为汉之乐章，再易而为魏晋之歌行，三易而为唐之长短句。要皆随音律递变，而作者本旨无不滥觞楚骚，导源风雅，其趣一也。”清江顺诒《词学集成》卷五引郭频伽之语云：“词家者流，源出于《国风》，其本滥于齐梁。”清丁炜《词苑丛谈序》说：“诗与词，均《三百》之遗也。”清徐喈凤《词证》说：“词虽名诗余，然去雅颂甚远，拟于国风，庶几近之。然二南之诗，虽多属闺帏，其词正，其音和，又非词家所及。盖诗余之作，其变风之遗乎？”清沈祥龙《论

词随笔》说："词者诗之余，当发乎情，止乎礼义。国风好色而不淫，小雅怨悱而不乱，《离骚》之旨，即词旨也。"清秦恩复《词林韵释跋》："词也者，骚之苗裔，而歌行之变体也。胚胎于唐，滥觞于五代，至南北宋而极盛。"王国维《人间词话》说："四言敝而有《楚辞》，《楚辞》敝而有五言，五言敝而有七言，古诗敝而有律绝，律绝敝而有词。盖文体通行即久，染指遂多，自成俗套。豪述之士，亦难于其中自出新意，故遁而作他体，以自解脱。一切文体所以始盛终衰者，皆由于此。"

诸位清人所论，我们大约可以归结为这三点：其一，从题材内容方面追溯，词承继了《诗经》与《楚辞》比兴幽隐、寄意深微的创作传统。而其喜写闺帏、吐辞怨悱的作风，更近似于《离骚》，并溯源到变风变雅。其二，从"歌诗之法"的角度理清脉络，亦溯源至《诗》与《骚》。正如前文所言，中国古代诗乐相配的历史经历了三个阶段的变化，先秦《诗经》即可配合"雅乐"演唱，楚辞也是楚地的民歌，乐曲代有新变，合乐歌唱的诗体也随之演变，并伴随着"音律递变"，于是便有了"词"。其三，从文体演变的必然性着手，强调推陈出新是一切"豪述之士"的不懈追求，其结果是文体的代有新变。词这一新的文体，正是由"诗骚"一步步演变而来的。

此外，徐釚《词苑丛谈》卷一所引《药园闲话》，讨论

得更为详尽：

屈子《离骚》亦名辞，汉武《秋风》亦名辞。词者，诗之余也。然则词果有合于诗乎？曰：按其调而知之也。《殷雷》之诗曰："殷其雷，在南山之阳。"此三、五言调也。《鱼丽》之诗曰："鱼丽于罶，鲿鲨。"此二、四言调也。《还》之诗曰："遭我乎猺之间兮，并驱从两肩兮。"此六、七言调也。《江汜》之诗曰："不我以，不我以。"此叠句调也。《东山》之诗曰："我来自东，零雨其蒙。鹳鸣于垤，妇叹于室。"此换韵调也。《行露》之诗曰："厌浥行露。"其二章曰："谁谓雀无角。"此换头调也。凡此烦促相宣，短长互用，以启后人协律之原，岂非三百篇实祖祢哉？

综上，作者从"宗经""尊体"出发，为了改变前人称词为"颜料""小道"之轻蔑，于是从《诗经》中寻找出某些长短句并使之与词之长短句相比附，认为新兴的词体不仅"有合于诗"，而且认定诗"三百篇"实际上是词的本源。

上述议论考虑到了历史的承继性，而他们提出的"烦促相宣，短长互用，以启后人协律之原"这几句话也很值得重视。它道出了诗歌与词之间的重要关系，认为《诗经》中之长短句使词得到启发，从而成为"后人协律之原"。诗，对于词体乃至词律的形成都是有影响的。这类见解，颇为精当。

（三）源于汉魏乐府说

词的一个显著特征是合乐歌唱，追溯词的起源，部分词论家充分注意到这一点。清朝的谭献在《复堂词话·复堂词录叙》说："词为诗余，非徒诗之余，而乐府之余也。"汉代设立的乐府，本来是官方的音乐机构，它的任务之一就是采诗入乐或者为诗歌配乐，后人将这些配乐歌唱的诗歌也称为"乐府"。汉以后，乐府诗十分兴旺发达。南宋以后推究词的起源，人们有的就从音乐的角度切入，而把目光聚焦在汉魏乐府诗歌上。南宋王炎《双溪诗余自叙》说："古诗自风雅以降，汉魏间乃有乐府，而曲居其一。今之长短句，盖乐府曲之苗裔也。"明黄河清《续草堂诗余序》说："词固乐府铙歌之滥觞，李供奉、王右丞开其美，而南唐李氏父子实弘其业，晏、秦、欧、柳、周、苏之徒嗣其响。"清陆蓥《问花楼词话·原始》说："愚见词虽小道，滥觞乐府，具体齐梁，历三唐五季，至宋乃集其大成。"清陈廷焯《白雨斋词话》卷五说："词也者，乐府之变调，风骚之流派也。"这一派的观点更加注重词的音乐特征，如果能深入对音乐体系的演变加以仔细区别就更好了。

（四）源于六朝杂言说

这一观点主要产生在明代以后。明杨慎《词品》卷一说："填词起于唐人，而六朝已滥觞矣。"明陈霆《渚山堂词话序》说："北齐兰陵王长恭及周，战而胜，于军中作《兰陵王》曲歌之，今乐府《兰陵王》是也。然则南词始于南北朝，转入隋而著，至唐宋仿制耳。"清毛先舒《填词名解略例》说："填词缘起于六朝，显于唐，盛于宋，微于金元。"他们将词的合乐特征、词调的出现等与词的长短句式结合起来考察，于是把注意力集中在六朝杂言诗之上。六朝杂言诗，在形式上确实与词更加相似了。

（五）源于唐诗说

格律诗，至唐朝才正式定型。词，又是一种合乐歌唱的新式格律诗，在平仄声韵方面都有严格的要求。考虑到这一点，相当多的词论家便主张词起源于唐诗。清张惠言《词选序》说："词者，盖出于唐之诗人，采乐府之音，以制新律，因系其词，故曰'词'。"《四库全书总目》卷一百九十九《御定历代诗余提要》说："诗降而为词，始于唐。若《菩萨蛮》《忆秦娥》《忆江南》《长相思》之属，本是唐人之诗，而句有长短，遂为词家权舆，故谓之诗余。"这一流派的观点顾及了词人燕乐演唱、须讲究格律、句式长短不必有词调等多方面特征，颇具有说服力。然而，从近代敦煌发现的曲子词来看，曲子词与唐诗并行不悖，这就不能解释为前者起源于后者。唐代声诗确实在配乐演唱的过程中起着种

种变化，并且部分演变为词调，但这种演变很可能是在曲子词的带动与推动之下完成的，我们可以称之为一种流变，而不是源头。

（六）源于五代说

清先著《词洁发凡》说："词源于五代，体备于宋人，极盛于宋之末。"而唐朝就已经有不少曲子词流传，中唐以后文人也开始模仿写作，所以这种说法就很少有人苟同，确实，它已明显偏离了事实。

上述诸多"起源"说，都是在不同的侧面，力求接近史实，同时也帮助我们更深入地理解了词的音乐本质与文体特征。然而，又都有其一定的局限性。例如，从抒写性情、比兴寄托的角度将词的起源回溯到《诗经》等，这种讨论过于普泛，同样适用于其他文体起源之讨论，因此也失去了讨论特殊文体起源的意义。清徐釚《词苑丛谈》卷四《品藻》议论诸种"起源说"评价道："予意所谓情者，人之性情也。上自三百篇，以及汉、魏、三唐乐府、诗歌，无非发自性情。故鲁不可同于卫，卿大夫之作不能同于闾巷歌谣，即陶、谢扬镳，李、杜分轨，各随其性情之所在。古无无性情之诗词，亦无舍性情之外别有可为诗词者。"现代的学者捕捉到"词乃配合燕乐歌唱之歌辞"这一点，同时凌廷堪《燕乐考原》等专著的问世加深了人们对词与燕乐关系的理

解。燕乐研究在清代逐渐成为“显学”。今人吴梅就是从这个角度为“词的起源”定位的，他在《词话丛编序》中说：“倚声之学，源于隋之燕乐。三唐导其流，五季扬其波，至宋大盛。”这种说法是比较科学的。既然词是配合隋唐之际新兴的燕乐演唱的，那么，它的起源就不会早于隋唐。况且，中原人士对外来音乐还有一段适应与熟悉的过程，不可能立即为新乐谱词。结合敦煌石窟保存的早期“曲子词”来分析，大约是入唐以后中原人士才开始为比较成型的燕乐谱写歌词。

二、中唐时期诗词的互动

诗歌的黄金时代到了中唐便开始趋向衰落。与此同时，词开始了它走向繁荣的脚步。当日文风之变，一如李肇《唐国史补》卷下所言：“元和以后，为文笔则学奇诡于韩愈，学苦涩于樊宗师；歌行则流荡于张籍，诗草则学矫激于孟郊，学浅切于白居易，学淫靡于元稹，俱名为‘元和体’，大抵天宝之风尚党，大历之风尚浮，贞元之风尚荡，元和之风尚怪也。”

回顾初盛唐，名士们“清淡赋诗，投壶雅歌，以杯酌献酬，不至于乱”，诗人的笔下亦有一种向上的气象，一种自信和从容。李白曾有这样的名句：“圣代复元古，垂衣贵清真。群才属休明，乘运共跃鳞。文质相炳焕，众星罗秋旻。”

（《古风》其一）然而到了中唐，天真与热情已经退潮，济世的雄心正在萎缩，浮上人们心头的是浮躁、悲辛乃至看破世情的油滑，追求享乐的情绪也滋长起来。就连白居易也流露出了“同是天涯沦落人，相逢何必曾相识”的感慨。可见世风的变化在文学创作上得到了敏感的反映。

以“安史之乱”为盛衰分界线的唐帝国，在此动荡之后，往昔那些以经国济世为己任的诗人逐渐对社会失去了原有的热情，腐朽政权之下，风俗奢靡，沉迷酒色，使整个国家都沉沦在一种郁闷、萧瑟的氛围之中。诗人作为一个国家中对文化生存环境最为敏感的群体，他们传统的创作作风与文化心理也随之发生着悄然的变化。诗歌在中国文学历史上是一种具有很高文化内涵的文学创作形式，在现代看来，它可以被认为是一种精英的小众文化，而当社会动荡，人们无暇顾及精神上的愉悦、只求基本需求得到满足之时，这样的小众文化便会失宠，转而寻求通俗易懂、易于传唱的大众文化，此时，“词”便成为当时能够迎合大多数人口味的文学形式，渐渐进入当时人们的生活，也随之改变了诗人的创作思维和方式。因此，可以认为，社会风气、文化环境和作者心理这三个方面的变化，特别是享乐、游冶习气的蔓延，为词的发展提供了良好的环境。

中唐时期的词尚处于孕育时期，一些诗人开始尝试世俗歌词的创作，诗歌也随之发生了若干显著的变化，也正是在

这诗词交替的节点上，两者在内容、技巧等方面开始出现相互渗透的趋势，换句话说，诗词的创作进入了一个相互影响、共同发展的阶段，因此诗与词在中唐时期有着许多微妙的关系。

一方面，诗词的变化体现着文人的生活和心态的变化。词的产生主要是因为燕乐的盛行，而最初盛行于中唐的乐府歌词常是依照已有的乐曲，将诗歌进行必要的改动以配之，因此，当时的文人对于词的创作态度是非常随意的，并对于词的流播、“著作权”等问题表现出居高临下、欣赏的旁观者姿态，因此，有许多作品在流传于民间甚久后，往往会被误认为是歌女之作。但随着词的逐渐演进，中唐诗人在词中开始找到了新的感觉。词的表现形式虽亦有一定的要求和格式，常常受到曲调的制约，但是，对于诗歌来说，词毫无疑问显得更为开放。中唐诗人在“安史之乱”之后，面对世风日下的社会，他们对那些自由风流、放荡不羁的生活也从羡慕、自矜转而全心投入；那些诗词的创作也渐渐淡化了高远雅致的生活，转而侧重于以日常生活、自然景物为依托来抒发和宣泄情绪、抚慰心灵，甚至成了书写享乐与荒唐的工具。白居易就曾在《江南喜逢萧九彻因话长安旧游戏赠五十韵》中极为细致地诉说了流连杯酒光景的情景：

忆昔嬉游伴，多陪欢宴场。寓居同永乐，幽会共平康。

师子寻前曲，声儿出内坊。花深态奴宅，竹错得怜堂。

庭晚开红药，门闲荫绿杨。经过悉同巷，居处尽连墙。
时世高梳髻，风流澹作妆。戴花红石竹，帔晕紫槟榔。
鬓动悬蝉翼，钗垂小凤行。拂胸轻粉絮，暖手小香囊。
选胜任银烛，邀欢举玉觞。炉烟凝麝气，酒色注鹅黄。
急管停还奏，繁弦慢更张。雪飞回舞袖，尘起绕歌梁。
旧曲翻调笑，新声打义扬。名情推阿轨，巧语许秋娘。
风暖春将暮，星回夜未央。宴余添粉黛，坐久换衣裳。
结伴归深院，分头入洞房。彩帷开翡翠，罗荐拂鸳鸯。
留宿争牵袖，贪眠各占床。绿窗笼水影，红壁背灯光。
索镜收花钿，邀人解袷裆。暗娇妆靥笑，私语口脂香。
怕听钟声坐，羞明映缦藏。眉残蛾翠浅，鬟解绿云长。
聚散知无定，忧欢事不常。离筵开夕宴，别骑促晨装。
去住青门外，留连浐水傍。车行遥寄语，马驻共相望。
云雨分何处，山川共异方。野行初寂寞，店宿乍恓惶。
别后嫌宵永，愁来厌岁芳。几看花结子，频见露为霜。
岁月何超忽，音容坐渺茫。往还书断绝，来去梦游扬。
自我辞秦地，逢君客楚乡。常嗟异歧路，忽喜共舟航。
话旧堪垂泪，思乡数断肠。愁云接巫峡，泪竹近潇湘。
月落江湖阔，天高节候凉。浦深烟渺渺，沙冷月苍苍。
红叶江枫老，青芜驿路荒。野风吹蟋蟀，湖水浸菰蒋。
帝路何由见，心期不可忘。旧游千里外，往事十年强。
春昼提壶饮，秋林摘橘尝。强歌还自感，纵饮不成狂。

永夜长相忆，逢君各共伤。殷勤万里意，并写赠萧郎。

这种内容已经与“思无邪”“诗言志”的传统有着相当的距离，并开始有了流行曲词的若干特征。而白居易这样的生活作风在当时并不是少数，无论是诗人大家还是世家子弟大多沾染上了这样的风气。另外，白居易诗中的曲词特征也成为当时大多数文人的典型代表。

另一方面，诗词创作观念的界限较为模糊。当时的文人把歌词创作的过程当作是宣泄情绪和抚慰心灵的绝佳途径，在词中抒情、描写形象中融入一己的荣辱得失和喜怒哀乐，时时流露出他们颓丧、脆弱、敏感的一面。在词中，他们可以在一定程度上忘记自己在公共场合所必须扮演的端正不苟、堪为示范的高大形象，从而显露其私人化的一面……因而，词的这种对于作者的补充作用，成为中唐文人逐渐问津词的创作的一个重要因素。由于词的风格相对于诗歌而言有较大的转变，在创作的时候渐渐倾向于创作一些柔软、细腻、易于传唱的词作来表达当时内心的想法和感受，但是诗人的观念和思维在一时间还无法改变，即使是有意创作的词，也往往逃离不了诗歌的形式和制约，对于词还无法严格把握。因此，无论在创作上，还是在后期的作品结集归类上，诗与词基本还处于一种相互渗透、界限不清的状态。

（一）外部形式

众所周知，诗对于外部形式的要求很高，句式、平仄押韵以及对仗等对于不同的诗都有不同的规定。在中唐时期，大多数的文人仍以写诗为主，而在创作词时，其形式离诗歌未远，他们与当日民间流行的句式参差的长短句形式的曲子词（如敦煌词）显然不同。黄昇《唐宋诸贤绝妙词选》卷一云：“古词多只四句。”如王建的《宫中三台》：“池北池南草绿，殿前殿后花红。天子千秋万岁，未央明月清风。”滕迈《杨柳枝词》云：“三条陌上拂金羁，万里桥边映酒旗。此日令人肠欲断，不堪将入笛中吹。”另外，题目的变化在中唐时期也显得较为中性化。一般诗歌之题“记事名篇”，乐辞之题则会是“曲调＋词”的格式，但是中唐词曲调往往本身就是题目，歌词的节奏要与曲调旋律相合，另一方面，词本身一般也都是以词调为咏叹中心的，这又使曲调名具有了实在的意义。

（二）题材内容

“诗言志”“词言情”。诗在题材上比较偏重政治主题，以国家兴亡、民生疾苦、胸怀抱负、宦海浮沉等为主要内容，抒发的主要是社会性的群体所共有的情感；而词在题材内容上的一个显著特色，就是以描写男欢女爱、相思离别为主，抒发的大多是作者个人的自我情感。中唐词虽已是借词抒发个人之情，但却常抒贬谪之悲、出尘之念，其内容凄婉悲怆，而非儿女私情之想，这是中唐词在歌舞之中保存的纯净诗旨和传统题材。如白居易《浪淘沙词六首》之六："随波逐浪到天涯，迁客生还有几家。却到帝乡重富贵，请君莫忘浪淘沙。"这是与刘禹锡唱和之词，作者念及自身迁谪经历，同时的柳宗元死在贬所，"二子三岁，人助还乡"，该是另有一番更深的感慨。

（三）词中意境

"诗之境阔，词之言长。"一般来说，诗的境界开阔，词的境界狭深。但在中唐词中呈现的却是不拘场合，不拘成法，信手拈来，豁达自如的感觉。它没有了唐诗外在的激荡和壮美之景，亦不见宋词那刻意的细腻和要求"唯美"的"词心"，但却给人以自然、开阔之感和缥缈轻举、苍茫无际的空灵之境。如元结《杂曲歌辞·欸乃曲》："千里枫林烟雨深。无朝无暮有猿吟。停桡静听曲中意，好似云山韶濩音。"其中"烟雨晦明，猿吟朝暮"，发人"无尽幽思"，又给人清丽而不造作的词境。

（四）诗词同体

在中唐诗词中，经常会遇到同一篇作品，在某一场合作为诗歌，而在另一场合，则成了歌词，这里姑且称其为“诗词同体”。如唐玄宗入蜀途中所创作的《谪仙怨》曲，大历中盛行江南，尔后刘长卿依此曲作词：“晴川落日初低，惆怅孤舟解携。鸟去平芜远近，人随流水东西。白云千里万里，明月前溪后溪。独恨长沙谪去，江潭春草萋萋。”却添加题目《苕溪酬梁耿别后见寄》，作为诗歌寄赠友人。

另外，诗歌也常常被编入乐曲中，成为词。但由于词需要配合乐曲的节奏和韵律，因此，在编入乐曲时往往会对原有的诗歌进行必要和适当的改动，如加入助词或取其内容与曲调相适合的部分，如岑参有诗《宿关西客舍寄东山严许二山人时天宝初七月三日在内学见有高道举征》：“云送关西雨，风传渭北秋。孤灯然客梦，寒杵捣乡愁。滩上思严子，山中忆许由。苍生今有望，飞诏下林丘。”后来“大历中，尝有乐工自造一曲，即古曲《长命西河女》也，增损节奏，颇有新声”。人们于是裁岑诗前两联入新曲《长命女》中，遂诗词两存，即如后来清人编《全唐诗》，也是分别以《长命女》和《宿关西客舍寄东山严许二山人时天宝初七月三日在内学见有高道举征》为题，收入卷二十七《杂曲歌辞》和卷二百的岑参名下。

当然，词毕竟不同于诗歌，与乐曲的配合时常会让其在形式上与诗歌句式整齐即齐言的特点相违背。因此，随着词的不断发展和诗人们的不断尝试，一些词开始出现了长短句

的特征。这可以说是文人歌词真正开始脱离诗歌的束缚，并着手接受由乐曲节奏等而改变句式的创作。如韦应物的《调笑令》：“胡马。胡马。远放燕支山下。跑沙跑雪独嘶。东望西望路迷。迷路。迷路。边草无穷日暮。”

宋人论及中唐在齐言与长短句体式的转换地位，曾言道：“唐初歌词，多是五言诗，或七言诗，初无长短句。自中叶以后，至五代，渐变成长短句。及本朝，则尽为此体。”这说的就是中唐诗人在词的发展史上具有开创之功。而创作中在曲与乐的关系上，元稹《乐府古题序》曾经分析古乐府操、引、谣、讴、歌、曲、词、调八种体式的歌词和曲的关系，认为它们为“在音声者，因声以度词，审调以节唱，句度长短之数，声韵平上之差，莫不由之准度”，古乐府“皆由乐以定词，非选词以配乐也”“由诗而下九名（按，指诗、行、咏、吟、题、怨、叹、章、篇）皆属事而作，虽题号不同，而悉谓之为诗可也。后之审乐者，往往采取其词，度为歌曲，盖选词以配乐，非由乐以定词也”。这可以说是从当事人的角度来解释中唐诗、词的渊源，也显示出昔日诗歌对于词的深刻影响。

（五）流播领域

中唐词的“体式介于近体诗与民歌之间”“技巧还基本停留在绝句和律诗的范围之中”“没有形成为词所独有的风

格体貌”，这些是受到社会环境、诗人的心理变化以及创作理念和习惯的影响。而在中唐词不断走向成熟的过程中，它特殊而较为多样、广泛的传播方式和流播领域对词的发展也起到了一定的作用。

如前所述，中唐词作者是诗人而非专门的词人，无论是作者还是作品都处在过渡期，其传播内容、媒介、方式、目的等环节，也都存在这样的特点。镶嵌于诗、词兴旺的“唐宋”之间，不成熟的体系尚未从亲缘文本如文人歌诗、民谣、梵唱等多种文艺形式中独立出来，因而基本上是跟随着这些形式同步流传，并有着不可分割的关系。而流播者遍布社会的各个阶层，凡有歌声的地方，往往就有词的流传。

一般来说，最为普遍的是以诗歌作为歌词，这在前面的“诗词同体”中已经有所阐述；此外还有民间的俗唱、乡野牧童的山歌、宗教性质的歌诀、贵族游宴中的轻薄之歌等等，当然，文人偶尔也会放浪形骸地吟唱，如元稹回忆：“为乐天自勘诗集，因思顷年城南醉归，马上递唱艳曲，十余里不绝。”中唐特定的社会世风让具有浓郁都市气息的乐舞十分盛行，歌伎盈利性质的歌唱增多让其与文人的交往也愈加频繁，甚至参与到了词的创作中，因此，有记载说：歌伎在文会酒宴中的演唱是中唐词诸流播方式中最主要的、也是对后世影响最深远的一种。

三、晚唐五代词体的确立

从中唐开始，经晚唐至五代，文人词的创作逐渐发展并不断兴盛，文人词的形体和艺术表现形式等也逐步确立和成熟，开始有了较为独立的体式，并最终形成“词代诗兴”这一文学发展与审美嬗变的新趋势与新风采。

（一）社会动荡、文人无望影响了词体

中唐的锐意改革一次次失败之后，唐代朝政日益腐败，其江河日下的局势已经无可逆转。由于这衰落是发生在辉煌的盛唐之后，晚唐五代诗人心中的低落的情绪也就不同于以往乱世中的痛苦，而表现为迷茫、怅惘、绝望等末世的悲情之感。咏史者曰：“长空澹澹孤鸟没，万古消沉向此中。看取汉家何事业，五陵无树起秋风。”（杜牧《登乐游原》）那种虚无感是晚唐诗人对黑暗的无可奈何，他们只能用冷静驱赶眼前的悲哀，这或许是他们不得已的选择。这种虚无感也体现在当时的时事诗中。“十二三年就试期，五湖烟月奈相违。何如买取胡孙弄，一笑君王便着绯。”（罗隐《感弄猴人赐朱绂》）这种仕途无望之后的自嘲，其中没有了忠君爱民的左右为难，更多一己官运受阻的不平。唐末的时事诗作者更多地站到了政权之外，有意识地和时政分离，对当权者抱着绝望和否定性态度。与时政分离使诗人批判现实更透彻

和痛快，却也减弱了他们对时代和国家的深重忧患感和责任感。唐末的隐逸与闲适诗亦多超然之意，急于抹平一切的价值虚无，与咏史诗、时事诗一样有着万般无奈，“千载是非难重问，一江风雨好闲吟”（罗隐《渚宫愁思》），其不遣是非的冷漠，使隐士闲人在乱世中获得了心灵的平静，却让人心生苦怨。对晚唐诗人来说，归隐更多只是远祸全身的手段、推卸社会责任的借口，闲适是他们迷惘虚无、价值失据心理的又一表现形式。

艳情诗是晚唐五代诗体的一大突破。艳情，本是文人及时行乐生活中与歌儿舞女一段美丽恋情的记录，它应是沉醉而快乐的。然而，在晚唐五代，时代悲情的濡染下，即使是纵情声色的侧艳之作仍然流露出乐极生悲的绝望之情。“楚腰纤细掌中轻”的风流生活，掺和的尽是“落魄江南载酒行”的身世飘零之痛；而一时的快乐，竟须以拼尽一生的决绝为代价：“须作一生拼，尽君今日欢。”（牛峤《菩萨蛮》）艳情中瞬间快乐的存在仿佛只是加倍证明了艳情以外生活的无聊和深蕴着时代的虚无情绪，流露出生命意义缺失的荒诞和无望之味。

整个晚唐五代是一个消沉的时代，那种特殊的悲剧气氛笼罩了几乎所有的词作品。但他们的表达却不同于以往单纯的对人生的失望、怀疑和迷惘，也似乎没有对“感伤”本身的厌倦、反感和躲避。相反，却是喋喋不休、不厌其烦地重复着心头的感伤，这似乎有些许“自寻烦恼”之意，甚至是沉醉在这“烦恼”与“感伤”之中。李商隐说杜牧是“刻意伤春复伤别”（李商隐《杜司勋》），刻意，就是有意制造一种悲剧气氛。杜牧也曾自述道：“自今年来，非唯耳聋牙落，兼以意气错寞，在群众欢笑之中，常如登高四望，但见莽苍大野，荒墟废垄，怅望寂默，不能自解。”（杜牧《上宰相求湖州第二启》）李商隐的诗歌，同样处处体现了感伤的“刻意”性，如“荷叶生时春恨生，荷叶枯时秋恨成。深知身在情常在，怅望江头江水声”（李商隐《暮秋独游曲江》）。因此，无论是咏史诗、时事诗的虚无还是艳词的不羁，再或是文人的刻意卖弄，这都与社会文化的转变息息相关：文人的生活道路和人生追求已由初、盛唐时期那种“外倾型”“事功型”转向了“内倾型”“享乐型”。而成熟的词体本身所具有的合乐性、娱乐性、抒情性、长短句等审美特性和形体特征，更能满足特定时期文人追求世俗享乐生活和俗艳、婉媚的美学情趣。

（二）词集出现、领袖垂范确立了词体

为便于了解晚唐五代词坛的创作概况，首先以林大椿所辑的《唐五代词》、张璋等编的《全唐五代词》和王兆鹏等编著的《唐五代词》三部现有唐五代词总集为基础，将其详分为初盛唐、中晚唐和五代三个时期，并以表格量化的形

式加以直观体现。

由于编撰者对于词体概念的认知差异和对文献搜集占有量的不同及后出转精等主观原因，三家在词作和词人的具体数量统计上有所出入，但这并不影响我们对唐五代词的宏观分析。初盛唐时期的词作数量是最少的，中晚唐时期词作数量和词人人数都明显增多。“林辑”共存中晚唐词人词作347首（其中中唐117首，晚唐230首），而“张辑”辑得391首（其中中唐210首，晚唐181首），之后“王辑”也辑得338首（其中中唐146首，晚唐192首）。中晚唐与初盛唐所占的时间大致相同，但无论是词作还是词人在唐代词的总量中所占的比率都有极大的提高。因此，中晚唐是词体成熟的关键时期。中唐词在前面已经有了较为详细的阐述，并且我们可以认为，中唐词是诗词渗透，从诗过渡到词的中间时期，可谓“形似”而非“神似”，而在晚唐以及五代时期，词的创作数量不断增大，随之词集的产生使这一时期成为词体成熟、定型的重要阶段。

作品集的出现是一种文体创作量达到一定程度、创作发展到相当水平的重要标志，预示着一种文体繁荣的开始。晚唐五代，词集已经开始出现，这些词集是一些具有某些共同特征的作品的集合，词作的编排和词集的名称往往传达词的总体风格特征。那些早期词集现在大多已佚，但据现在我们所能见到的零星记载，其大体面貌却不难推知：其一，词集种类比较齐全，即相应的单纯收录词的影集、选集乃至总集开始次第产生，这些以人系词、以调系词的作品集的产生，标志着词人地位的凸显，透露出词依附于乐的事实；其二，这些集子的命名，不同于以往的诗文集，表达出了词的音乐性质和以词采文藻为工的特征。从另一种意义上看，这些词集既概括了已经产生作品的共同风格特征，也逐步确立并引导了后来作品的创作风格。

据民间传说和有关记载，《遏云集》《云谣集》《麟角集》等都是较为早期的词集，最早的个人词集应当是温庭筠的《金筌集》，《新唐书·艺文志》记为十卷，欧阳炯《花间集序》曾提及是编："近代温飞卿复有《金筌集》。"后蜀广政三年（940），卫尉少卿赵崇祚编选《花间集》。这是从晚唐温庭筠一直到五代后蜀百余年文人词创作的总结，词人欧阳炯的《花间集序》透露出彼时的词学观念，也是唐五代词的主体风格的总结。

《花间集》实际上是第一次从理论和实践上确立了文人词的词统，也确立了词"香径春风，宁寻越艳""红楼夜月，自锁嫦娥"的绮艳传统。后来北宋词家，也无不奉花间为正统。观五代冯延巳为自己的词集取名《阳春录》《跋拣词》则云："《香奁集》，唐韩偓用此名所编诗，南唐冯延巳亦用此名所制词。"宋初《尊前集》《兰畹曲会》等词集命名，皆寓"雅之曲""筵席之上演奏之曲"之意，同样表现出了当日之词讲求辞藻的特征和歌唱功能。可以说，上述词集的渐次出现和命名的相似性，从一个角度反映出词集对于词之主体风格的概括和总结过程，也标志着词的主体风格的初步形成。

词以乐相配，多以词调为题，因此词集在编排上又以调系词，而相同词调的作品在格律声韵上逐渐统一，这就使得词开始形成与诗歌有别、独具特色的句式格律。时至晚唐，词的外在形式开始由参差不齐的“长短句”取代墨守成规的“齐言”，其原因主要有三：一是随着词与当日流行音乐结合的日趋紧密，歌唱中对于歌词的一些添加修饰成分逐渐被无意记录或有意加入，词集的整理和记载，使其成为词的结构的主要部分，让句式参差的长短句形式开始强化，并成为词的语言格式的主流；二是词的纤巧、尖丽，以及语义的多折化，促使着词的句式的改变；三是晚唐词的情感婉转曲折，使得相应句式也趋向于长短不齐，而逐渐与传统诗歌区别开来。

对于这样的改变，《花间词》所选出的具有时代代表性的词人引领着走向“破诗为词”且“有意为词”。因此，对于晚唐五代词体的确立最后便不得不提词集所选词人之“花间鼻祖”——温庭筠。

温庭筠词多为长短句形式，他的《河传》句式之散碎，在晚唐词中可谓一时无匹：“江畔，相唤。晓妆鲜，仙景个女采莲。请君莫向那岸边。少年。好花新满舡。红袖摇曳逐风暖，垂玉腕，肠向柳丝断。浦南归，浦北归，莫知。晚来人已稀。”这种对于中唐诗词句式整齐的极端背离，便透露出词人开始大规模“破诗为词”的消息：“其真能破诗为词者，始于李白之《忆秦娥》”“极于温庭筠之《河传》词”。

《花间集》所收18位词人，可以说是晚唐与五代前期词人群体的中坚，就词人创作而言，花间乃至后来的北宋词风，实则奠基于《花间集》所选择出的这几位晚唐名家。其中温庭筠、韦庄在《花间集》中堪称开创性作者，温庭筠更是被奉为“花间鼻祖”，其创作成果达70首之多，作品数量居唐代词人之首，被《花间集》选入作品最多（66首）且被列于卷首。

在温庭筠笔下，诉说情愫也好，表达怨情也罢，总是给人以美艳辞藻的堆砌之感，但是，偶尔出现的几个动词却能使画面顿然鲜活起来。黄昇《唐宋诸贤绝妙词选》卷一：“温庭筠词极流丽，宜为《花间集》之冠。”陈廷焯《云韶集》卷一：“飞卿词绮语撩人，开五代风气。”上述论断，点出了温庭筠在唐五代词发展进程中的地位。人们普遍认为温庭筠对于唐、五代词的发展及词体的确立有以下三个方面的贡献：第一，他使词的韵律趋于成熟精美；第二，他确立了文人词好写女性情事的“颜料”格局和擅长刻画人物情感心绪的抒情特征；第三，他奠定了文人词绮丽香艳、婉约

柔媚的风格类型和美学风采。因此，在晚唐五代众人皆是以“侧艳之词”来指称温庭筠的创作，以“才思艳丽”来指称温庭筠的才情，一个共同点就是“艳”。温庭筠所作的“侧艳之词”，代表当时整个词坛的创作趋向和审美趋向，深受文人词客的喜爱和推崇，成了当时“诗客曲子词”的典范。

综上所述，晚唐五代词体的确立是多方面共同影响的结果，社会环境的变革、文人心理的起伏、词集的出现以及杰出文人的涌现等都对词体的发展和成熟有着功不可没的贡献。而《花间集》的编辑，可以说引领着词建立起了自己的题材范围、风格追求和美学思想，从诗的包围中突围出来并独立成熟。

宋词的流衍

媒介的变革与文学的发展紧密相连。新的媒介总是在不断地延伸着人类的感觉器官，使人类的感官比例不断发生变化，文学的发展也总是在寻求和新的媒介形式构建起新的平衡点——所以，“在一定程度上可以说文学创作的状况是取决于传媒的”。在以往对于宋词变迁的研究中，学者多以年代和作家作品为线索对宋词的发展历史进行分划、逐一阐述和论证。如王兆鹏将两宋词坛名家先后划分为六代词人群体，对宋词发展的研究也相应地划分为六个阶段；吴惠娟以词的功能演化为据将宋词的流衍变化按侑酒、应歌、抒情和言志的功用加以梳理。虽然两家也谈及宋词的传播媒介和传播方式，尔后也有学者试图在传播学理论背景下阐述宋词之发展变化，但以传播媒介和方式对宋词这一古代文学样式的流变做具体划分和论述的仍鲜有闻见。宋词的繁荣和演变有其深刻的社会根源和文学发展规律，而传播亦功不可没，它明显影响和制约着宋词的写作内容和创作形式。

中国古代的文学传播方式主要由口头传播向文字传播不断演化。但需要注意的是，不同的文学传播方式虽然有先后之别但并非后者取代前者，而是反复地并存地发展。简单地认为宋词以口头传播方式为兴起，文字传播方式为发展和终结是不全面的。以时间为轴，宋词的发展是在口头和文字传播的并存和演化中进行的，正是这两类传播方式的多样性为宋词的流变提供了最广泛的可能，使宋词从涓涓细流，不断流衍变化，终成为蔚为大观的泱泱巨河。

一、口头传播的唱和时代

词萌芽于隋代，流行于中唐。中唐科举之盛带来的宴游之风和冶游之风助长了唐人“尚文好狎”之势。当时朝野上下处处宴饮弦歌、饮酒行令，这不仅为歌楼酒馆、勾栏瓦舍和歌伎舞女的繁衍带来了温床，更随之带来了对歌唱脚本的强烈而广泛的需求。词起初的形态依附于歌乐，词是歌唱的脚本，供歌伎演唱时所用，因而词在歌伎的演唱中得以迅速传播。所以说，歌伎是词的早期传播中介，演唱是词的早期传播方式。这样的传播中介和方式确立了词体当世乃至后世婉约软媚的主体风格。

《花间集》作为当时流行于酒坊歌楼的曲子词词本，就是为适应这种宴赏享乐的需要而产生的，它本为应歌而作，因此声曲韵律是最主要的，辞藻文采只处于从属地位；题材多男欢女爱，离愁别绪，主要功能则是娱乐消遣而不是言志教化。

由于宋词的早期传播渠道为歌伎传唱，其传授场合往往是花间、樽前、茶馆、酒楼。这般的传播场合自然导致了词内容的通俗化和世俗化；词以舞乐传的传播方式又使得词的欣赏带有了表演的即时性，要求理解、欣赏和共鸣在瞬间完成，这促使歌妓的歌喉、舞姿、打扮和音容笑貌等非语言传播符号对词的传播受众具有决定性的影响，而并非纯粹的词本身；传播的受众则以民间受众和文人受众（在中国古代，受众按需求的不同大致可分为官方受众、民间受众和文人受众）为主体，而文人受众此时又是以享乐的心态出现的……凡此种种，在词发展的初期，传播者、传播方式、传播场合和传授主体的特点不仅决定了词

的内容是以宴乐、社交、闺情、爱恋、羁旅、别愁为主体；还决定了语言的浅近明白、清新自然；情调的婉转抑扬，缠绵悱恻；以及由此而形成的艺术风格的和婉柔美。

这样的传播形态自五代一直延续至北宋。由于北宋初期社会稳定，工商业发展迅速，城市随之繁荣，市民阶层不断扩大，宋词的传播中介依旧以歌伎为主，婉美的艺术风格继而得以进一步发展，并最终使得婉约词渊源流淌，成为宋词之正宗。

作为宋词早期的重要传播中介，歌伎群体的存在以其独特的身份对宋词的流变动向产生了较大的影响。歌伎本就属于宋代日益扩大的市民阶层一分子，故必然对宋代文学“以俗为趣”的价值取向起推动作用。歌伎参与词的创作和向文人“乞词”的行为，是对宋词向商品化和俚俗化方向发展的重要助力。

当时文人除了从青楼中获得充分的娱乐外，还存在借助艺伎为自己扬名的诉求，因为词人词作迅速传播的最好媒介莫过于青楼。因而在这样一种传播需要中，词作不可避免地成了商品化的精神产品。而艺伎若能得到唱诵名家新词的机会，其职业地位和相应收入也会增高，所以艺伎习惯于向词人“乞词”，若向词人乞词成功，往往也会支付一定的赠金。赠金使得词的商品化特征更为明显，给词的创作画上了功利性的色彩。

《醉翁谈录》中曾记载柳永这位大才子被妓女宠爱，争相乞词的情形。“所至，妓者爱其有词名，能移宫换羽，一经品题，声价十倍。妓者多以金物资给之。”因此，当时包括柳永在内的很多词家，在很长时间里并不是接受官禄的清高文人，只是一个有一技之长、自食其力的靠市场生活的词人。以青楼消费者的需求为创作依据是词俚俗的重要原因，如柳永词作中为了“便于技艺传习”而收入大量口语俗语。这类词人词作中表述的心理层面也更接近人性真实，而较少伦理掩饰；藐视权威和权力角逐，追求个性张扬或者物质利益的最大化。歌词中对世俗生活兴趣的增长和人生欲念的坦露，曲折反映了作者的生活追求，从而发展出一种新的都市风情和意识。作家文学消费观增强，使他们意识到没有消费市场的文学作品必然成为“积压货”，成为文人的孤芳自赏。由此进一步延伸了词作本身所带有的俚俗特征，同时又推动了词作商品化，拉近了词体文学与现实生活的距离，使其获得深厚的创作根源，有利于词体文学自身的扬弃与发展，为词体的繁荣奠定了坚实的基础。当然，词向俗化的发展也遭受了许多词人的反对与诟病，如晏殊便瞧不起柳永的词作。但鉴于歌伎演唱作为当时的主流传播媒体方式使得柳词传播范围甚大、传唱者甚多，柳词以及它所代表的民间词依然成为宋词创作的指导。《吹剑续录》有记载：“东坡在玉堂，有幕士善讴，因问‘我词比柳词何如?’”苏轼不自

觉与柳作比较，显示出其对柳词传唱之盛影响之广的稍许嫉妒之心。同时，苏轼也不得不凭借柳词所擅长的长调抒发自己的浩怀逸气。虽然苏轼指出了词发展的向上一路，词格较柳永为高，但终是天下歌咏的柳词开风气之先，使慢词长调在歌伎的不断传唱中蔚然成风，成为宋词主流。

由此，以歌伎为传播中介而带来词的商品文化和俗文化使宋词成为融入宋代世俗化而非英雄化和神圣化大背景的一个重要原因。这种俚俗风格是对民间词的继承与发展，培养和扩大了词体的读者群，为词今后的繁荣和发展打下了基础。

二、唱和时代的文字传播

宋代是我国雕版印刷的繁盛时期，图书文化日渐兴起。北宋中期，由于印刷术的普及和长短句在社会上的风行，宋词就以单篇或结集出版的形式进入文学市场。北宋词选以应歌为主，是给歌者提供演唱的底本，它们大多出于歌者乐工之手。因此编选者在选词时特别注重词的音乐美，对文学性并不怎么看重。在语言风格上则力求平俗，既方便歌者演唱，也让听众容易接受。为了达到这种要求，编选者有时甚至妄改原作，宋翔凤《乐府余论》即云《草堂诗余》中的词，“间与集本不同。其不同者，恒平俗，亦以便歌。以文人观之，适当一笑，而当时歌伎，则必需此也”。之所以与

集本不同，主要就是因为编选者改动所致。此类作品虽然深受歌者听众的欢迎，却为文人所诟病，刘将孙《新城饶克明集词序》即云："然歌喉所为喜于谐婉者，或玩辞者所不满；骚人墨客乐称道之者，又知音者有所不合。"由于词在北宋尚未取得尊体的地位，词选作为书面传播中介虽然对于词的传播起到了整理汇总流传的作用，但其实际功用是服务于歌伎传唱的口头传播形式的。此外宋代刻书有一个特点，即"北宋以中央刻书为多，南宋则以地方刻书为多"，中央刻书以经、史、子、集为其主要对象，因而在北宋，通过刻印、以书籍的形式传播的词作不是主流传播方式，对于词的创作没有决定性的影响；从刊印的词选数量上看也远不如南宋的多。因此，此时的文字传播相较于歌台舞榭中的口头传播，就对宋词市场影响而言仍处于弱势。

还须一提的是，书册传播中的词话文本亦起源于北宋。北宋词话多借笔记、诗话、野史等母体保存下来，与词话发展繁荣的南宋相比，没有形成规模化的文化产品和传播渠道。这些词话以纪事为主，例属漫谈，没有体系，但即使是这些少量词话的传播也比当时的应歌词集更深远地影响了宋词的发展。

北宋词话里暗寓的价值判断影响了时人对词的态度，如魏泰《东轩笔录》卷五载王安石讥笑晏殊作词云："为宰相而作小词，可乎?"张舜民《画墁录》载晏殊与柳永关于

“作曲子”的交锋，释惠洪《冷斋夜话》卷十载法云秀斥黄庭坚作词是“以邪言荡人淫心”，欧阳修《归田录》卷二载钱惟演“坐则读经史，卧则读小说，上厕则阅小辞”，邵博《邵氏闻见后录》卷二载韩少师云晏几道作词为“才有余而德不足”，就都是词为小道观念的变本加厉。当时词话中这种消极的词学观念所产生的影响自然比街谈巷议来得大，特别是这些词话大多针对社会名流，人们更会深受影响，此类词话对词的创作与传播都会产生不小的负面影响。但是“坏消息吸引收视者的参与”，如此多的名臣巨卿卷入“填词丑闻”，反而激起人们对词更大的兴趣，也使他们在参与词的创作与传播活动时少了许多传统顾忌。

北宋词话已渐涉及议论。在对词的艺术风格的体认上，已呈现出黜俗崇雅的趋势，如释文莹《湘山野录》卷上评欧阳修词“飘逸清远”，赵令畤《侯鲭录》卷七评晏殊词“风调闲雅”、评张先词“韵高”。人们也开始注意体认词的思想意蕴，如王君玉《国老谈苑》评寇准《江南曲》“意皆凄惨”，吴处厚《青箱杂记》卷一评陈亚词“虽一时俳谐之词，然所寄兴，亦有深意”。由于是同时代的人，有着共同的社会风尚和审美趣味，他们的评价显得准确而精到，从而扩大了词人的影响，奠定了词人的地位。

北宋有“论词及事”型词话《本事曲》和“论词及辞”型词话《骫骳说》，为词话的发展开创了两大范型。但是词

话在北宋的发展颇缓慢，一是数量少，除了两部专书外，依存于诗话、笔记的词话数量也不多；二是独立性不强，多依附于诗话、笔记、野史，偏于漫谈，缺乏系统性，从而限制了它的发展；三是偏于纪事，议论型词话很少。这些因素影响了词在词话中的传播。

从上述两点来看，南宋以前，虽然词的歌伎传播与书册传播并存，但由于书册传播对口头传播的依赖性和自身的不完整性，使得书册传播方式并没有在一个主导的传播方式上产生左右宋词的创作和发展的影响力。因此，南宋以前的书册传播只能是陪衬于口头传播方式的非主流传播形态。

三、文字传播的书册时代

宋词的传播方式从北宋到南宋发生巨大的改变，从口头文学逐渐向案头文学转化，传播中介由歌伎向书册转变，传播方式由传唱向阅读吟诵转变。

“金人南侵，不仅直接导致北宋政权的覆亡，而且也使得北宋的礼乐制度、礼乐设施，遭到了严重的破坏。……乐坛上，歌词合乐条件已大大不及以往。”偏安江左的南宋统治集团虽然歌酒作乐，不减北宋当年，但是，面对着“南共北，正分裂”的严酷现实，特别是作家自身的人生经历和变故，使得词作家不得不另调弦索，重整歌喉，以适应这一急剧变化的新时代。由于礼乐制度和礼乐设施深受战火的严重

破坏，词坛上许多人正像张炎所说的“才说音律，便以为难”，词乐结合出现难以克服的困难，宋词的传唱式传播日渐稀少。北宋诗文革新运动的影响以及理学的崛起，使词史上第一次出现了尊体运动，及至南宋中叶，“雅正”“教化”的观念取代了长期以来盛行的娱乐和消遣的词体观，使得原来的传播场合的合理性遭到质疑。

南渡之后，代表作家李清照的作品虽然词的“本色”未变，但其思想内容和感情色彩已出现了本质的变化。而后起的张元幹、张孝祥、辛弃疾、陆游、陈亮等人的创作，则已经是以反映抗金复国、施展抱负为主要内容了。这对于增强词的艺术表现力有所贡献，但却使南宋词合乐面临新的困境，加速了词体的蜕变。时代的变化，燕乐的变革，尊体运动的萌生和发展，理学的兴盛，以及作家社会环境与创作道路的变化，促使宋词发生质的变化，“实际上已逐渐朝着与音乐相脱离的方向发展”。

与音乐相脱离的倾向既是上述诸因素共同作用的结果，同时又制约和影响着宋词的创作，使得原来的传播方式发生转变，原有的一部分创作动力也逐渐消散。

正如口头传播和文字传播在中国文学传播中所呈现的此消彼长的规律一样，在南宋的社会背景下，歌伎群体逐步缩小，传唱不再成为宋词传播的主流。随着北宋中央刻书的进一步发展，南宋图书刻印形成了官刻、家刻和坊刻三足鼎立的局面。在全国出现了几个大规模的图书刻印中心，围绕这些刻印中心形成了图书销售的基地，我国的图书传播事业在南宋空前繁荣。原本在北宋时期被人们忽视的词作读本被人们重新拾起，以继续宋词的创作和流传。南宋嘉定年间长沙刘氏书坊曾印行《百家词》，收词 97 家，128 卷。南宋淳熙十五年（1188），范开编辑出版《稼轩词》，表明辛弃疾（1140—1207）生前就已有词集行于世。南宋黄昇编辑出版了长短句总集《中兴以来绝妙词选》；周密编辑出版《绝妙好词》；陆游晚年亲自编定《放翁词》，其子将其收入《渭南文集》中，以及前文所提到的周邦彦冠冕词林的词刻本，等等。即便是当时音乐型选本《阳春白雪》也已不同于北宋时期“下里巴人”的俚俗之选，受尊体运动的影响，词的雅化在书册传播中也得以体现。

毋庸置疑，南宋时期，歌伎演唱在宋词的传播中作用日渐式微。不可歌之词，逐渐与音乐相脱离，渐变为韵文中之一种。它们脱离与歌伎的结合，走向案头，成为阅读文本，通过书面传播，让读者（而不是听众、观众）阅读和接受。印刷出版逐步取代歌伎演唱成为宋词传播的重要渠道，逐步取代歌伎在宋词传播史上的地位。

传播方式的变化影响和制约着文学审美趣味的嬗变，导致了宋词从内容、形式到艺术风格、审美特征方面根本的转变：

首先，词体内容从娱宾遣兴的艳曲歌词变为词人自我抒情言志的载体。抗金复国、建功立业、壮志难酬是时代的最强音。

其次，出现使事用典（俗称“掉书袋”）和散文化的特点。若在口头传授的场合，使事用典难以引起听众的共鸣。散文化的特点反映在词序上，南宋词词调下的小序越来越多，篇幅越来越长，“这种独特的文学现象是宋词借印刷（或抄本）传播的明证”，借助方言俚语、街谈巷议、历史典故以及直抒胸臆等方式，词人抒写平生遭际，寄寓大丈夫的忧患意识和豪情壮志。

再者，作品呈现悲壮的词风。后人多将苏轼、辛弃疾归入豪放一派，其实苏词清雄飘逸主要决定于主体的胸襟抱负，而辛词的悲壮沉郁则更多是时代使然。豪放词“在题材方面改变了依红偎翠、滴粉搓酥的颜料性质，而选择了较广阔的社会性内容；在意象方面舍去了风花雪月、脂粉香泽之类的东西，而使用了弓刀铁马、乱石惊涛之类的恢宏词语；在表达形式方面则不顾词的体性，而是以诗为词或以文为词”。这类“别调”确实与以花间词为宗的婉约词相去甚远，深沉的历史内涵、宏大的胸襟气魄、淋漓酣畅的抒情方式和英雄失路的慷慨苍凉，酿成豪放词悲壮的审美特征。

靖康之变的社会原因、词乐逐渐脱离的发展倾向、出版业的日益兴盛和发达，使士大夫之词由香艳温婉变为凄厉雄

劲、悲壮激烈。这种变化早已引起词学家的注意，但持论者多从社会原因加以阐述，较少关注传播中介的变化对宋词的深远影响。

词至南宋，崇雅黜俗，词体渐尊，随着词学观念和消费市场的变化，口头传播方式向案头传播方式的转变除了对词创作本身产生影响以外，也使得在新的传播方式下，词更多地以汇编后的词集、词话的形式出现。这对词学的理论发展产生了深远的影响，为宋词经过繁荣的实践创作期后进入理论发展提供不可缺少的图书媒体，所谓进入了词的书册传播时代。

在南宋的词本中，大部分为收录词人作品的词集，少量为词学品评的词话。这两类图书的传播为宋词回归文学主流，趋向理论成熟，最终成为宋代“一代之文学”做出了不少的贡献。

文学文本又可以分为别集和选本。别集即个人作品的专集，是词至南宋，作者主体意识和自我传播意识增强的体现之一。对前人作品的影集汇编再版，也使得南宋词人比北宋词人获得了更全面的作品信息源，为后来词话品评及宋词理论的发展提供了基础。选本则云集众家之词，如《梅苑》《复雅歌词》《乐府雅词》《绝妙好词》等莫不如此，是南宋文本词集的主流。选本不同于别集，别集虽在汇编时也略有筛选，但主要收录标准是求全，而选本则多旨在求精。运用西方传播理论中的“守门人”理论来解释，能通过选本这样的传播渠道进入大众视线的是经过专人挑选的词作，而非接受主体的自由随机选择。守门人即选本汇编者对词的入选要求影响了南宋词的创作风格。所谓“文人选词，为文人之词；诗人选词，为诗人之词”。南宋词集汇编者由于多为文人，大多希望表达尊体的理论主张，词的选判标准就相应从声情并茂、侧重音律，转变为尊体存史立论等文学理论性要求，进而从传播学角度推动了南宋词的雅化进程。

此外，宋人不仅给词编集，还给词作注。罗大经《鹤林玉露》甲编卷四云：“区区小词，读书不博者尚不得其旨。”在南宋词由俗变雅的这一演变过程中，人们填词不再以浅俗为尚，而是指事用典，追求字字有来历，且寄意遥深，让人难测其中旨意。文学文本的出现使得词由明白晓畅的口头文学逐渐演变成雅洁难懂的案头文学，人们在阅读演唱时往往知其然而不知其所以然，给词作注成为时代的需要和雅俗分化的标志之一。

南宋时期的书册传播媒介中，除了文学文本，词话也有了较大的发展，主要体现为：①词话专书增多。如杨偍《古今词话》、王灼《碧鸡漫志》、吴曾《能改斋词话》、胡仔《苕溪渔隐丛话》、张炎《词源》等，虽然在数量上无法与诗话相颉颃，然较之于北宋，则已有了较大改观。专书的大量出现，使词话的依附性减弱，独立性增强，人们开始注意词的内部规律，词话也渐具系统性，这促成了宋末元初几部理论性极强的词话的诞生。②词话的理论色彩增强。王灼《碧鸡漫志》、胡仔《苕溪渔隐丛话》、魏庆之《魏庆之词话》、张炎《词源》等已颇具规模，且不再局限于记载词林本事，而是有了一定的理论色彩。南宋词话始将词视为文学之一种从理论上进行严肃讨论，他们确立了词的主体风格和经典词人，后世立论大致不出其范围。主体风格的确立使词体渐尊，人们不再以淫邪艳丽视词，并乐于接受之；经典词人的树立使人们有了学习的典范，不但扩大了这些词人的影响，对后人词的创作方向也有了约束和指导。

词话是一种具有独特传播功能和传播效果的媒介，词话文本的逐渐兴起，其巨大的即时传播的意义值得我们深究。

首先，词话具有“议题设置”功能。西方传播模式研究中有所谓的“议题设置”模式，其基本思想是：在特定的一系列问题或论题中，那些得到媒介更多注意的问题或论题，在一段时间内将日益为人们所熟悉，它们的重要性也将日益为人们所感知，而那些得到较少注意的问题或论题在这两方面则相应地下降。词话具有类似功能，词话所附评论，自可扩大词的影响，所附逸事，更能引起人们的阅读兴趣。那些得到词话家关注的词人词作自然会逐渐为受众所熟悉，其重要性也会日益为读者所感知。以苏轼为例，吴熊和先生《唐宋词通论》就曾说：“元丰初，苏轼作词尚不多，词名

未大著，《本事曲》可以说是苏词的最早鼓吹者。”《本事曲》主要记载北宋中叶有关词作的创作本事和传播逸事，尽管没有直接的价值判断，但由于其中很大的篇幅都是以苏轼为“议题”，读者对苏轼词自然有更多的了解。

其次，词话具有刺激功能。传播学认为，把一个问题定义为有争议的问题，会导致人们对那个问题有更多的了解。词在宋代是一个颇有争议的话题，如雅俗之争、苏柳之争、词人高下之争以及文人是否应该作词等，这些载录于词话中的争议极大地激发了人们对词的好奇心与兴趣感。争议话题两方各自的追随者，在激烈的理论争执和实践创作中逐渐丰富了词的内涵和外延，使其如同传统的文学形式一样，拥有了许多流派，并各成大家，使宋词作为一种新的文学形式被人们所认同。

再者，词话具有鲜明的接受导向功能。观念常常是首先流向舆论领袖，然后由舆论领袖流向人口中不太活跃的部分。很多词话家都堪称舆论领袖，词的传播主要就是由这些舆论领袖传向不太活跃的市井民众，他们的态度对普通受众具有接受导向功能。词话在很多时候都具有鲜明的价值判断，称赞谁，批评谁，谁优谁劣，在词话里都有直接的表现，而范围更广、人数更多的二级接受群体对词的看法主要受他们的影响。比如胡仔《苕溪渔隐丛话》历数东坡词名作，对苏轼经典词的确立影响深刻。

总体来说，南宋时期较之北宋初期，文化更为昌盛，印刷术和出版业极其发达，图书成为人们最重要的文化消费品。不论是作为歌本，还是作为案头读物；不论是见载于别集，还是被选于选本，或是在词话中被品评，词在南宋主要是以书册为传播媒介。演唱和阅读作为两宋人接受词的两条主要途径，其中南宋人以案头词为流传、接受和创作的载体，推动了词的雅俗分化，词论的成熟和词体的日尊。若从历史传播的角度、以流传后世的功用而言，南宋时期的大量图书出版则更是居功至伟，为宋词早期的口头传播方式所不及。

四、书册时代的口头传播

口头传播有歌唱和吟诵两种，吟诵传播虽然比不上歌唱传播的奇妙效用，但有简捷、方便、通俗等特点。宋词起初主要靠歌唱，但也不排斥吟诵。在南渡词乐失传以后，书册词集的大量涌现，使吟诵在宋词的文字传播时代，依仗文本记忆的优势，成了宋词另一个重要的口头传播方式。后人“读”词而非“唱”词，全亏吟诵之功。

书册传播中介是无形的、以音声为特征的记忆文本，其意义的发生和激活是在口头吟诵的声音中获得新的生命的。吟诵时声音的轻重、缓急、长短、高下的差别都能给人带来摇曳生姿的声韵之美感，达到某种可听性。同时，吟诵时不仅用语言声调来记忆，而且用身体姿态和手势动作参与记忆，是在一种具体的情景中完成的。这些非语言的体语传播，包括手势、眼神、体态、舞蹈等。可以说，南渡后，对词难合乐的遗憾和向往，使得吟诵传播方式流行起来，取代崩坏、流失的音乐传播方式，满足了受众体悟和欣赏词作的需要。这种传播方式延续了歌唱传播在交流中的亲近性、直接性、生动性，使得文本背后鲜活的内涵和丰富的感情，在流动的语言和身体动作中获得充满生命活力的张扬。

钱仲联在《梦苕庵论集》中论及古典诗词的鉴赏，强调必须抓住两个关键：诗词的“声”与“色”。所谓“色”，即通过视觉感受到的诗词的文采与藻饰、意境和情感。而“声”，即诗词的声调和音节，要领略诗词音乐之美，必须通过听觉来感受。词的格律比诗更严更细，书册时代的吟诵传播可能为周邦彦重音律的词派风格提供了传播条件。周邦彦填词按谱，审音用字，十分严格，不仅分平仄，而且严分平、上、去、入四声，使语言的字音高低与曲调旋律节奏的变化完全吻合。这样重音律的风格，使得吟诵俨然成了歌唱以外的又一个体现词作“声”美的媒介方式。词人李清照在《词论》中说：“盖诗文分平侧，而歌词分五音，又分五声，又分六律，又分清浊、轻重。”吟诵时不仅仅是注意平上去入四声，还要讲究喉、腭、舌、齿、唇五音，辨别声音的阴阳清浊，做到吐字清晰、发音准确。

随着这一时期词作内容的雅化，长调、慢词的风行，吟诵便恰到好处地符合了宋词的新定位，为这一时期宋词渐少的口头传播做了最好的弥补。

至南宋偏安局面形成之后，歌舞宴乐又兴盛起来。像姜夔那样的才高名盛而毫无政治地位的江湖名士在词坛自成一派，乐化词随着传播中介改变逐渐复兴。姜夔有诗云："自制新词韵最娇，小红低唱我吹箫。"蓄养歌伎，结社唱和，成了社会上流人士的习俗。加之此时宋朝国运不济，赵氏命脉风雨飘摇，文人志士一边怀着悲壮爱国的词情，一边又流连坊曲，召伎侑觞之风盛行。宋词也随着这最后的西湖歌舞，仿佛呼应着最早的歌伎唱和时代，日渐衰敝，走向尽头。

传播方式的多样和有效，一直伴随着宋词的发展，使之向更广大地区、更广泛人群传播，决定了宋词的起源，造就了宋词的繁荣，也见证了宋词的凋亡。其间各种不同的传播方式对宋词的风格、体式、题材等都产生了重大的影响。天下歌咏和大量刊印使词可以拥有大批听者和读者，反过来又扩大了词作者的队伍；词话的品评，文人间的吟诵也助长作词之风和题材的创新；歌伎传唱和刊印者的选词喜好等则对婉约豪放之分有莫大影响；慢词借助歌唱而成风，文人词借助吟诵而弥散。总之，在传播中，宋词实现了从细流向大河的流衍和嬗变。

宋词与江南文化

中国自古以来就有一片辽阔的疆土，在漫长的历史发展过程中，形成了带有不同地域色彩的特色文化区。人们常以淮河为界，划分为江南与江北两大文化区域。南北两地迥然不同的地理环境造成了巨大的文化差异。一般来说，北方风土浑厚，民风质朴，多豪放之气，南方则水土温润，钟灵毓秀，呈清雅之风。这种地域性的文化差异在文学作品中也相当明显。从以诗骚所代表的不同风格到二十世纪二三十年代文坛的海派、京派之争，均有明显的地域色彩。清孔尚任云："盖山川风土者，诗人性情之根底也。得其云霞则灵，得其泉脉则秀，得其冈陵则厚，得其林莽烟火则健。凡人不为诗则已，若为之，必有一得焉。"（《古铁斋诗序》）民间也向来有"一方水土养一方人"的说法。

这里所说的江南，主要指宋代称为"两浙路"的江苏南部、浙江全省以及安徽东南小部地区。江南水土以富饶温润著称。生活在山清水秀之中的人们自然也濡染了这种灵秀之气，而江南水乡又让水的外柔内韧、以物赋形的特点渗入人的性格中，形成了独特的江南人文精神。

在论及江南文化之初，还须界定一下“文化”的概念。“文化”是个相当大的概念，几乎无所不包。从文化学的范畴来说，“文化”的概念一般有三个层面：表层的器物文化、中层的制度文化和深层的精神文化。深层的精神文化“专指人类实践中的精神创造活动长期积淀而成的社会心理、价值体系、思维方式、人伦观念、审美情趣等”。这里所探讨的宋词与江南文化，无疑属于精神文化层面，是通过宋词这一文学样式中体现出的具有江南地域色彩的文化特征以及江南文化对词人审美与创作的影响来揭示两者的关系。

一、宋人体现的江南气质

唐宋之际，随着经济的发展，江南对于朝廷的重要性日益显现。至北宋，已形成“两浙之富，国用所恃”（苏轼《进单锷吴中水利书状》）的局面，江南遂成为国家财富之中心。经济的迅速发展繁荣了手工业与商业，进而推动了城市的发展。两宋时期，商业已经非常发达，其程度可通过张择端的《清明上河图》窥其一斑。且江南地方自古尚好奢华，据《宋史·地理志》记载，两浙路“俗奢靡而无积聚，厚于滋味”，人们追求物质生活的愿望明显强于北方，工商业比之于北方则更为繁盛。南宋定都临安，使杭州的繁华更甚于北宋。当时的临安城先后聚集了李清照、朱熹、尤袤、陆游、杨万里、范成大、辛弃疾、陈起等一批南宋著名文

人。其时临安的雕版印刷技术名冠全国，杭版书籍为现存宋版书中之精品。

发达的经济促进了文化的发展，也必然使人们对生活的要求不断提高，转而追求精神上的愉悦。在唐宋两朝的文学作品中，游记和描写湖光山色的诗词数量甚众，而宋代的许多著名文人更是堪称当时的旅行家。他们利用各种机会纵情山水，留下很多脍炙人口的诗文。

娱乐宴饮是城市生活不可缺少的部分，宋代文人尤为辗转其间，乐此不疲。江南城市自六朝后歌伎业随着经济的发展也逐渐发达，使文人冶游成为当时的风俗。词在宋代都是为了配合歌唱倚声而作，现存的不少传世之词作即诞生于宴饮场合。据研究者对柳永、晏殊、张先、苏轼、周邦彦、李清照、辛弃疾、姜夔、吴文英、周密、刘辰翁、张炎等12位词人的词作统计，他们共存词2984阕，其中有关宴饮的词为308阕（包括茶词、酒词与汤词），占全部作品的10%左右。由此可以看出，词业已成为文人日常生活的一部分。

江南除物产丰富外，亦产生了不少词人。据唐圭璋先生《两宋词人古籍考》，宋代词人有词流传且有籍贯可考者，共734人，其中地属江南的浙江200人，江西120人，福建91人，江苏71人，四地词人所占比例高达65.7%。

词人的江南化与南宋定都临安有很大关系，因为随着政治文化中心的南移，文人活动区域也随之遍布临安周边。而另一个重要因素则在于江南风光旖旎、气候适宜，建筑风格雅致精巧。在这个人杰地灵的环境中，文人中盛行清游、冶游之风。且这种小桥流水、花前月下与词的质地相合，适于吟咏。有台湾研究者对《全宋词》做过统计，发现词人最常游历的省份，主要集中在浙江、江苏和江西，而最常为词人所咏之十大名胜分别是：临安府西湖、建康府城、平江府垂虹亭与姑苏台、镇江多景楼、严州钓台、太平州蛾眉亭、绍兴镜湖与蓬莱阁、鄂州南楼与赤壁、岳州岳阳楼与潭州定王台、隆兴府滕王阁与福州西湖。这里所谓的“十大名胜”多数属于江南。

江南文化对文人的创作心理产生了很大影响，而江南文化较之于中原和北方文化殊有特色的就是其秀美的山水风光和发达的商业贸易。

初始的人类作为动物，也是大自然的一部分，只是在劳动与社会环境中思维不断进化，才与自然渐行渐远，然而人对于自然仍有一种同质异构的天然亲切感。当人们面对自然时，总能引发出内心的归属感。不同的自然风光会令人产生不同的审美感受，广阔雄壮的景象让人产生崇高悲壮的审美情感；清丽柔美的景色则让人产生和谐细腻的审美情怀。江南山水温软灵秀，加之地势平缓、空气湿润，这样的环境很容易唤起人们心中柔婉的温情，而生于斯长于斯的人就具有了类似的相对柔和的性格。中国文人对自然山水风光有种天

然的亲近，这既源于人的自然性，也与中国特有的农耕文化颇有渊源。作为饱读诗书的文人，他们的审美情感比普通人更敏感也更细腻。面对江南的钟灵毓秀，宋代文人高雅、柔美的审美情调被完全诱发出来，徜徉其中，流连忘返。因这种审美愉悦而勃发的诗兴也催生了众多唯美的诗词文章。值得一提的是，江南山水的这种特色同时也让文人对隐逸生活渐生向往，这种向往和仕途的通达与否没什么关系，而是基于士大夫阶层对江南风光的深切认同。

商业文化对文人的影响主要在日常的生活方式上。商业发达是城市发展的基础与动力，两宋时期江南商业的状况前文已有所涉及，这里不再赘述。建筑在商业基础上的世情文化是以城市生活模式为范本的，宋朝文人身处多彩的物质生活层面中，日常社交生活频繁，呼朋唤友、宴饮游乐，不自觉地染上了新兴市民的世俗之情。在这地灵人杰之处，山色俊秀、美女如云。投身于这个温柔的鱼米之乡，人的物质欲望和感官刺激都更容易得到满足。对于文人而言，这种欲望与满足更多地以柔婉的方式表现在创作中。需要指出的是，宋代文人的诗歌和散文中这样的俗艳题材并不多见，这方面的主题多由词作涉及。发出“祸患常积于忽微，而智勇多困于所溺”这一振聋发聩警世之音的欧阳修也颇有“花似伊、柳似伊。花柳青春人别离”（《长相思》）和“含羞整翠鬟，得意频相顾。雁柱十三弦，一一春莺语”（《生查子》）的香

艳小词，这既与士大夫阶层对诗文的传统定位有关，亦是词的俗世“出身”使然。诗言志、词抒情，这是北宋之前文人对诗词的定位，虽然苏轼将语境扩大到与诗文相类的言志兴寄的范围，不过词与生俱来的艳俗仍是它的主流格调，因为它是与乐舞同气连枝的。到了商业繁荣的宋代，乐舞早已成了街头里巷的平民余兴项目，民间曲子词也早为人们所普遍接受。故后代文人坚持认为“大抵词以婉约为正”（张𬘩《诗余图谱》）、“词贵感人，要当以婉约为宗”（徐师曾《文体明辨序说》），实因“词以艳丽为本色，要是体制使然”（彭孙遹《金粟词话》）。在文人的心目中，从民间俚俗的曲子词到文人词是一种蝶变，词到了文人手里，有了名闺的身价。这位“名闺”熟稔琴棋书画、亲近梅兰竹菊，甚至也时而与文人觥筹交错、燕乐声声，她惬意地游刃于风雅与风月之间。比之于传统诗文那冠冕堂皇的道德面孔，词这种施施然的风格更为本色、自然。

宋词中清丽、温软的风格和世俗化的题材都与上文所提及的江南气质不无关系。宋代文人在“溪中士女出笆篱，溪上鸳鸯避画旗。何处人间似仙境，春山携妓采茶时”（刘禹锡《洛中逢韩七中丞之吴兴口号五首》其五）这样的人文环境中耳濡目染，心境自与别处不同。此外在政治上，北宋都城东京远在中州，浓厚的政治空气弥漫不到江南；宋室南迁后虽将政治中心移至江南名城临安，然从未真正间断过的边患与党争令朝野上下均暗怀“尔今死去侬收葬，未卜侬身何日丧”的惶惑心态沉溺于现实享乐之中，这种状况一度使南宋时期的江南比北宋时期更奢华热闹，商业也更其兴盛。中国文人与政治的关系可谓“剪不断、理还乱”，自古使然，有宋一朝亦如此。一朝天子一朝臣是政坛不成文的规矩，伴随着交迭更替的政权，文人的命运也浮沉难料。飘忽不定的政治命运令文人对仕途意兴阑珊，心生归隐之意。中国文人的归隐行为中另有一种情况是“无为有国者所羁，终身不仕，以快吾志”的形象大使非北宋林和靖莫属。林和靖名逋，他喜恬淡，甘贫困，远名利。他那梅妻鹤子的隐逸生活成为绝俗超逸的归隐范式，他结庐而居的杭州孤山也闻名海内。无可否认的是，林和靖的归隐在客观上为江南山水文化添上了清绝高格的一笔，两宋文人由此对江南产生了一种人格化的认同。

人的性格是多重组合的，江南文化正好贴合了人性中柔情似水的一面，而从中衍化出的或清雅或艳俗的格调都是这种文化的内在气质，它以润物细无声的方式深入到人的思想中，又被人的思想幻化成似花还似非花的宋词，为后人千古吟诵。应该说，宋朝文人对江南文化的接受和传播是人与环境的有机互动，这种互动沿着时与空的纵横坐标不断作用于文人的思想与创作，历久而不衰。

二、宋词呈现的江南风光

说到江南，很多人会想到白居易的《忆江南》词，他的“江南好”一首可谓妇孺皆知，语言浅白却韵味深幽，非常具有代表性：

江南好，风景旧曾谙。日出江花红胜火，春来江水绿如蓝，能不忆江南？

与北方寒冷干燥的气候不同，南方气候四季分明、空气湿润，且地势低平，多湖河，很适合耕作。这种秀美的风光引发出无数文人的审美意趣与创作灵感。在宋词中，涉及江南风光的作品不在少数。

钱钟书在论及唐宋诗时曾说：“曰唐曰宋，特举大概而言，为称谓之便。非曰唐诗必出唐人，宋诗必出宋人也。故唐之少陵、昌黎、香山、东野，实唐人之开宋调者；宋之柯山、白石、九僧、四灵，则宋人之有唐音者。”（《谈艺录》）我们在讨论宋词时亦如此，不囿于词人出生的朝代，只以词调为准。

在宋词中，《忆江南》词不在少数。此词牌亦名《望江南》《梦江南》《梦江梅》等，白居易题之为《忆江南》，突出了对江南美景的追忆之情。其《忆江南》之二、三：

江南忆，最忆是杭州。山寺月中寻桂子，郡亭枕上看潮头。何日更重游？

江南忆，其次忆吴宫。吴酒一杯春竹叶，吴娃双舞醉芙蓉。早晚复相逢？

月中桂子是指灵隐寺中的桂树。据《南部新书》载，灵隐寺多桂树，“寺僧云：‘此月中种也。’至今中秋望夜，往往子坠，寺僧亦尝拾得”。白居易任杭州刺史时，也曾去灵隐寻拾桂子。“看潮头”是今天人们每年还在做的事，对久违江南的白居易来说，这是多么生动迷人的景象啊。第三篇是对苏州欢宴场景的回忆，“吴酒一杯春竹叶，吴娃双舞醉芙蓉”，由杭州的景想到了苏州的人和物，“春竹叶”和“醉芙蓉”，灵动地写出了酒的清冽和人的娇美。这三首联章从“忆”起江南美景到盼望“重游”江南故地、“相逢”江南故人，寄托了作者对江南的无比眷恋之情。

皇甫松也有《梦江南》二首，现录其一：

兰烬落，屏上暗红蕉。闲梦江南梅熟日，夜船吹笛雨潇潇，人语驿边桥。

“江南梅熟日”“吹笛雨潇潇”，用简洁的写意笔法勾勒出一幅江南梅雨时节烟雨朦胧的中景水墨，空蒙氤氲中透出一丝轻愁。

《全宋词》收王琪词作 11 首，其中 10 首为《望江南》，均为双调五十四字，分咏江南柳、酒、燕、竹、草、雨、水、岸、月、雪，风格柔婉，颇具江南意蕴：

江南雨，风送满长川。碧瓦烟昏沉柳岸，红绡香润入梅天。飘洒正潇然。　　朝与暮，长在楚峰前。寒夜愁欹金带枕，暮江深闭木兰船。烟浪远相连。

江南岸，云树半晴阴。帆去帆来天亦老，潮生潮落日还沉。南北别离心。　　兴废事，千古一沾襟。山下孤烟渔市远，柳边疏雨酒家深。行客莫登临。

梅雨是江南地方独有的气候特征，“风送满长川”一语道尽江南梅雨的轻细与柔润，与“飘洒正潇然”相对应。“烟昏”点出了梅雨的细密朦胧之态。此篇由梅雨之景写到闺怨之情，细雨情愁，结合自然。次篇写江南岸，其实亦写水，只是上阕的视角是由江岸及江心，下阕则由江心至江岸。“帆去帆来”和“潮生潮落”句有高远怀古之气。“渔市”“疏雨”则是比较典型的江南景致。“南北别离心”“行客莫登临”语气沉重，行客自谓“莫登临”，不是因为水乡的“渔市远”与“酒家深”，实是“千古”和“南北”的时空变换引起行客不禁“沾襟”，才产生这种欲登临却不忍登临的矛盾心情。

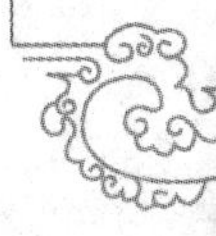

柳永在景祐元年（1034）中进士之前的数年中，漫游江南，并写下了不少词作。如下面这阕《诉衷情近》：

雨晴气爽，伫立江楼望处。澄明远水生光，重叠暮山耸翠。遥认断桥幽径，隐隐渔村，向晚孤烟起。

残阳里、脉脉朱阑静倚。黯然情绪，未饮先如醉。愁无际。暮云过了，秋光老尽，故人千里。竟日空凝睇。

柳词多即景生情之作，此篇亦然。雨后伫立江楼，遥望"远水""暮山"，又见"断桥""幽径""渔村""孤烟"，不禁"黯然情绪"。

苏轼任杭州通判时，曾赴湖州，经过桐庐七里滩写下了《行香子》：

一叶舟轻、双桨鸿惊。水天清、影湛波平。鱼翻藻鉴，鹭点烟汀。过沙溪急，霜溪冷，月溪明。　　重重似画，曲曲如屏。算当年、虚老严陵。君臣一梦，今古虚名。但远山长，云山乱，晓山青。

同样是江南风光，苏词中没有柳词的怅惘与绵柔，"舟轻"实则心境之轻。

除了雨、水、舟、渔村等富有江南特色的意象，苏杭两地及太湖、西湖的风光也是被词人广为抒写的江南题材。

苏舜钦的《水调歌头》写的就是太湖之景：

潇洒太湖岸，淡伫洞庭山。鱼龙隐处，烟雾深锁渺弥间。方念陶朱张翰，忽有扁舟急桨，撇浪载鲈还。落日暴风雨，归路绕汀湾。　　丈夫志，当景盛，耻疏闲。壮年何事憔悴，华发改朱颜？拟借寒潭垂钓，又恐鸥鸟相猜，不肯傍青纶。刺棹穿芦荻，无语看波澜。

此篇是苏舜钦写景明志抒愤之作。"洞庭山"指的是苏州的东山、西山。"扁舟急桨""载鲈还"是非常典型的太湖一景。太湖与西湖不同，没有水平如镜的宁静，风和日丽时微波粼粼，遇到风雨之时则甚有波浪。太湖的风浪也与词人心中的矛盾痛苦暗合，踌躇后还是暂且在太湖之滨的沧浪亭“寒潭垂钓”“棹穿芦荻”，远离政治与是非中心。

毛开在登吴江垂虹亭时也作《水龙吟》词抒写太湖风光：

渺然震泽东来，太湖望极平无际。三吴风月，一江烟浪，古今绝致。羽化蓬莱，胸吞云梦，不妨如此。看垂虹千丈，斜阳万顷，尽倒影、青奁里。　　追想扁舟去后，对汀州、白蘋风起。只今谁会，水光山色，依然西子。安得超然，相从物外，此生终矣。念素心空在，徂年易失，泪如铅水。

毛开的这首太湖词颇有气势，从太湖的一望无际到西子湖畔的水光山色，对着亘古未变的山水，不禁嗟叹人生苦短，韶华易失。

太湖景到了姜夔眼中又是另一番情致：

燕雁无心，太湖西畔随云去。数峰清苦，商略黄昏雨。第四桥边，拟共天随住。今何许，凭栏怀古。残柳参差舞。（《点绛唇》）

这是姜夔从湖州到苏州见范成大时所作。清人陈廷焯谓此词“通首只写眼前景物……无穷哀感，都在虚处。令读者吊古伤今，不能自止，洵推绝调”（《白雨斋词话》）。面对号称“天下绝景”的太湖，竟然“无心”甚而“清苦”，希望以一场“黄昏雨”来帮忙泄出心中郁结。下阕由眼前景渐及身边人，想到国家与国人的黯淡前景，不觉心如“残柳”。姜词不着浓墨重彩，犹如一幅简淡的铅笔画，寥寥数笔即摄入心扉。

同王琪的十首《望江南》相似，潘阆曾写过咏杭州诸景的《酒泉子》十首，首句以“长忆”开头：

长忆钱塘，不是人寰是天上。万家掩映翠微间。处处水潺潺。　异花四季当窗放。出入分明在屏障。别来隋柳几经秋。何日得重游。

长忆西湖，尽日凭栏楼上望。三三两两钓鱼舟。岛屿正清秋。　笛声依约芦花里。白鸟成行忽惊起。别来闲整钓鱼竿。思入水云寒。

长忆孤山，山在湖心如黛簇，僧房四面向湖开，轻棹去还来。　芰荷香喷连云阁，阁上清声檐下铎。别来尘土污人衣，空役梦魂飞。

长忆观潮，满郭人争江上望，来疑沧海尽成空，万面鼓声中。　弄涛儿向涛头立，手把红旗旗不湿。别来几向梦中看，梦觉尚心寒。

江南气候多水多雨，山水清新秀美，一向为文人所爱。以上所举描写江南风光的词，不论心境如何，其文辞以清婉为主。关于“清婉”，这种清婉源自江南得天独厚的气候条件和地理环境，且与南朝文人的审美取向有密切关联。值得注意的是，宋词中除了直接抒写江南风光的词作外，词风的南方化也相当明显。

在江南诸名城游历过的文人也写过不少怀古词，在这个自然与人文景观融为一体的地方，很容易触发人的怀古之思。江南素称人文渊薮，这些怀古词充分地印证了这一点。

辛弃疾有著名的《永遇乐·京口北固亭怀古》：

千古江山，英雄无觅，孙仲谋处。舞榭歌台，风流总被、雨打风吹去。斜阳草树，寻常巷陌，人道寄奴曾住。想当年，金戈铁马，气吞万里如虎。　元嘉草草，封狼居胥，赢得仓皇北顾。四十三年，望中犹记，烽火扬州路。可堪回首，佛狸祠下，一片神鸦社鼓。凭谁问，廉颇老矣，尚能饭否？

京口即镇江，此篇为辛弃疾知镇江时所写。此词多处用典，也因此被人诟病，但也有人认为此篇为“稼轩词中第一。发端便欲涕落，后段一气奔注，笔不得遏。廉颇自拟，慷慨壮怀，如闻其声。谓此词用人名多者，当是不解词味”。（明杨慎《词洁辑评》）姑苏古城怀古，莫不与吴越西施相关。吴文英有《八声甘州》词：

渺空烟四远，是何年、青天坠长星。幻苍崖云树，名娃金屋，残霸宫城。箭径酸风射眼，腻水染花腥。时靸双鸳响，廊叶秋声。　宫里吴王沉醉，倩五湖倦客，独钓醒醒。问苍波无语，华发奈山青。水涵空、阑干高处，送乱

鸦、斜日落渔汀。连呼酒，上琴台去，秋与云平。

本篇原有小题曰“陪庾幕诸公游灵岩”，灵岩山在苏州之西，以吴王夫差的遗迹而负有盛名。吴梦窗从灵岩的苍崖云树间仿佛看到夫差的宫城，那条曾经的“响屧廊”仿佛又随着西施的脚步发出妙响。词人在下阕点出，吴国的灭亡实是夫差自己沉醉宫闱所致，而非范蠡智慧超群。感怀良久，词人回到现实，与诸公“呼酒”“上琴台”了。

胡寅的《水调歌头》是桐庐严子陵钓台怀古：

不见严夫子，寂寞富春山。空留千丈危石，高出暮云端。想象羊裘披了，一笑两忘身世，来插钓鱼竿。肯似林间翮，飞倦始知还。　中兴主，功业就，鬓毛斑。驱驰一世人物，相与济时艰。独委在奴心事，未羡痴儿鼎足，放去任疏顽。爽气动星斗，终古照林峦。

这是《全宋词》中所收胡寅的唯一作品，是他在富春江怀东汉严光的词作。对严光“一笑两忘身世，来插钓鱼竿”和“林间翮”“飞倦还”的人生选择十分赞赏。

宋末陈德武也有《水龙吟·西湖怀古》：

东南第一名州，西湖自古多佳丽。临堤台榭，画船楼阁，游人歌吹。十里荷花，三秋桂子，四山晴翠。使百年南渡，一时豪杰，都忘却、平生志。　可惜天旋时异。藉何人、雪当年耻。登临形胜，感伤今古，发挥英气。力士推山，天吴移水，作农桑地。借钱塘潮汐，为君洗尽，岳将军泪。

这是南宋灭亡后的作品，是哀声一片的词坛中难得的豪壮清越之声。“东南第一名州”语出宋仁宗“地有湖山美，东南第一州”，这是仁宗为梅挚出守杭州送行所写。上阕怀古，“西湖自古多佳丽”“十里荷花，三秋桂子”是直接用了柳耆卿《望海潮》中的词句，这如画的东南第一名州却“使百年南渡，一时豪杰，都忘却、平生志”。短短百余年，朝廷上下就被暖风薰醉，“直把杭州作汴州”了。下阕转而伤今。举国上下，无人可雪国耻，只能借助奔腾汹涌的钱塘潮一洗国人之耻，以告慰忠臣在天之灵。

这类怀古词是比较特殊的江南风光词，多有对家国盛衰兴亡有所寄托，从眼前的自然或人文景物中感怀沧桑。

值得注意的是，宋词中除了直接抒写江南风物的作品，还有不少作品带有明显的南方化倾向，比如周邦彦的《苏幕遮》，词作写于开封，却完全是一种江南情致：

燎沉香，消溽暑。鸟雀呼晴，侵晓窥檐语。叶上初阳乾宿雨。水面清圆，一一风荷举。　　故乡遥，何日去？家住吴门，久作长安旅。五月渔郎相忆否？小楫轻舟，梦入芙蓉浦。

再如欧阳修在颍州曾写过十首《采桑子》，是描写颍州西湖景色的。颍州即安徽阜阳，位于安徽省西北部。永叔词首句的末三字均为“西湖好”，现选录三首：

轻舟短棹西湖好，绿水逶迤。芳草长堤，隐隐笙歌处处随。　无风水面琉璃滑，不觉船移。微动涟漪，惊起沙禽掠岸飞。

群芳过后西湖好，狼藉残红。飞絮蒙蒙。垂柳阑干尽日风。　笙歌散尽游人去，始觉春空。垂下帘栊，双燕归来细雨中。

天容水色西湖好，云物俱鲜。鸥鹭闲眠。应惯寻常听管弦。　风清月白偏宜夜，一片琼田。谁羡骖鸾，人在舟中便是仙。

这些词作的风格及意象均与前叙述写江南风光的作品无甚区别，是词人以江南化的笔调描写景物，而被写之景未必确实如此江南化。这实是词人心态的江南化。

宋词以集清丽美与俗艳美于一身的独特形态而成为一代之文学，其城市化、商业化倾向比以往任何一种文学样式更为明显，而宋词与江南文化的渊源也是前所未有的。

宋词与城市生活

宋代是中国古代社会的一个重要转型期。随着社会经济的发展，物质生产和商品交换水平的不断提高，民众可享有更好的物质消费与更高水平的精神消费成为可能。在城市中，生存性消费品的充裕和富足，精神及享乐性消费的多样化与大众化，发展性消费日益受到重视和社会化程度不断加深，其中又以各种消费的日益市场化为重要特征，汴京街市图反映出那一时代的变化。可以说，宋代的城市生活，对我国古代城市生活的构建和发展提供了一个蓝本，也影响着它的走向和发展。一个时代的文学作品总是反映了当时的社会风貌，同时不同的社会状态又会反作用于文学的创作。

商业为基质的城市生活对宋词影响较大的是宋代的商业化和城市化。中国古代有几个商业相当繁荣的时期，南朝、宋朝及明朝，其三者之间均有渊源关系。晋室南迁后，大量世家、贵族聚居建业等城市，当时“工商流寓童仆不亲农桑而游食者，以十万计”（《晋书·食货志》）。随着大城市里具有消费能力的非农业人口的激增，商业发展迅速，加之政府为了维持正常的财政需求，实行减免商税的政策（见《宋书·文帝纪》），从商人口快速增长，连六朝的官僚阶层都以此作为重要的敛财手段，他们“或使创辟田园，或劝兴立邸店，又欲舳舻运致，亦令货殖聚敛”（《梁书·徐勉传》），至南朝末年已是“人竞商贩，不为田业”（《隋书·食货志》）了。

随着商业的发展，人口不断向城市集中，城市规模也不断扩大，具有区域经济格局的城市群也产生了。宋朝 12%

即200万户以上居于城市内，由此形成了庞大的市民阶层，使市肆风俗的文化在宋朝风行起来。

宋代的城市生活是商业为基质的城市市民的生活，是充满都市流行文化色彩的。而词作为当时的流行文化的重要元素，也与人们的城市生活息息相关。清人周济曾说“北宋有无谓之词以应歌，南宋有无谓之词以应社”（《介存斋论词杂著》），如果按周济的标准，那么反映宋代城市生活的词作几乎全部可以归入“无谓之词”的范围。然而，宋词中的“无谓”者比“有谓”者多出太多，甚至这种所谓的“无谓”正是宋词别是一家的根基和与众不同的魅力所在，那还有什么理由去苛求宋词也须像前代诗歌那样正统“有谓”呢？况且从社会学和文化史的视角而言，宋词所反映的宋代社会状态和文化现象恰是很珍贵的资料，即使从文学本身而言，这些词作的艺术价值并不比言志兴寄类的差，只是未肯拘于儒家的教化窠臼罢了。

实际上，与“诗穷而后工”的情况相反，词是在商业发达的城市土壤中盛放的温室花朵，虽然其中也不乏“老夫聊发少年狂”的豪迈或“怒发冲冠凭栏处”的悲壮，然其主流仍是或温婉柔媚或哀怨凄切，与诗殊异的。

一直以来，文学的雅俗之辨始终是学界的热门话题。到了宋代，文学之俗有了新的含义，这个“俗”是以市民阶层的审美情趣和价值取向为代表的被传统士大夫阶层所排斥的民间文化的新兴，也就是说，宋词之俗是世俗的俗，这种世俗性正是词作为新兴文学样式的本质所在。对于宋词这种世俗文学而言，不论语词的典雅与否、技巧的纯熟与否、意象的精巧与否，都只是外在的表象。

就世俗化和通俗化的角度来说，宋词属于宋代的流行文化，说得具体些，它类似于流行歌曲，有点像现在的卡拉OK。只不过宋人不爱唱二手歌，都喜欢即景填词、即兴演唱。于是就少不了文人的参与了。在一本关于流行文化的专著中我们看到："流行音乐在流行文化中占据非常重要的地位。"作为有宋时期流行文化标志的词亦是如此。

我们讨论宋词与城市生活的关联，主要立足于文人词。两宋文人集中生活在以东京和临安两都为中心的都城和各级州府城市中。两宋的商业性城市主要有长安、洛阳、扬州、开封、临安（杭州）、成都、苏州、毗陵（常州）、潭州（长沙）、豫章（南昌）、镇江、江宁（南京）、鄂州（武昌）等。

宋代文人的人生哲学较之唐朝人已有所不同。唐朝开疆拓土的壮阔豪迈和文人热烈的入世愿望如过眼云烟，璀璨的大唐文明瞬间灰飞烟灭，使宋人在传统的入世事功心态之外也对个人的生存价值加以关注与追求。在发达的"商业文化的影响下，整个社会的价值取向发生了显著的偏移：建功立业以及安贫乐道的'高尚'或'高雅'人生追求已部分地

被口腹声色的世俗享乐所代替了”。

宋代的城市生活是热闹而丰富的。餐饮娱乐场所众多，酒馆茶楼、舞榭歌台一应俱全，各种市井杂艺也兴盛不衰。这些都为文人提供了丰富的创作素材，同时文人在这种逢年过节郊游纵赏、婚寿宴饮应酬唱和的环境中也被潜移默化。宋朝堪称市井词人第一人的无疑是柳永。柳永词在士大夫阶层与市井里巷形同云泥的遭遇早为人所知，他的词以艳情、羁旅两大题材为主，而两者皆来自仕途的坎坷。关于柳永求仕，有两个一直被人引用的例子：宋仁宗因不满柳三变“忍把浮名、换了浅斟低唱”（《鹤冲天》），从进士榜上划去了他的名字，叫他“且去浅斟低唱，何要浮名”（据吴曾《能改斋词话》）！其二是柳永进士及第后吏部因其曾以词违忤了仁宗的圣意，故没有放官。柳永于是去拜见时为宰辅的晏殊。晏殊随口问他最近是否作曲，柳永未及深思便答：“只如相公，亦作曲子。”一句话触怒了晏宰相，冷冷地丢下一句：“殊虽作曲子，不曾道‘针线慵拈伴伊坐’！”柳永听罢知道此生仕途已然无望（据张舜民《画墁录》）。自此，柳永基本上成了专业的街巷歌馆的流行歌曲词作者。可以说，柳永的创作对于宋代文人以市井生活入词这点具有筚路蓝缕之功。

虽然有宋一朝诞生了“明天理、灭人欲”的程朱理学，但商业的发展、城市的扩张仍对士大夫的传统观念产生了很

大影响，当时就有文人提出与传统价值观全然不同的论点："利可言乎？曰：人非利不生，曷为不可言！欲可言乎？曰：欲者人之情，曷为不可言！"（李觏《直讲李先生文集·原文》）随着人们思想的改变，农本商末的观念也逐渐发生动摇，这既有本朝商业发达的因素，也与南朝城市商业发展有渊源关系。与之同步的是城市的世俗生活方式渗入文人阶层，并进而使之陶醉其中，乐不思蜀了。其时作为社会时代精神产物的文学艺术也出现了"俗化"的趋势。植根于商业文化之中的市民文艺具有自己的审美视角和独特魅力，甚至不需文人的任何改造就已经吸引了士大夫阶层，市民与文人、俗文学与雅文学之间不再有不可逾越的鸿沟，上层社会对原始状态市民文学的热情超过了以往任何一个朝代。据《道山清话》记载：晏元献公为京兆尹，辟张先为通判。新纳侍儿，公甚属意。……其后王夫人浸不容，公即出之。一日，子野至，公与之饮。子野作《碧牡丹》词，令营妓歌之，有云'望极蓝桥，但暮云千里。几重山、几重水'之句。公闻之怃然，曰："人生行乐耳，何自苦如此！"亟命于宅库支钱若干，复取前所出侍儿。

同一个晏殊，既有面对柳永时的不屑，也有听了一首流行歌曲便控制不住自己内心的欲望冲动，以行动实践"行乐须及春"的时候。这种看似矛盾的举动实则体现了商业世俗文化对士大夫阶层的影响力，而上述逸事也从一个侧面证明，被乐之词是颇具感染性的情感载体，在两宋相对柔弱的民族气质中更易被各阶层认同与接受。

宋初词坛，濡染市民社会生活方式的文人绝不止晏殊一个，北宋古文运动的倡导和实践者、一代文章大师欧阳修的词作中既有“把酒祝东风、且共从容”的洒脱俊逸，却也有不少“当媚景，恨月愁花，算伊全妄凤帏约”的香软情艳。现录其三首：

缕金裙窣轻纱，透红莹玉真堪爱。多情更把，眼儿斜盼，眉儿敛黛。舞态歌阑，困偎香脸，酒红微带。便直饶、更有丹青妙手，应难写、天然态。　长恐有时不见，每饶伊、百般娇騃。眼穿肠断，如今千种，思量无奈。花谢春归，梦回云散，欲寻难再。暗消魂，但觉鸳衾凤枕，有余香在。(《鼓笛慢》)

晓色初透东窗，醉魂方觉。恋恋绣衾半拥，动万感脉脉，春思无托。追想少年，何处青楼贪欢乐。当媚景，恨月愁花，算伊全妄凤帏约。　空泪滴、真珠暗落。又被谁、连宵留着。不晓高天甚意，既付与风流，却恁情薄。细把身心自解，只与猛拚却。又及生、见来了，怎生教人恶。(《看花回》)

见羞容敛翠，嫩脸匀红，素腰袅娜。红药阑边，恼不教伊过。半掩娇羞，语声低颤，问道有人知么。强整罗裙，偷回波眼，佯行佯坐。　更问假如，事还成后，乱了云鬟，

被娘猜破。我且归家，你而今休呵。更为娘行，有些针线，诮未曾收啰。却待更阑，庭花影下，重来则个。（《醉蓬莱》）

这些慢词均以男女幽会情思等世俗生活为题材，其轻浅浮艳处不让柳词，现举柳永被晏殊颇为诟病的《定风波》，以便比对：

自春来、惨绿愁红，芳心是事可可。日上花梢，莺穿柳带，犹压香衾卧。暖酥消，腻云亸。终日厌厌倦梳裹。无那。恨薄情一去，音书无个。　早知恁么。悔当初、不把雕鞍锁。向鸡窗、只与蛮笺象管，拘束教吟课。镇相随，莫抛躲。针线闲拈伴伊坐。和我。免使年少，光阴虚过。

柳永长期混迹于城市歌馆酒楼，喜作新声，他长于铺叙的特点令其无意中发展了慢词。宋代市民阶层猎奇追新的审美趣味使"新声"迭出，据统计，在宋人所用的七百二十多个词调中，有六百三十多个是宋时新调。被指"虽协音律，而词语尘下"（李清照《词论》）的柳词也因其"纤维""近俚俗"的风格而为"市井之人"（黄昇《唐宋诸贤绝妙词选》）所悦。

从上述欧词可以看出，北宋前期，正统士大夫阶层业已接受了市井社会的俚俗文化，并把这种影响延伸到创作中。宋代的所谓俚俗文化，主要基于各种商业和歌伎业。有宋文人词世俗化的过程中，歌伎制度的作用不容忽视，它对文人的影响至深，或言士大夫阶层之接受、传播市民文化，即从

歌伎制度开始，亦以此为重要媒介的。

世俗为基质的宋词内容

宋朝吸取唐藩镇割据的教训，抑武而重文，可以说是中国封建社会里知识分子政策最优厚的一朝。宋代的士大夫生活优渥、闲适，有更多的时间和精力投入市井闲情之中。且“在酒楼、平康诸坊和瓦肆设置市井伎，……为朝廷所认可，所以社会舆论不以召唤市井伎侍宴酒席为不誉之事”，士大夫阶层的各种社交宴饮都有歌伎的身影。据《清波杂志》载：“士大夫欲永保富贵，动有禁忌，尤讳言死，独溺于声色，一切无所顾避。闻人家姬侍有惠丽者，伺其主翁属纩之际，已设计贿牙侩，俟其放出以售之，虽俗有热孝之嫌，不恤也。”（周辉《清波杂志·士大夫好尚》）歌伎的表演不断需要新的曲词，而文人的创作则满足了这种需要；同时文人在燕乐酬唱之时也需要歌伎侑酒，文人与歌伎的这种互动关系是他们接受其他市井文化生活的介质，又是他们自觉创作“俗词”的动力源泉。

综观两宋词坛，创作过市井生活题材词作的文人殊不在少数。宋人的城市生活画卷主要在茶楼酒肆歌馆瓦舍等场所展开，这在宋词中都有所体现。

晏殊幼子晏几道与歌伎过往甚密，留有不少描写歌伎的组词：

《木兰花》其二：

小颦若解愁春暮。一笑留春春也住。晚红初减谢池花，新翠已遮琼苑路。　　湔裙曲水曾相遇。挽断罗巾容易去。啼珠弹尽又成行，毕竟心情无会处。

《木兰花》其三：

小莲未解论心素。狂似钿筝弦底柱。脸边霞散酒初醒，眉上月残人欲去。　　旧时家近章台住。尽日东风吹柳絮。生憎繁杏绿阴时，正碍粉墙偷眼觑。

《六遍令》：

日高春睡，唤起懒装束。年年落花时候，惯得娇眠足。学唱宫梅便好，更暖银笙逐。黛蛾低绿。堪教人恨，却似江南旧时曲。　　常记东楼夜雪，翠幕遮红烛。还是芳酒杯中，一醉光阴促。曾笑阳台梦短，无计怜香玉。此欢难续。乞求歌罢，借取归云画堂宿。

这些都是小晏为歌伎所作，他在《〈小山词〉自序》关于莲、鸿、蘋、云四歌伎的文字被后人广为征引，作为他与歌伎密切关系的有力佐证。确实，正如某些研究者所指出的，小山和耆卿、少游、白石等词人相似，将歌伎引为红颜知己，故小山词中的歌伎形象多俏丽柔美而多情。

柳永在和歌伎的交往中深知她们的苦乐，由于他的经历，柳永比大晏、欧阳修等文人更了解歌伎这个群体，故而他的词中也更多一分对歌伎的认同：

《秋夜月》：

当初聚散。便唤作、无由再逢伊面。近日来、不期而会重欢宴。向尊前、闲暇里，敛着眉儿长叹。惹起旧愁无限。

盈盈泪眼。漫向我耳边，作万般幽怨。奈你自家心下，有事难见。待信真个，恁别无萦绊。不免收心，共伊长远。

《看花回》：

屈指劳生百岁期。荣瘁相随。利牵名惹逡巡过，奈两轮、玉走金飞。红颜成白发，极品何为。　　尘事常多雅会稀。忍不开眉。画堂歌管深深处，难忘酒盏花枝。醉乡风景好，携手同归。

《迷仙引》：

才过笄年，初绾云鬟，便学歌舞。席上尊前，王孙随分相许。算等闲、酬一笑，便千金慵觑。常只恐、容易蕣华偷换，光阴虚度。　　已受君恩顾，好与花为主。万里丹霄，何妨携手同归去。永弃却、烟花伴侣。免教人见妾，朝云暮雨。

这几首词中都流露出欲与“伊”长相厮守的感情倾向，那些为生计而“才过笄年”“便学歌舞”以娱人的歌伎也盼望有一天能“永弃却、烟花伴侣”，能与柳永这样知情知意之人共长远。

宋代文人多以外视角来抒写歌伎，虽极尽溢美之词，却逃不脱一个看客心理，就像鲁迅小说中多次描写和触及的，那些看客始终只是看个热闹，图个开心，有时被看者的境地越不堪，越能引发看客们变态的快感，他们对被看者的内心全然漠不关心。即便在欣赏歌姬们的美貌、美态和美声时，仍有意无意地摆出一副居高临下的姿态，仿佛在鉴赏一件属于自己的藏品珍玩，甚至可能只是利用她们的美来炫耀自己的鉴赏力与辞采。柳永却从歌伎自身的内视角来观照她们的内心世界和人生理想，以平等的人格看待歌伎，实为难能可贵。

秦观词风婉约，有柳七之风。其《鹊桥仙》“纤云弄巧”一首千古传唱。在《一丛花》中则记下了京城名伎李师师相伴侑酒的情景：

年时今夜见师师。双颊酒红滋。疏帘半卷微灯外，露华上、烟袅凉飔。簪髻乱抛，偎人不起，弹泪唱新词。　佳期。谁料久参差。愁绪暗萦丝。想应妙舞清歌罢，又还对、秋色嗟咨。唯有画楼，当时明月，两处照相思。

少游的另一首《南歌子》，像一幅精勾细描的仕女梳妆闺怨图：

香墨弯弯画，燕脂淡淡匀。揉蓝衫子杏黄裙。独倚玉阑无语、点檀唇。　人去空流水，花飞半掩门。乱山何处觅行云。又是一钩新月、照黄昏。

秦观与黄庭坚、晁补之、张耒合称苏门四学士，在他因那首脍炙人口的《满庭芳》（山抹微云）而名噪京城后，苏轼和他碰面，对他说“不意别后，公却学柳七作词”（黄昇《花庵词选》），苏轼的言下之意当然是不满于柳永的俚俗艳浅，不过他也不是一味地否定柳词，《八声甘州》里那句“霜风凄紧，关河冷落，残照当楼”就被苏轼谓为“不减唐人高处”（赵令畤《侯鲭录》）。

也许苏轼是后人论及宋词时最绕不过去的一座丰碑。他的词豪放与婉约兼具，典雅与通俗并存。历代关于唐宋词的专著中，几乎没有不提及他的。我们在这里讨论宋词与城市生活，苏轼和他的词作仍然是极好的样本。苏轼在词坛的影响得益于他对语境的扩大，即将词从“十七八女孩儿执红牙拍板唱‘杨柳岸晓风残月’”的流行歌曲式的柔美缠绵扩大到“关西大汉执铁板唱‘大江东去’”的类似于“西北风”民歌般的豪迈壮阔之境。即便如此，东坡词中仍有一些是为歌伎而作的，如《菩萨蛮·西湖席上代诸妓送陈述古》《菩萨蛮·杭妓往苏迓新守》和《菩萨蛮·歌妓》等，而且这些词多作于宴饮交际场合。

苏轼怀大才，身边不乏才貌双全的歌伎粉丝，但他的疏放清旷使他的词格调标高，故有学者指出，苏轼“就是写闺情的词，也品格特高”，这里所指的闺情词，即《贺新郎》：

乳燕飞华屋。悄无人、桐阴转午，晚凉新浴。手弄生绡白团扇，扇手一时似玉。渐困倚、孤眠清熟。帘外谁来推绣户，枉教人、梦断瑶台曲。又却是，风敲竹。　石榴半吐红巾蹙。待浮花浪蕊都尽，伴君幽独。秾艳一枝细看取，芳心千重似束。又恐被、秋风惊绿。若待得君来向此，花前对酒不忍触。共粉泪，两簌簌。

此阕很容易让人想到苏轼另一首更为有名的《水龙吟·次韵章质夫杨花词》：

似花还似非花，也无人惜从教坠。抛家傍路，思量却是，无情有思。萦损柔肠，困酣娇眼，欲开还闭。梦随风万里，寻郎去处，又还被、莺呼起。　不恨此花飞尽，恨西园、落红难缀。晓来雨过，遗踪何在，一池萍碎。春色三分，二分尘土，一分流水。细看来，不是杨花，点点是离人泪。

这首次韵而和的词作被王国维誉为“和韵而似原唱”，虽然章楶的原作也颇有意蕴，然而与东坡这种物我合一的人格化抒写手法相比，当然是“原唱而似和韵”（《人间词话》）了。打个通俗的比方，就像婚礼上才色倾城的女傧相风头完全盖过了尚有几分姿色的新娘。

前人评价苏词谓之“颇似老杜诗，以其无意不可入，无事不可言也”（刘熙载《艺概·词曲概》），这种评价苏轼当之无愧，他的词也有不少涉及城市生活的方方面面，闲暇时的结伴游赏也是苏词的题材之一：

《南歌子》：

山与歌眉敛，波同醉眼流。游人都上十三楼。不羡竹西

歌吹、古扬州。　　菰黍连昌歜，琼彝倒玉舟。谁家水调唱歌头。声绕碧山飞去、晚云留。

宋人的城市生活与现在的都市人颇有几分相似，逢到周末、假日也喜欢结伴到周边的景点赏游一番。苏轼也常与友人一同出游。这首《南歌子》写于杭州，苏轼对江浙一带的自然人文风光素有感情。曾任杭州通判和知州。他在诗中称“余杭自是山水窟”（《将之湖州，戏赠莘老》），因为他认为杭州是个“未成小隐聊中隐，可得长闲胜暂闲。我本无家更安住，故乡无此好湖山”（《六月二十七日望湖楼醉书》其五）的好地方。实际上，苏轼的这种思想很具有代表性，正如前文所论述的，宋代文人对自身的生命价值意识较前人更强，而“隐”与“闲”则是他们所追求的生存状态。

宋代节日的热闹气氛不比现在的长假差，那时没有公元纪年，所有的节日都是中国传统节日，故而有一些诸如游园、赏灯、集市等活动，这些活动也是城市社会生活的重要组成部分。当时的传统节日也是元宵、清明、七夕和中秋等。元宵又称元夕、上元，主要的节日活动是赏灯宴游。宋时元宵节和现在的国庆节相似，会张灯三夜或五夜。两宋词人留有不少元宵词，其中一部分抒写了上元节的都市风情，如柳永的《倾杯乐·仙吕宫》和欧阳修的《御带花》。

《倾杯乐·仙吕宫》：

禁漏花深，绣工日永，蕙风布暖。变韶景、都门十二，元宵三五，银蟾光满。连云复道凌飞观。耸皇居丽，嘉气瑞烟葱蒨。翠华宵幸，是处层城阆苑。　　龙凤烛、交光星汉。对咫尺鳌山开羽扇。会乐府两籍神仙，梨园四部弦管。向晓色、都人未散。盈万井、山呼鳌抃。愿岁岁，天仗里、常瞻凤辇。

《御带花》：

青春何处风光好，帝里偏爱元夕。万重缯彩，构一屏峰岭，半空金碧。宝檠银釭，耀绛幕、龙虎腾掷。沙堤远，雕轮绣毂，争走五王宅。　　雍容熙熙昼，会乐府神姬，海洞仙客。拽香摇翠，称执手行歌，锦街天陌。月淡寒轻，渐向晓、漏声寂寂。当年少，狂心未已，不醉怎归得。

两词所描写的元宵节都是重光翠彩："元宵三五，银蟾光满""万重缯彩""雕轮绣毂"；在新年伊始的第一个月圆之夜，都市街头可谓仙乐飘飘处处闻，空前盛况把神仙都吸引来了，"会乐府两籍神仙，梨园四部弦管""会乐府神姬，海洞仙客"；人们穿梭街头，饮酒作乐、狂欢达旦，"向晓色、都人未散""当年少，狂心未已，不醉怎归得"。

相对于北宋词人笔下铺陈渲染的节日气氛，南渡词人抒发悲慨寄怀的今昔对比则更令人动容。李清照的《永遇乐》向为人所道：

落日镕金，暮云合璧，人在何处。染柳烟浓，吹梅笛怨，春意知几许。元宵佳节，融和天气，次第岂无风雨。来

相召、香车宝马，谢他酒朋诗侣。　中州盛日，闺门多暇，记得偏重三五。铺翠冠儿，撚金雪柳，簇带争济楚。如今憔悴，风鬟霜鬓，怕见夜间出去。不如向、帘儿底下，听人笑语。

据同朝人张端义记载："易安……南渡以来，常怀京洛旧事。晚年赋元宵《永遇乐》词。"（《贵耳集》）上阕所写，是临安元宵的情形，从客观描写看，与南渡前的热闹景象并无二致，其时临安商业发达，逢到节日更显繁华，其氛围比之于东京（今河南开封）实可谓有过之而无不及。但词人的心情却与喧闹的街景形成很大反差，"人在何处""春意知几许""次第岂无风雨"这几问将她心中的悲凉表露无遗，连酒朋诗侣的邀游也被她婉拒了。月圆时寂寥尤深，词人不禁回想起无忧无虑的少女时代在汴京过的元宵节，从女孩子们争相扮俏的生动画面中可以想见灯市是何等繁华热闹。而今却霜染双鬓、身心俱憔悴，家国命运同样多舛，怎不令人心寒？不如做个世外的旁观者吧。

经历了南渡的文人皆有今非昔比的感思，这群人中最特殊的莫过于赵佶了。赵佶即宋徽宗，他向来被看作是一个荒淫无度而导致亡国的皇帝。不过如果我们用客观的眼光来看，赵佶应该是"男怕入错行"的反面典型：从文学史和书画史的角度而言，他是个擅诗词工书画的文人，如果他是个普通的进士，或许所有的负面评价都将改写；对他本人来说，最可悲的是投身帝王家，而其兄哲宗又无子嗣。他也有一首《满庭芳》词铺写元宵盛景：

寰宇清夷，元宵游豫，为开临御端门。暖风摇曳，香气霭轻氛。十万钩陈灿锦，钧台外、罗绮缤纷。欢声里，烛龙衔耀，黼藻太平春。　　灵鳌，擎彩岫，冰轮远驾，初上祥云。照万宇嬉游，一视同仁。更起维垣大第，通宵宴、调燮良臣。从兹庆，都愈赓载，千岁乐昌辰。

与柳永、欧阳修的元宵词相比，赵佶这首除了多几分帝王气之外，所描摹的歌舞升平庆元宵之情之景无甚差别，但其被俘北上后所作的回忆东京往昔的《眼儿媚》则与易安《永遇乐》中的悲凉意境异曲同工：

玉京曾忆昔繁华，万里帝王家。琼林玉殿，朝喧弦管，暮列笙琶。　　花城人去今萧索，春梦绕胡沙。家山何处，忍听羌笛，吹彻梅花。

宋人喜品茶，徽宗更留有《大观茶论》，其中谈到茶的品格和功用："至若茶之为物，擅瓯闽之秀气，钟山川之灵禀，祛襟涤滞，致清导和，则非庸人孺子可得而知矣，冲澹间洁，韵高致静。则非遑遽之时可得而好尚矣。"（赵佶《大观茶论·序》）作为城市生活的一部分，饮茶是相当普遍的。宋人对茶叶生产和烹茶饮用的方法都十分讲究，宋代城市里的茶肆也随处可见。据统计，在现存宋词（即《全宋词》与《全宋词补辑》）中，共有茶词 61 首，其中以

"茶"为题者42首，以"茗"为题者1首，无题者18首。黄庭坚嗜茶是有名的，宋代文人中作茶词最多的无疑是他。清人王士禛云："黄集咏茶诗最多，最工。"（《花草蒙拾》）现录其三首：

《阮郎归·茶词》：

摘山初制小龙团。色和香味全。碾声初断夜将阑。烹时鹤避烟。　消滞思，解尘烦。金瓯雪浪翻。只愁啜罢水流天。余清搅夜眠。

《品令·茶词》：

凤舞团团饼。恨分破、教孤令。金渠体净，只轮慢碾，玉尘光莹。汤响松风，早减了、二分酒病。　味浓香永。醉乡路、成佳境。恰如灯下，故人万里，归来对影。口不能言，心下快活自省。

《看花回·茶词》：

夜永兰堂醺饮，半倚颓玉。烂漫坠钿堕履，是醉时风景，花暗烛残，欢意未阑，舞燕歌珠成断续。催茗饮、旋煮寒泉，露井瓶窦响飞瀑。　纤指缓、连环动触。渐泛起、满瓯银粟。香引春风在手，似粤岭闽溪，初采盈掬。暗想当时，探春连云寻篁竹。怎归得，鬓将老，付与杯中绿。

在黄庭坚词中，茶是"色和香味全"的，它"味浓香永"，不仅能"消滞思，解尘烦"，更具有"余清搅夜眠"的醒脑作用和"早减了、二分酒病"的醒酒功效。

酒与茶均有酬宾宴客的社交功能，但两者给人的感觉却迥然相异，酒常诱人“夜永醺饮”，醉时总觉“欢意未阑”。茶则相反，清雅无为，暗香浮动，“香引春风在手，似粤岭闽溪，初采盈掬”，令词人宁将余岁“付与杯中绿”。

文人除了通过茶词来咏茶，也是他们将之付诸歌伎，以歌侑茶的一种助兴工具。

席上芙蓉待暖，花间骤㚟还嘶。劝君不醉且无归。归去因谁惜醉。　　汤点饼心未老，乳堆盏面初肥。流连能得几多时。两腋清风唤起。

亲朋间的拜访交往也少不了茶，这也是城市生活的一部分。史浩的《画堂春·茶词》所描述的就是茶的这方面的功能：

小槽春酿香红。良辰飞盖相从。主人着意在金钟。茗碗作先容。　　欲到醉乡深处，应须仗、两腋香风。献酬高兴渺无穷。归骑莫匆匆。

宋代城市生活还有一些很草根的文娱活动，如蹴鞠、角抵等。这或许和现在的打羽毛球、打桌球差不多。在社会相对安定的时期，两宋的京城都显现出花团锦簇的热闹景象和人们游戏娱乐的情形。在假日或适合外出的日子，大街上人头攒动，从平民百姓到王公贵族家的少女国妇，都拥挤于喧腾的人群中，锦绣匝道，目不暇接。鼓乐声唱、杂耍表演、呼卢赌博，欢笑声沸天盈地。据《东京梦华录》记载：“奇术异能，歌舞百戏，鳞鳞相切，乐声嘈杂十余里，击丸蹴鞠，踏索上竿。”这些俗世生活题材在宋词中也有表现，如万俟咏的《恋芳春慢·寒食前进》：

蜂蕊分香，燕泥破润，暂寒天气清新。帝里繁华，昨夜细雨初匀。万品花藏四苑，望一带、柳接重津。寒食近，蹴踘秋千，又是无限游人。　　红妆趁戏，绮罗夹道，青帘卖酒，台榭侵云。处处笙歌，不负治世良辰。共见西城路好，翠华定、将出严宸。谁知道，仁主祈祥为民，非事行春。

瓦舍中的傀儡戏也是市民喜闻乐见的，文人也有过赋词，如吴潜的《秋夜雨·依韵戏赋傀儡》，不过这首词是从傀儡戏的虚幻想到人生的无常，从而流露出归隐之意：

腰棚傀儡曾悬索，粗瞒凭一层幕。施呈精妙处，解幻出、蛟龙头角。　　谁知鲍老从旁笑，更郭郎、摇手消薄。歧路难准托。田稻熟、只宜村落。

宋朝是我国封建社会的极盛之时，经济繁荣、国民生活相对稳定。在商业迅速发展的带动下，城市生活多姿多彩。宋朝文人比前朝文人更重视自我价值，也更乐意追求都市闲情生活的种种。在这种俗世生活的影响下，文人也不再像汉唐士人那样怀着将儒家经时济世思想进行到底的执着，而是显露了享受都市文化生活的快感，并自觉地将城市生活的影响体现在宋词中。当然，宋朝的整体气质是相对文弱的，两宋三百余年间几乎边患不绝，并造成了宋廷被迫南迁和有宋最终的覆灭。同时两宋党争也更甚于前朝。士大夫阶层在这样的国势政局中对国家的命运和自身的仕途不时地泛起隐隐的担忧，这也从另一个侧面促使他们沉溺于由歌舞、艺伎、宴饮、游赏所构成的世俗生活之中。

宋词与园林艺术

中国古典园林体系萌发于商周时期，历经千余年的发展而造极于赵宋之世，园林的形式、内容均趋于成熟定型，园林建造的技术手法和艺术情趣都达到了历来的最高水平，形成了中国古典园林发展史上的一个高潮阶段。词兴起于李唐，繁衍于五代，大昌于两宋，在宋代三百余年的历史过程中逐步演进成熟而臻于极境，可以说是两宋最具有代表性的文学体式。古典园林与古诗词间有着“异曲同工”之妙，古诗词在中国传统文学的地位与中国古典园林建筑在中国古典建筑的地位是相同的，而宋词对中国传统诗词发展的重要性与宋代园林对中国古典园林发展的重要性大抵也是相似的，可以说词和园林是两宋历史上文化发展的标志。

园林体系作为一种特殊的艺术门类，其发展是离不开经济水平和科学技术的提高的。宋代农业、手工业和商业尤其

是科学技术有了很大进步，南宋时，中原人口大量南移也带动了南方工业和商业的发展。正是由于两宋手工业与商业的发达，促使宋代城乡经济高度发展，造园水平也达到了新的高度。而宋代文化繁荣、人文之盛远迈前代，则激起了文人士大夫的造园兴趣，参与到造园活动中来，使园林具有表达文化内涵和进行艺术交流的特殊功能。再加上宫廷和上流社会风气浮华、侈靡，讲究游赏玩乐的需要，在这种特殊的历史背景下，上自帝王，下至文人士大夫，积极营建园林，皇家园林、私家园林和寺观园林大量修建，数量众多。其中，私家园林的主人大多是一些拥有才气和资产却不太得志的有闲阶级，他们的园林绝非简单的居住游玩场所，它的建筑形式、色彩、空间、姿态，甚至气味的处理，无不隐喻着中国封建社会的知识阶层——士大夫的美学情趣和人生态度，因而通常又名之为文人园林。

古园之筑出于文思和画意，而古人诗文和山水画中的美妙境界，也经常被引为园林造景。比如苏州园林，其中的建筑题名，几乎都取材于著名诗文或古诗，如留园“自在处”，留园水池北岸的一幢楼房，楼上名“远翠阁”，楼下名“自在处”，于此举目南望，留园中部景色尽收眼底。不远处又有牡丹花台，是品花赏景的佳处，故取陆游“高高下下天成景，密密疏疏自在花”（《西园》）诗句名之。楼上“远翠”一名，取方干诗“前山含远翠，罗列在窗中”（《东溪别业寄吉州段郎中》）之意，也是因为景诗相符的缘故。又如狮子林问梅阁，就是极富文学意味的称谓，取李俊明诗“借问梅花堂上月，不知别后几回圆”，原来阁中多种梅，旧有古梅“卧龙”颇具清韵。

钱泳《履园丛话》谓“造园如作诗文”，同样，游园就犹如赏词。对于宋词来说，同其他的艺术样式一样，其创作的题材来源于特定地域的自然环境及其所构成的社会生活。清人东方树《昭昧詹言》说：“诗人成词，不出情、景二端。”宋词佳作中的自然意象，众彩纷呈、千姿百态，如惠风流水、青山白云、烟霞星月、鸟兽虫鱼、翠竹丝柳、花卉草木、亭台楼阁、城邑馆郭、田园山寨、关隘湖泽，以及特定地域出现的历史事件、故实本事、物风人情，都采撷于作者所处的特定的自然景物与人文地理环境。在宋词中，直接提到“园林”两字的作品就有如：“园林晴昼春谁主”（柳永《黄莺儿·咏莺》）；“方杏靥匀酥，花须吐绣，园林排比红翠”（苏轼《哨遍》）；“桃叶园林风日好，曲径珍丛，处处闻啼鸟”（贺铸《西笑吟》）；“红粉暗随流水去，园林渐觉清阴密”（辛弃疾《满江红·暮春》）；“甚无情便下得雨僝风僽，向园林铺作地衣红绉”（辛弃疾《粉蝶儿·和晋臣赋落花》）；“晴皎霜花，晓熔冰羽，开帘觉道寒轻。误闻啼鸟，生意又园林”（张炎《满庭芳·小春》）。此外“庭院”“西园”“南园”等字样更是常见。当然，宋词的园林意境

绝不仅仅简单地表现在字面上，更多的是表现在对园林意象的选择和描绘，透过这样的意境来揭示园林在宋词中独特的文学与美学价值，以及词人的园林情结与审美哲思。

童寯先生曾在《江南园林志》中说："园之布局，虽变幻无尽，而其最简单需要，完全含于'园'字之内。"园林的"园"，写成繁体即"園"，"園"字是栩栩如生的园林象形：大"口"是围墙，"土"似屋宇平面，可代表亭台楼阁；小"口"居中，像是池塘，而剩下的笔画如石如树。就字形构成而言道出了园林的基本构成：园林包含了山（或石）水、建筑、花木（及栖息其间的飞禽、昆虫等）及日月星辰、风云雨雪、四时晨昏等物质性要素，也包含其他一些精神性的感官因素等。相对应地，筑山、理水、植物配置、建筑营造便成了造园的主要内容，但中国古典园林不是建筑、山水与植物的简单配合，而是不断变化发展的、被赋予了人文灵气与生命的综合艺术。

一、一勺水亦有曲处

我国古典园林中对于水体的运用可上溯至周代，文王所建之灵囿中就有一片神奇的水面，名为"灵沼"，《诗经·大雅》中赞美道："王在灵沼，于牣鱼跃。"从那时起，水就成为园林的一种重要元素。在后来的园林建造中，大者利用阔大的水面，或将天然水体略加人工，在水面上安排岛屿、布置建筑，增加曲折深远的意境。小者或造小水池以一勺象征千里江湖，或设溪流蜿蜒以尽山水相依之意趣。

水乃至柔之物，当灵动的流水被注入了人文的气息，成为在园林中流淌的水体，与诗词产生内在的联系，宋词便开始用其优美而含蓄的语句描绘着水的意象。“春色三分，二分尘土，一分流水”（苏轼《水龙吟·次韵章质夫杨花词》），园林中水的无形胜有形，则制造出各种气氛，给人以不同的感受，水面平静如镜可以倒映园中景色，流水曲折蜿蜒在园林中平添若隐若现之感，而涓涓细流的泉音又营造了环境的幽静气氛。

《庄子》中说，静则明，明则虚，虚则无，无则无为而无不为。我国古代哲学观认为，“虚”是哲学的最高境界，水的无形无色正是“虚”的象征。特别是静水，如明镜一般不惹尘埃，是虚无的化身，然而其周边的建筑、山石、花草、树木乃至其上方的天空都含映在其中。虚而不空，无却胜有，使人感到澄澈清明又含蓄深沉，这也是我国古典园林多以水池为中心来建园的一个原因。在园林中，一片水面静静地躺在那里似乎是无所作为，但是我们不仅能从中看到周围所有景物之倒影，还能看到水中的鱼虾，水面的莲花，还能呼吸到清新的水汽，更使人的视线无限延伸，无形中扩大了空间。水丰富了园林景观，生发了园林意境，真是做到了“无为而无不为”。

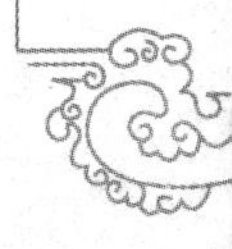

“园林中求色，不能以实求之。北国园林，以翠松朱廊衬以蓝天白云，以有色胜。江南园林，小阁临流，粉墙低压，得万千形象之变。白本非色，而色自生；池水无色，而色最丰。色中求色，不如无色中求色。故园林当于无景处求景……”（陈从周《说园》）水中的色，也正因了影，而显得更加动荡迷人。周邦彦《隔浦莲近拍》下片云：“水亭小。浮萍破处，檐花帘影颠倒。”清风吹过池面，密集的浮萍被吹开缝隙，词人才看见池畔小亭檐花和帘子的倒影，五字绘二影，笔墨精炼却尽显倒影之态生动有趣，堪称以水影写形、融情于影的佳句。载滢《补题邸园二十景·凌倒景序》云：“值风静波澄，则水底楼台，历历可鉴。幻耶？真耶？非笔墨所能到也。”“长爱碧阑干影，芙蓉秋水开时”（晏几道《临江仙》），“小雨初晴回晚照。金翠楼台，倒影芙蓉沼”（王诜《蝶恋花》），“明月如霜，好风如水，情景无限。”（苏轼《永遇乐》），水中的情、水中的景给了感性的词人以题材和灵感，给了居于园林的文人以思考和领悟。

词人喜欢借“水”言愁，“愁”之情感也就如同水一样，无形色可描绘，亦无影迹可追寻。欧阳修《踏莎行》里“离愁渐远渐无穷、迢迢不断如春水”，刻画了惆怅的离别之情。离愁化为春水，由虚入实，无可感的情绪化为可感的形象，使人们能深深地体会到离愁的苦楚；还有李清照的《一剪梅》“花自飘零水自流，一种相思，两处闲愁”，词人独立于舟上，眼见落花飘零、流水自去，“落花有意绕孤舟，江水无情自东流”再次触动了她离伤的情怀，此处取“水”之无声无息，一成不变向东流的无情。而在秦观的《浣溪沙》中“淡烟流水画屏幽”以淡烟流水衬托清晨的轻寒恰是晚秋的天气，描写了一个清冷凄凉的意境。

词专长于写情，以水寄情也十分普遍，因而以流水抒情的思乡怀人之作在宋词中比比皆是。这些作品多数通常是借时光如流水一样流逝，表达对长期不见远方的友人或家人的挂念。如吴文英的《唐多令》“年事梦中休，花空烟水流”，岁月蹉跎，往事在梦中消逝，花儿凋谢，时光似烟流去。展示自己的心灵背景和深层意绪；青春年华和经历的种种悲观都如梦如烟地消逝了，心境正如这百花凋零的深秋一样空寂冷落，春天的花瓣、盛夏的绿叶都被时间的流水冲刷得不留一点痕迹，“年事梦中休”是词人心情的直抒；“花空烟水流”是形象化的比喻，“意”与“象”交融互补，就构成一个完满的诗的境界，令人玩味沉吟，获得了想象的驰骋和美感的享受。晏几道的《临江仙》“流水便随春远，行云终与谁同?”同样是以“流水”表达时光流逝，共同生活结束了，却不知曾经深爱过的女子身处何方，表达了自己深沉的爱恋与思念之情。

此外，词人还喜欢将水比作自己的一种人生态度的标榜和寄托。老子曰“上善若水，水善利万物而不争，处众人之

所恶”，意思是：最高的善像水一样，水惠及万物而不争（名利），身处别人所厌恶的地方。古语又云：“宁静以致远，淡泊以明志。”水如普照万物的太阳一样恩泽万物，却从不彰显自己，古人认为这是水之“德”。

计成所著的《园冶》中说，“疏水若无尽，断处通桥”，讲的是一种理水手法，这样就可以增加景深和空间层次，使有限的水面平添深幽之感；在水面宽阔，池岸较长的情况下，也多以树木杂草驳石将曲折的池岸加以掩映，造成池水无边无际的视觉印象。以上这些从表面上看只是艺术手法，但实际上却暗含着哲理，那就是水的谦和处下，甘做陪衬，毫不显露锋芒。“路绕清溪三百曲”（辛弃疾《清平乐》），宛转曲折的溪水忽隐忽现，在园中穿梭而过，更增添了诗情画意。“浪摇新绿。漫芳洲翠渚，雨痕初足。荡霁色、流入横塘，看风外漪漪，皱纹如縠，藻荇萦回，似留恋、鸳飞鸥浴”（高观国《解连环·春水》），为了使园中的水源看起来得天然之趣，人们多于水中点缀鸳、鸥，并任蔓草滋生、“藻荇萦回”。园林中谦和的水体让想在文字中追求不争的文人，找到了另一种寄托和抒发对象。

二、一片石亦有深处

园林是在自然基础之上人为加工而成的，依据山峦的自然地貌建造园林，是中国古典园林借景的手段之一，但能够据山为园，有“玉钩帘外晓峰青”（吴文英《丑奴儿慢》）效果的私家园主毕竟是少数，为突破地理环境等条件的局限，多数的文人私家园林则更多地采用“以石代山”的造园技法，在园林中塑造峰、岩、壑、洞及风格各异的假山。

自然界中的山或雄伟博大或清秀挺拔，具有仁人志士般无私无畏、刚正不阿的品德，因此不论是玲珑通透，婀娜多姿的湖石，还是厚重粗犷，棱角分明的黄石，都被古代造园家用来叠砌不同形态的假山，以极力营造自己的园林住宅，希望一开门就能望见青山绿水，与大自然紧密相连、和谐共处，并借山石以象征不同的人生追求。如苏州环秀山庄的湖石假山，虽只占半亩之地，却得步移景易之妙；苏州耦园的假山用黄石叠砌而成，游人观之顿觉雄壮浑厚、气象万千。

“突兀趁人山石狠，朦胧避路野花羞”（辛弃疾《浣溪沙》），不仅唤起人们对于崇山峻岭的联想，也能造成“石窗景物春深里”（吴潜《满江红》）的曲折效果，使人们仿佛置身于奇妙的自然景观之中。“月榭风亭，荷漪藓石”（吴潜《柳梢青》），“帘影假山前。映阶红叶翻”（陈克《菩萨蛮》），风帘前的假山峥嵘而别致，中国古代园林因此而独具特色。

园林中片石做微山，山石成了词人心中理想在园林中具体而微的满足与实现，“深意画图，余情丘壑”“幽斋垒石，原非得已，不能致身岩下与木石居，故以一卷代山，一勺代

水，所谓无聊之极思也”。

“女娲补天”神话传说中的五彩石注定了石在中国文化历史上不可忽略的地位，“石者，天地之骨也”。“骨”，这是对石之坚固的物质属性所做的美学阐释，或许可以理解成石意象为代表的许多瘦硬通神的意象正是词之骨。园林中的石是造景、构园的重要材料，或堆叠假山，或置石立峰，或砌阶铺院。可见，无论是从文化还是审美方面，石都有着极为丰富的内涵，也正因此，从宋代开始，石与园林紧密地结合了起来，而善于描写“园林情调”的宋词当中更是少不了石的一席之地。

宋词中关于裁山立石的记载不少：“旋叠云根，半开竹径”（吴文英《水龙吟·云麓新葺北墅园池》），“槛前叠石翠参差”（石孝友《临江仙》），“栽花春烂漫，叠石翠巑岏。小亭相对倚，数峰寒”（赵师侠《促拍满路花·信丰黄师尹跳珠亭》），“清溪上、小山秀洁。便向此。搜松访石，葺屋营花，红尘远避风月”（吴文英《江南春·赋张药翁杜衡山庄》），“晓山时看飞云过。拥石栽梅，疏池傍竹，剪除芜污”（张榘《水龙吟·丁经之用韵咏园亭次韵以谢》）。可见叠石造山在宋代的造园中已经运用得相当广泛，成为必不可少的手段。其尤甚者，出现了以石为主题的园林建筑，如毛滂的双石堂，健而古的双石，宛如蛟龙：“双石健，含古色，照新堂。百年乔木阴下，偃立两蛟苍。目送千山爽气，帘卷一城风月，杖屦合彷徉。他日峨眉秀，相望隔明光。”（毛滂《水调歌头·登衢州双石堂呈孙八太守公素》）词人们已经完全认同，对石的欣赏是园林鉴赏中一个很重要的部分：“自此归从泥诏，去指沙堤，南屏水石，西湖风月，好作千骑行春，画图写取。”（张先《破阵乐·钱塘》）

宋代词人中有一个相当爱石的，便是辛弃疾。辛弃疾爱山，因为青山是他闲居时的知音，也是他光明磊落人格的化身。而其对奇石的喜爱则是对其赏山的延续，更有生命与精神上的高度沟通和相契：“松冈避暑。茅檐避雨。闲去闲来几度。醉扶孤石看飞泉，又却是、前回醒处”（辛弃疾《鹊桥仙·山行书所见》），“山头怪石蹲秋鹗。俯人间、尘埃野马，孤撑高攫。拄杖危亭扶未到，已觉云生两脚。更换却、朝来毛发。此地千年曾物化，莫呼猿、且自多招鹤。吾亦有，一丘壑”（辛弃疾《贺新郎·题君用山园》），“一壑一丘吾事，一斗一石皆醉，风月几千场。须作猬毛磔，笔作剑锋长”（辛弃疾《水调歌头·席上为叶仲洽赋》），“我笑共工缘底怒。触断峨峨天一柱。补天又笑女娲忙，却将此石投闲处”（辛弃疾《归朝欢·题晋臣积翠岩》）。

石因其特有的美感特质和被赋予的人格精神，成为园林特别是文人园林的重要标志。当现实中的理想不能实现，当已厌倦某种似是而非、羁绊重重的生活常态，词人们不约而同地向往以石为表征的隐逸生活。“君过春来纡组绶，我应归去耽泉石。”（苏轼《满江红·正月十三日送文安国还朝》）泉石，实际上就是缩微的山水，也是一种隐逸生活、理想境地的象征。“老来身世疏篷底，忍憔悴、看人颜色。更何似、归与枕流漱石。”（赵鼎《花心动·偶居杭州七宝山国清寺冬夜作》）枕流漱石，是不含烟火气的生命状态的追求，是遗自前朝的潇洒：“月华如水过林塘，花阴弄苔石”（陈亮《好事近·咏梅》），“武陵溪上桃花路。见征骑、匆匆去。嘶入斜阳芳草渡。读书窗下，弹琴石上，留得销魂处”（陈亮《青玉案》），“山深寺远，云冷钟残。喜竹间灯，梅间屋，石间泉”（汪莘《行香子·雪后闲眺》），“醉里行歌相答，步随泉石松云”（韩淲《朝中措·次韵昌甫见寄》）；是一种普遍出现的生活：“今耄矣，独莼鲈在梦，泉石萦怀”（吴泳《沁园春》），“但平生心事，落花啼鸟，多年盟好，白石清泉”（张辑《沁园春》），“凉露洗金井，一叶下梧桐。谪仙浪游，何事华发作诗翁。乌帽萧萧一幅，坐对清泉白石，矫首抚长松”（刘之翰《水调歌头·献田都统》）。

三、一叶一花一世界

正所谓“无花不成景，无绿不成园”，一花一木都是构成园林不可或缺的要素，园林中水体倒映的、山石衬托的，都是由木叶花卉所组成的主要景观。而宋词注重景物描写，几乎可说是无词无景，描写这些园林植物景观的词作不在少数，词人也偏爱借景抒情。

“金风细细，叶叶梧桐坠。绿酒初尝人易醉，一枕小窗浓睡。紫薇朱槿花残，斜阳却照阑干。双燕欲归时节，银屏昨夜微寒。”（晏殊《清平乐》）园内是西风落叶、夕阳花残，本是萧飒之景，词人却用笔轻灵，显得平静，而词人微醺的悠闲生活乃宋人生活的理想与典型。“自在飞花轻似梦，无边丝雨细如愁。宝帘闲挂小银钩。”（秦观《浣溪沙》）“似花还似非花，也无人惜从教坠。抛家傍路，思量却是，无情有思。”（苏轼《水龙吟·次韵章质夫杨花词》）开头一韵，非同凡响，道出了杨花（即柳絮）像花又毕竟不是花的性质，以及因此而遭受无人爱怜的际遇之苦。

“一霎好风生翠幕，几回疏雨滴圆荷”（晏殊《浣溪沙》），“欲过清明烟雨细。小槛临窗，点点残花坠”（欧阳修《蝶恋花》），“梧桐树，三更雨，不道离情正苦。一叶叶，一声声，空阶滴到明”（温庭筠《更漏子》），不只是单纯描写荷叶、残花、梧桐，更是以雨来衬托意境，“西窗下，风摇翠竹，疑是故人来”（秦观《满庭芳》），写风中之竹，表达等待故人归的心情，是将园林花木景观与自然气候变化结合，使其变得意味深远，更具美感。

“池上碧苔三四点，叶底黄鹂一两声”（晏殊《破阵子》），“水边台榭燕新归，一口香泥湿带落花飞。海棠糁径铺香绣，依旧成春瘦。黄昏庭院柳啼鸦，记得那人和月折梨花”（陈亮《虞美人·春愁》），“西园日日扫林亭，依旧赏新晴。黄蜂频扑秋千索，有当时纤手香凝。惆怅双鸳不到，幽阶一夜苔生”（吴文英《风入松》），则是借园内的莺燕、昆虫等动物形象，使得园林的花木顿生灵动之感。

对于以花草树木等自然景观为主的园林，园中植物的香气也是宋代词人极爱细致描写的，可以说几乎所有的植物都在词人的笔触之下呈现出“香味”的意象。“暗香微透窗纱，是池中藕花”（米芾《醉太平》），“楝花飘砌。蔌蔌清香细”（谢逸《千秋岁》），“雨洗娟娟嫩叶光，风吹细细绿筠香”（苏轼《定风波》），“紫蔓凝阴绿四垂。暗香撩乱扑罗衣”（晁端礼《浣溪沙·紫藤香》），“雅致装庭宇，黄花开淡泞，细香明艳尽天与”（柳永《受恩深》），“小桥飞入横塘。跨青蘋、绿藻幽香”（刘泾《夏初临·夏景》），“无可奈何花落去，似曾相识燕归来，小园香径独徘徊”（晏殊《浣溪沙》）“一阵牡丹风，香压满园花气。沉醉。沉醉。不记绿窗先睡”（晁冲之《如梦令》），园林之美，其实很大程度就体现在一朵花、一片叶，一缕幽香之中，宋代的词人对于寻常生活当中的点滴事物都抱着欣赏的态度，而这正是对园林鉴赏的应有的态度。以香味入词，确能增添词意境上的美感，有时词人还运用通感的手法，将香气与园林植物的外形、色泽等联系，虚实相结合以增强美感的体验，使园林在词中更为活色生香。“香具有超越有形世界的特点……似有

若无，氤氲流荡，可以成为具象世界之外境界气象的象征……中国艺术家重视香，与他们以神统形的美学观念有关。”这似可以解释宋代词人爱用香在词中制造氛围的原因。

与构成园林的其他元素（如流水、山石、亭台建筑）不同，花草树木的元素可说是园林生气的源泉，一花一木都代表着生命。词人描绘园林的植物景观，是他们热爱生命、亲近自然的一种体验表达，以细腻的笔触书写对自然界的感悟；词人描绘植物景观，更是词人自身与自然界生物的对话，无论是生机盎然的乐观向上，还是迟暮凋零的悲伤忧郁，都是词人心理情感对自然花木的自喻和寄托。

四、一片冰心在玉壶

精巧细腻的古典文人园林又被别称为“壶中天地”，这番天地是文人、画家与工匠合作的产物。中国古代文人如唐代山水田园诗人、画家王维，宋代诗人苏舜钦，元代大画家倪云林，明代文学家王世贞，清代文学家袁牧，通晓园林理论和工艺的文学艺术家李渔等，皆热衷于构园；还有一些艺术素养很高的帝王，如宋徽宗和清乾隆等也有造园的嗜好。他们往往喜欢揣摩诗文意境构园，利用园林景色去生发和再创造，使园林具有古典诗文的醇香厚味。陈从周曾从苏州诸园感受到诗词的境界：网师园若晏小山词，清新不落俗套；留园秀色夺人，犹吴梦窗词；拙政园清空骚雅，如姜白石词

风；沧浪亭蕴含哲理，耐人涵咏，则具宋词神韵……正因为园林以诗词文意作为景色内涵，所以清陈继儒提出“筑圃见人心”，主张借助诗词文化，使园林富有诗情和文意，渲染出深厚的精神境界。

禅宗是由于佛教文化东渐，在中国文化土壤上形成的一个中国佛教宗派。唐朝禅宗产生以后，自然丘壑成为修禅悟道的好去处，于是山水林木又蒙上了一层空灵玄奥的禅意。由于受历史上归隐思想的影响，自然还暗示了一种仙人隐士恣情丘壑的生活。在文化人看来，自然景致最能激发人的移情想象，自然本身最富有独特的精神意境。诚如王微（415—453）所说：“望秋云，神飞扬；临春风，思浩荡。”所以园林营造艺术境界，可以直接凭借人工的叠山理水把广阔的大自然山水风景缩微于咫尺之间，使之具备独特的自然意境，从而创造一个心灵的“桃花源”。

宋代的文人士大夫多是禅宗信仰者，但他们往往置身于现实社会之中，又与“心即是佛”的与世无争的信仰相矛盾。当文人士大夫们把人世间的功名利禄和官场中尔虞我诈都看透了，为解决现实与信仰的矛盾，他们需要面对自己的内心，回归大自然，实现自我的人生价值。他们或游山玩水，或种花造园，通过感受自然来解悟生活的真谛。园林为他们提供了寻求寂静冥想的场所，在一丘一壑、一花一草之中发现永恒。园林中有声更觉静的氛围表达了佛教的虚空和静寂，给园林渲染了禅的气氛，引起人的禅思。禅僧的清静闲适、恬淡脱俗、追求内心宁静的生活情趣影响于文人园林，表现为淡泊、幽远的园林格调，在宋代的文人园林中，经常是“高梧丛竹，林越禽鸟”，以创造幽雅的园林环境。园林为词人们提供了一个精神的栖居与游牧之地，以山水为友，与林泉相乐，以园林为对象的词作通过文字的形式凝聚了词人的审美情趣和审美理念，也表达了词人的生命价值观和人生态度。

“梦里光阴，眼前风景，一片今愁共古愁。人间事，尽悠悠且且，莫莫休休。”（吴潜《沁园春》）词人面对已成的事实，似乎漠然了，他们在园林中创作了大量的词篇，以道家无为的思想来审视周围的良辰美景，期望以此来关照个人内心的审美需要。“有秋来竹径，春时花坞，夏里荷漪。何事东涂西抹，空遣鬓毛稀。矫首看鸿鹄，远举高飞。点检人间今古，问谁为赢局，底是输棋。谩区区成败，蚁阵与蜗围。”（吴潜《八声甘州》）春夏秋冬四时景物凝聚在词人笔端，成为词人心心念念的事物，他们对荣辱成败似乎已经淡漠了，转而将个人的生活状态和心境放在更高的位置，这也是他们评价园林价值的基本尺度。

从园林词中，我们不难体会词人在生活理念上也更加超脱，更追求个体生命价值的存在。由于明哲保身的心理作祟，他们既从事政治，承担社会责任；同时也细整自己的居

所，热爱和重视自己的存在方式。词人们相互宴游、酬唱，欣赏词曲，从事艺术创作。生活情调是他们注视的重要方面，“向槐厅深处，松厅紧里，却立徘徊……我亦归来岩壑，正不妨散诞，笑口频开。算人间成败，何用苦惊猜。便江南、求田间舍，把岁寒、三友一圈栽”（吴潜《八声甘州》）。“但数点红英，犹识西园凄婉”（王沂孙《长亭怨》）。词人们辗转在“小帘栊”“槐厅”“松厅”间，品味着庭院的格调，并在词中为园林里的景致赋其雅名。置身在自己构造，并且园林化、艺术化的花月丛中、溪桥岸边，流连忘返！有多少忧生伤逝、国恨家仇都被词人的闲情逸致所消解了。

半山园（在今南京市），是王安石第二次罢相后定居之所。变法失败，长子病死，王安石便辞去宰相职务，作为府判退居江宁。了解了王安石的一生，再到过蓊蓊郁郁的钟山，就会觉得“半山夕照”实在是很对题的对王安石和他的半山园的概括，半山园于前期头角峥嵘、叱咤风云的王安石来说，可谓晚年的安憩之所，特别是在精神上。尽管“其宅仅蔽风雨，又不设垣墙，望之若逆旅之舍”，但主人的生活却闲散自由，如出岫之云，“平日乘一驴，从数僮游诸山寺；欲入城，则乘小舫，泛潮沟以行，盖未尝乘马与肩舆也”。

又如叶梦得，晚年退隐于吴兴（今浙江湖州）弁山石

林。他并非一般不食人间烟火的飘飘然的高雅，而是一种壮志难酬的悲愤和孤高。退隐初期所作的《水调歌头》云："秋色渐将晚，霜信报黄花。小窗低户深映，微路绕欹斜。为问山翁何事，坐看流年轻度，拚却鬓双华。徙倚望沧海，天净水明霞。念平昔，空飘荡，遍天涯。归来三径重扫，松竹本吾家。却恨悲风时起，冉冉云间新雁，边马怨胡笳。谁似东山老，谈笑静胡沙！"上片写山居生活的闲适，末尾两句甚是精明，对美景的观赏中流露出年华虚度的感伤；下片写壮志未酬的苦闷，抒发了系念国事的忧愤。全篇在隐逸与忧国的矛盾中，表达了作者深沉的爱国感情。

"壶天之隐"常指隐居于园林中的隐士，以及他们悠闲清净的无为生活。词人们栖身于园林这一方天地，过着隐逸的生活，其品行操守美好高洁的"玉壶之心"不言而喻，透过园林词我们则更真切感受到词人们不俗的精神。

园林是一种具有实用价值的空间艺术，运用自然界的沙、石、水、土、植被和动物等材料，在有限的空间内塑造出山体、水体、建筑和花木等景观；而文学则是一种时间艺术，是基于视听感觉基础上的想象。园林和文学都是模仿自然而生成的艺术品，在人们对其品赏的过程中，都会获得同样的审美快感。而它们之间也源于此，而有了很多的相通之处，处于一种互相作用和互相影响的共生状态。具体而言，园林，正是一首无言、有形、凝固的诗，只不过它的构建手段是建筑、山水、泉石、花木诸物质要素，而非文字，人们在品赏园林时常不期然吟诵起某句诗、某首词。而诗词等文学作品，也可当作是用文字搭建起的纸上的园林，人们在阅读中游历名园，尽览四季美景。

而园林艺术之于宋词文学，其作用是为文学的感发提供契机，贡献意象、主题、题材等。刘勰《文心雕龙·原道》中指出“日月叠璧，以垂丽天之象；山川焕绮。以铺理地之形，此盖道之文也”，就已经把自然之象与人文联系起来。词人往往因景生情、以情观景，在描绘的真实景物中加入自己的情思，创造出情景交融的完美语境。园林在建筑之初即已融入文人的审美情趣，呈现出的并非孤立的自然风景之美，也不是独立的建筑之美，而是建筑、山水、花木、人文相融合而构成的境界之美。而诗人词人擅长捕捉意境氛围，他们的视角常以亭、台、楼、阁还有窗、户、帘、檐作为取景之处，摄取山川风物、园苑风光于眼底笔端，这与园林的欣赏角度有着莫大的关系。园林与文学，正是以情境相生的意境为共同的艺术特征和审美追求又互相作用和影响的异质同构的艺术胜景。

林语堂在《中国人》中说“文化是闲暇的产物”。毫无疑问，园林（特别是文人园林）也是休闲文化的产物，它就是士大夫们为了满足自己能在公余或晚年足不出户就能享受林泉而建造的，是士大夫特别愿意选择的一种休闲方式。

再说到宋词，词体本身就诞生于花间、尊前，是不折不扣的享乐休闲文学。在宋代也同样如此，再没有比词更适合抒写游赏宴乐之情的文体了。宋词从园林里诞生，描写园林的涓滴变化、生灭动静，拥有和园林一样或近似的美学风格，并且宋词所表现的情感、哲理、历史诸方面都与园林有关。中国古典园林是在一定的空间里依照园林艺术原则进行创作而形成保留着自然因素之美的生活境域，通过综合运用各类艺术语言（空间组合、比例、尺度、色彩、质感、体型）造成鲜明的艺术形象，引起人们的共鸣和联想，表现出一个典型化的自然，这种典型化的自然本就是一种高妙的艺术境界，与宋词所着意要表达的意境有着相通之处。

古诗词为古典园林写意吟唱，古典园林为古诗词写实泼墨。古典园林与古诗词彼此是相辅相成的，对中国文化有着很大的影响。随着历史的发展，中国园林艺术随之发展，继承和创新是所有民族文化发展的普遍规律，继承中国古典园林艺术，重要的是它的意境，即“师法自然”和“虽由人作，宛自天开”，表明中国古典园林所追求的自然是人化的自然，即艺术化的自然。中国古典园林在大自然中与古诗词相遇，它们在意境中相融合，其中滋味让人永远遐想，让人对美对理想的追求永不停止。

宋词和园林都注重意境的感悟，这种相似的美感体验并非只是出于巧合，正如朱光潜先生说美感的获得过程：“在

这长久的预备中，他不仅是一个单纯的‘美感的人’，他在做学问，过实际生活，储蓄经验，观察人情世故，思量道德、宗教、政治、文艺种种问题。这些活动都不是形象的直觉，但是在无形中指定他的直觉所走的方向、稍纵即逝的直觉嵌在繁复的人生中，好比沙漠中的湖泽，看来虽似无头无尾，实在伏源深广。一顷刻的美感经验往往有几千万年的遗传性和毕生的经验学问做背景。”园林美和宋词美也正是如此，在它们的背后，有着深厚丰富的属于中国艺术共同点的美学资源。

一股清流、一颗坚石、一丛花草、一座园林，文人们以内敛含蓄的宋词，记录着精致幽雅的园林，写下闲适生活的情趣与回味，勾起百态人生的感悟与追求，抒发刻骨铭心的雄心壮志与动人情怀。

宋词与恢复情结

北宋作为统一的中原王朝，结束了晚唐五代十国以来的分裂割据局面。但在大宋顶着所谓“中原王朝”称号的同时，并存着辽国、西夏、金朝等在政治、军事诸多方面都能够与之抗衡的民族政权。而北宋为金所灭后，与女真族的民族矛盾被推向了激烈的高点。南宋朝廷南渡偏安，高宗对金乞和称臣的立场，佞臣秦桧的百般阻挠、迫害忠良，使得收复大业渐成泡影。尽管南宋联蒙抗金，于 1234 年铲除了金国这一威胁势力。然赵宋国力渐衰，大势已去，最终于祥兴二年反为蒙所灭，其统治终结。可见，整个宋朝并未出现真正疆域上的大一统。放大到整个中国版图，呈现的是对峙辽、金、西夏，接壤大理、吐蕃诸部的局面。

然而，尽管接连遭到异族的铁蹄践踏和蹂躏，宋朝在这段封建历史上创造出的社会文化价值及其核心地位仍是不可小觑的。正是在这样的时局背景与文明冲突之下，碰撞出宋代士人的“恢复”情结，并以诗词等形式载体渗透在大量的文学作品中，成为无法磨灭的时代烙印。

辛弃疾像靖康之变，汴京失守。软弱高宗，乞降求和，竟向金人发乞哀书道：

古之有国家而迫于危亡者，不过守与奔而已。今大国之征小邦，譬孟贲之搏僬侥耳。……若偏师一来，则束手听命而已，守奚为哉！……建炎三年之间，无虑三徙，今越在荆蛮之域矣，所行日穷，所投日狭，天网恢恢，将安之耶？是以守则无人，以奔则无地，一并彷徨，跼天蹐地，而无所容厝。此所以朝夕諰諰然惟冀阁下之见哀而赦已也。……是天地之间皆大金之国而无有二上矣，亦何必劳师远涉然后为快哉？

高宗卑躬屈膝的态度，使得力主抗战的忠良将士报国无门，只得感慨“中愤气填膺，有泪如倾”（张孝祥《六州歌头》）。辞乡去国，士人南渡，饱含“扁舟去作江南客”（朱敦儒《采桑子》）的零落苍凉。而国难当头，生灵涂炭，中原百姓饱经离乱，更生“可堪更近乾龙节。眼中泪尽空啼血”（向子諲《望楼月》）的故国之思。救国、感怀、丧乱这三种情感基调为文人的恢复情结提供了铺垫，成就了“靖康之变”前后及南宋时期文学创作的独特魅力。

“恢复”的双重意义士人眼中的“恢复”，牵涉到收复失地与复我大汉文明这两个层面。而恢复情结之于宋人，带有强烈的华夷意识与正统观念色彩，相对于别朝仅就“失地”而言，更添了几分情感纠葛与民族观念的复杂性和排斥性。因此，在这两层意义中，后者居于主导，更加意味深长。

1. 恢复中原之土

收复河山、击退贼敌，是主张抗战的皇臣大将的恢复情结。正所谓“江山仅余半壁，繁华尽付流水。一时慷慨悲歌之士，莫不攘臂激昂，各抱恢复失地之雄心，藉展‘直捣黄龙’之夙愿。”“抗战派”宰相李纲书言：

诸道之兵既集，数倍于贼，将士气锐而心齐，朝廷畏怯，莫肯一用，惩姚平仲劫寨之小衄而忘周亚夫困敌之大计，使贼安然厚有所得而归，此失其所以战也。失此二者之机会，故令贼志益侈，再举南牧无所忌惮，遂有并吞华夏之心。譬犹病者，证候既明，当用毒药而不用，虽暂得安，疾人再来，此必至之理也。以今日而视去岁，人心、国势之不相侔，何止相什百哉！臣子之义，惟当奋不顾身，死以殉国家之急。

天下兴亡，匹夫有责。家国存亡事关天下，可以置生死于不顾。复国复疆的情结支撑起这些文臣武将如此的信念，实为可贵。太学生陈东与布衣欧阳澈，伏阙上书，祈求重用李纲，竟斩于市。身体力行地将“恢复”精神进行到底，此举使之成为声名极高的殉道者。而大将岳飞，上书呈言：“血国家之耻，拯海内之穷”，誓表“亦不过三二年间，可以尽复故地”。足见其收复失地之心诚意切。

2. 复我华夏之魂

蛮夷来侵，宋人承载着家国沦丧、惨遭凌虐的悲苦；而当权者在政治纷争中却将民心所向置之度外，软弱退让、任人宰割。眼看着徒劳无功，收复无望，此生终为异乡之客，一种文化心理上的缺失感油然而生。抑郁无处泄，衷肠无处诉，壮志不能酬，此刻文人的情怀感触便喷薄而出，借笔墨抒情言志，创造出大量蕴涵“恢复”情结的文学作品。

南渡之后，此种情结在文人群体中开始慷慨悲歌，声如洪钟。经历过靖康之难的词人，前后词风乃至思想意识都发生了很大变化，诚为国仇家恨所使然。在时代的巨大灾难面前，在血与火的洗礼中，他们走出自我悲欢离合和荣辱得失的狭小圈子，开始直面残酷惨烈的社会现实，正视民族生死存亡的大悲剧，他们或热血沸腾，怒吼抗金，或哀吟沦丧，恸哭悲歌。词风转变的典型代表向子諲编辑词集时，以南渡为界，北宋所作为“江北旧词”，南宋所作为“江南新词”；又一反编年时序的先后，把“江南新词”列为上卷，而置“江北旧词”于下卷。这一“新”一“旧”、一“上”一“下”，两个一字之差，正反映作者词学观念与审美情趣的变化。词风之变是文人的恢复情结由积淀生成，发展到倾泻而出这一心理转变的外在标志，在内容上增添了思念故土、感怀旧事、哀叹现状的华夏情结。将词人前后时期的作品相比较，其中感情差别所在便可一目了然。

中华文明，厚德尚风，这是横扫我华夏土地的铁骑所无法感悟的。南北宋之交之士人，见徽宗朝政治腐败，党争激烈，士风萎靡，感念于晋周之士的复国情怀；经历南渡后，更觉应整顿恢复世风与士风，因为这与国家兴亡命脉相连。“亲贤臣，远小人，此先汉所以兴隆也；亲小人，远贤臣，此后汉所以倾颓也。”孔明所言极是。建炎二年，胡铨对策时说：“我国家涵养天下之久，士大夫受君父之赐亦甚久。一朝国家有难，自公卿剑履间以及下之百执事凡几人？自王畿以达四方郡邑有位凡几人？前知而言者为谁？死名节、死社稷者为谁？破家殉国者为谁？知己而挂冠者为谁？推进于天而知其将亡者，又复谁也？方晋难度，士流尚有聚于新亭，伤国之衰，对江山而下泣者。周之东迁，尚有不恤其纬而忧宗国之殒者。以今两宫播越，则非直东迁之辱也，而陛下仓皇远狩，则非直南渡之迫也。谁复有泣对江山而忧宗周之殒者哉！”字字句句，无不透着“恢复”之意。这是士人普遍认为的恢复之另一形态。

南宋文人所要恢复的，不仅是失去的土地，更要寻回的是失落的精神，要复兴的是遭破坏的汉文明。正所谓：“不平则鸣，于是横放杰出之歌词，宛若天假之，以泄一代英雄抑塞磊落不平之气。此时外逼于强寇，内误于权奸。在长短句中所表现之热情，非嫉谗邪之蔽明，即痛仇雠之莫报，苍凉激状，一振颓风。”哀与愁，悲与恨，郁与壮的情感交织，谱写了一曲宋朝历史的长短句。

文化心理诠释：忆君王，胡未灭复地救国，史上不乏先例。唐安史之乱后，有曰“子仪顷同患难，收复两京”旧唐书（卷一二〇：郭子仪传）。五代十国以来，“燕云之地”成了萦绕心头四百余年的特殊情结。后晋石敬瑭成了契丹的“儿皇帝”，于天福元年把雁门以北的燕云十六州拱手送人。周世宗欲收复燕云之地，可惜未能遂愿即卒。后宋辽之役即起于宋取燕云。“燕云未复”一直是宋人抒发复地之情的对

象。《宋史·地理志》记载："天下既一，疆理几复汉、唐之旧，其未入职方氏者，唯燕、云十六州而已。"名臣李纲曾在《苏武令》中道出宏愿："燕然即须平扫。拥精兵十万，横行沙漠，奉迎天表。"至徽宗朝，金人进犯，掳徽、钦二帝。高宗退避，求和苟安。可悲燕云未复，中原既失。宋朝的军事弱国形态与大宋志士雄壮万古之心产生巨大差距，顿时间家国沦亡体验与复地救国之志激荡朝野。

3. "可堪更近乾龙节"——正统思想

宋代虽没有强大军事实力、募兵制度，但在文化上，道德制度与封建纲常发展甚远，以儒道治国。陈寅恪就认为："华夏民族之文化，历数千载之演进，造极于赵宋之世。"从太祖开端，宋朝重文抑武的治国倾向给士人提供了舞台，强化了宋人的正统观念。正统观念，本出先儒，它既指政制（尤其表现为血脉，所以反对篡僭）的其来有自，一脉相承；亦含人主须行德治，以仁德化天下（所以肯定尧舜传贤，也不反对"汤武革命"）。

宋朝重文抑武，致使时代风气为之转变。太宗尝说："王者虽以武功克定，终须用文德致治。"当年太宗因借兵变夺取政权，故其自身在政治上对武人甚防。《蔡忠惠公集》有载：

今世用人，大率以文词进。大臣，文士也；近侍之臣，文士也；钱谷之臣，文士也；边防大帅，文士也；天下转运使，文士也；知州郡，文士也。

宋代多由文士充任官职，足可见其文治之倾向。对比当时文人与武人的所受待遇，其地位高下便显而易见。刘攽《中山诗话》亦云：

太宗好文，每进士及第，赐闻喜宴，尝作诗赐之，累朝以为故事。仁宗在位四十二年，赐诗尤多，然不必尽上所自作。景祐初，赐诗落句云："寒儒逢景运，报德合如何?"论者谓质厚宏壮，真诏旨也。

北宋尹洙曾说："状元登第，虽将兵数十万，恢复幽蓟，逐强虏于穷的，凯歌劳还，献捷太庙，其荣亦不可及也。"又《鸡肋篇》卷下有载："韩世忠轻薄儒士，常目之为'子曰'。主上闻之，因登对，问曰：'闻卿呼文士为"子曰"，是否?'世忠应曰：'臣今已改。'上喜，以其能崇儒。"士大夫位尊的境遇，赋予了文人宽松的政治言论环境，成就了文人担当天下的使命感。

伴随着士人自觉精神的萌发成长，先儒思想亦得以发扬光大。其中"华夷之防"和正统观念，由于前代武人篡僭的教训，本朝优奖士人的政策，以及边患困扰的环境等等因素，而尤其得到强化，成为时代的"主义"。

正统，以儒家观点看来，即至尊，即权威。曹操凭借"挟天子以令诸侯"获得政治优势；刘备以"恢复汉室"而师出有名。张邦昌成为金人的傀儡皇帝后，见康王即“伏地恸哭请死”；又自谓：“所以勉循金人推戴者，欲权宜一时以纾国难也，敢有他乎?”邦昌受帝位而心虚，是为名不正言不顺，有悖于正统观念。此亦不为世情所容。“邦昌之受册也，百官皆惨沮，邦昌亦变色。”邓肃在其词《瑞鹧鸪》中表示效法阮籍，不为张邦昌所用：

北书一纸惨天容，花柳春风不敢秾。未学宣尼歌凤德，姑从阮籍哭途穷。

此身已落千山外，旧梦回思一梦中。何日中兴地吉甫，洗天阴翳放晴空。

而无耻高宗，杀忠臣良将，亲信佞臣小人，胡铨甚至上疏斥责其“竭民膏血而不恤，忘国大仇而不报”，但在苗刘兵变被废黜后，大臣军将却与之同悲。史书载：“世忠得俊书，大恸，举酒酹神曰：誓不与此贼共戴天!”

4. “壮志饥餐胡虏肉”——华夷意识

所谓华夷意识，是以中原汉族视角为本位的文化优越感。依照西方理论可理解为“种族中心论”，即认为人们所属的群体是世界的中心，也是衡量所有其他人的准绳的观点，一些相应的民间习俗肯定群体内部的关系和与外部的关系。每个群体都维持自身的傲气和虚荣，展示其优越性，赞美自己的神灵，蔑视外人。每个群体都认为只有自己的习俗是良好的，从而谈起其他群体的习俗时嗤之以鼻。

中华文明发源于中原腹地，在其四周，则被称为“东夷、北狄、西戎、南蛮”《论语注疏》都说：“华、夏，皆谓中国也。中国而谓之华夏者，夏，大也，言有礼仪之大，有文章之华也。”这就是“中华”、“华夏”概念产生之始。

在宋以前，华夷意识并未在汉人思想中占主导地位。这种观念是在与外族进行交流和战争的历史演变中，随着汉族统治势力的扩大与稳固逐步得到加强的。盛唐时期韩愈曾说：“诸侯用夷礼则夷之，夷而进于中国则中国之。”可见汉人当时对外族的开放态度。

宋初订立“澶渊之盟”时，也尚未激发士人的蛮夷之防意识。直至与元昊进行宋夏之战，宋人华夷之防的意识才日趋显现。宋神宗诗以言志：“五季失图，猃狁孔炽。艺祖造邦，思有惩艾。爰设内府，基以募士。曾孙保之，敢忘厥志。”表明其对夷狄问题严峻性已有认识，并有“经略银夏，复取燕云”的战略意图。

宣和七年十月，金太宗下诏伐宋；十二月，宗望大军便直逼燕京。北宋边患从此明显加剧，王朝统治岌岌可危，华夷意识随之觉醒。以李纲、张孝祥、岳飞、胡铨为代表的主战派，尚有赵鼎、朱敦儒、向子諲、张浚、邓肃、胡寅、张焘等，皆为靖康之变前后呼喊抗金救国的爱国词人；亦不乏宗泽“大宋濒危撑一柱，英雄垂死尚三呼”这样的抗金大将。

即便南宋朝时期，“苟安”已成政局主流，但仍有持正之士对“夷狄”问题立场坚定。绍兴八年宋廷决计主和，枢密院编修胡铨上书抗言：

陛下一屈膝，则祖宗庙社之灵尽污夷狄，祖宗数百年之赤子尽为左衽！……此膝一屈而不可复的，国势陵夷不可复振，可为痛哭流涕长太息矣！

理学家朱熹亦言：“国家靖康之祸，二帝北狩而不还，臣子之所痛愤怨疾，虽万世而必报其仇。”他在对待北狄的态度上可明显感受到华夷意识的深重烙印，曰“君父之仇，不与共戴天”。在宋代文字中，“不共戴天”四字频频可见，这是多数带有浓重华夷意识的士人对待蛮夷侵略的坚定态度。

恢复情结的文学表现时代激发了士人受正统思想影响的华夷意识，更激发了文人墨客的情感体验。于是大量体现“恢复”情结之作涌现，在风起云涌的乱世荡气回肠。正如恩格斯所说：“愤怒出诗人。”在这个举国愤怒的时代，文人们创造了“国家不幸诗家幸”的文学繁荣局面。

在感怀、丧乱、救国三种情感基调的支配下，宋代文学反映出浓烈的恢复情结。带有恢复情结的文学的创作主体，是经历国破家亡变故，遭遇离愁别恨体验，胸怀复国之念的南渡士人。创作内容也普遍由数儿女之情的闺阁私语中走出来，转向抗金救国的战场，走向更广阔的社会现实。同时，由于宋朝之劲直士风，文人创作也成为一股政治力量，回旋于朝野。

蛮夷侵略，靖康之耻，国土沦丧。文人恢复情结抒发的对象打上了深刻的时代烙印，大体有以下四方面：

1. 个人身世遭遇。在南渡词人群中，大致有两种情形：北方人乱后迁居南方的，宦居北方的南方人乱后归南。无论何种，都在国难中身受家土沦亡的切肤之痛，颠沛流离的身世之苦。于是词风陡变，多是感伤身世凄凉之作。李清照便是其中之一，“今年海角天涯，萧萧两鬓生华”（《清平乐》）的晚景凄凉与其当年“蹴罢秋千，起来慵整纤纤手”（《点绛唇》）的少女情怀形成鲜明反差。她后期的作品道尽了丧夫之痛、离愁之苦的“愁”情，《武陵春》《声声慢》《孤雁儿》《菩萨蛮》等名篇皆为泣血之作，声声呜咽，字字悲情。试读《永遇乐》：

落日熔金，暮云合璧，人在何处？染柳烟浓，吹梅笛怨，春意知几许？元宵佳节，融和天气，次第岂无风雨？来相召、香车宝马，谢他酒朋诗侣。

中州盛日，闺门多暇，记得偏重三五。铺翠冠儿，捻金雪柳，簇带争济楚。如今憔悴，风鬟霜鬓，怕见夜间出去。不如向、帘儿底下，听人笑话。

惘然发问“人在何处？”，无意于“香车宝马”，终“谢他酒朋诗侣”。下阕追忆“中州盛日”，对比“如今憔悴，风鬟霜鬓”，而南渡以来的岁月创伤已无法弥合。对此同样经历亡国之痛的刘辰翁感同身受：“余自乙亥上元诵李易安《永遇乐》，为之涕下，今三年矣，每闻此词，辄不自堪。”（《须溪词》卷二）足见其词情悲苦，感人至深。

2. 故国河山之恸。汴京，于宋人是象征着荣华与没落，骄傲与悔恨的复杂符号。仁宗时期“万国仰神京，礼乐纵横。葱葱佳气锁龙城。日御明堂天子圣，朝会簪缨”（裴湘《浪淘沙·汴州》）的繁华都城，经历国难之耻，光辉不再，留下的只是异族侵踏的遗痕及百姓的哀叹。尽管南宋都城临安也有“烟柳画桥，风帘翠幕，参差十万人家。云树绕堤沙，怒涛卷霜雪，天堑无涯。市列珠玑，卢盈罗绮”（柳永《望海潮》）般江南都会的豪奢，但丧失领土、背井离乡的伤痕仍在士人内心隐隐作痛。

“少年不识愁滋味”的辛弃疾，在社会动乱中又饱尝人生挫折，不得不道出“而今识尽愁滋味，欲说还休。欲说还休，却道天凉好个秋”（《采桑子》）。两宋之交，文人内心终究难掩一个“愁”字，隐藏着对于故国的深情怀念。表现在词作中，或表达山河破碎之恨：如“芳菲歇，故园目断伤心切”（向子諲《秦楼月》），“故乡何处是，忘了除非醉”（李清照《菩萨蛮》），“况神州北望，今已在墟，伤白璧、久埋黄土”（曾纡《洞仙歌》）；或表达羁旅体验：“旅雁向南飞，风雨群初失。饥渴辛勤两翅垂，鸥鹭苦难亲，矰缴忧相逼。云海茫茫无处归，谁听哀鸣急”（朱敦儒《卜算子》）。动荡中，士人感触甚深，但真正尝切肤之痛者莫过于北宋皇帝。徽宗北随金虏，赋《宴山亭·北行见杏花》曰：

裁剪冰绡，轻叠数重，淡着燕脂匀注。新样靓妆，艳溢香融，羞杀蕊珠宫女。易得凋零，更多少、无情风雨。愁苦，问凄凉院落，几番春暮？

凭寄离恨重重，这双燕何曾，会人言语？天遥地远，万水千山，知他故宫何处？怎不思量？除梦里有时曾去。无据，和梦也新来不做。

此词情调凄婉哀怨，哽咽有声。杨慎云：徽宗此词北狩时作也，词极凄婉，亦可怜矣。(《词品》）梁启超云：昔人言宋徽宗为李后主后身，此词感均顽艳，亦不减“帘外雨潺潺”诸作。(《艺蘅馆词选》)

3. 力主抗战之志。宋王朝在遭侵略后政治军事实力的败落，激发了许多正义之士救国图兴、力挽狂澜之志。南宋小朝廷的偏安政策，使得许多将士报国无门、义愤填膺，于是借助诗词来抒发自己的爱国之情、民族大义以及抗金恢复之志，造就了诸如《满江红》之类的不朽之篇：

怒发冲冠，凭栏处、潇潇雨歇。抬望眼，仰天长啸，壮怀激烈。三十功名尘与土，八千里路云和月。莫等闲、白了少年头，空悲切。

靖康耻，犹未雪；臣子恨，何时灭？驾长车、踏破贺兰山缺。壮志饥餐胡虏肉，笑谈渴饮匈奴血。待从头、收拾旧山河，朝天阙。

该词于慷慨激昂间现中华民族的爱国激情，结合岳飞戎马征战之功绩，与被秦桧诬陷而冤死之结局读之，其悲情英雄人物形象呼之欲出。许多以力主抗战为思想内容的作品，其实都于大气豪迈中糅杂了悲苦抑郁，成为其中最为撼人心弦的情感。李纲“谁信我，致主丹衷，伤时多故，未作救民方召。调鼎为霖，登坛为将，燕然即须平扫”（《苏武令》）的恢复之志，张元幹为支持李纲抗战誓表“气吞骄虏，要斩楼兰三尺剑”（《贺新郎·寄李伯纪丞相》），陆游“胡未灭，鬓先秋，泪空流。此生谁料，心在天山，身老沧州”（《诉衷情》）的无奈，朱敦儒发问“中原乱。簪缨散。几时收”（《相见欢》），张孝祥闻采石矶捷报而作“我欲乘风去，击楫誓中流”（《水调歌头·和庞佑父》），抗金之志，诚可撼天。

4. 针砭时政之见。宋代文人，以笔代伐，将政治理想与立场书写于纸上。传达政治信息的南渡之词，都针对某一政治事件而发，包括了主体对此政治事件的态度与判断。前文论及南渡士人劲直士风，这是由于时代环境所造成的。在此情形下，政治话题成为文学及创作的又一主要内容。胡寅在《上皇帝万言书》中，针对高宗执政失误，直言不讳地针砭时弊：

昨陛下亲王介弟受渊圣皇帝之命，出师河北，则当纠合义师，北向迎请，而据膺翊戴，亟居尊位，遥上徽号，建立太子，不复归觐宫阙，展省陵寝，斩戮直臣，以杜言路，南巡淮海，愉（偷）安岁月。敌兵深入陕右，远破京西，漫不治军，略无扞御。盗贼横溃，莫之谁何？无辜元元，百万涂地。怨气上格，日月无光，飞蝗蔽天，动以旬月。言且制造文物，縻费不赀，猥于城中，讲行郊报，朝廷动色，相谓中兴。敌骑乘虚，直擣行在，匹马南渡，狼狈不堪，淮甸之间，又复流血。逮及反正宝位，移跸建康，不为久图，百度颓驰。淮南宣抚，卒不遣竿，自画大江，轻失形势。一向畏缩，维务远巡，军民怨咨，如出一口，存亡之决，近在目前。

辛弃疾借古讽今：以“孙仲谋处”“金戈铁马，气吞万里如虎”反衬“元嘉草草”“赢得仓皇北顾”（《永遇乐·京口北固亭怀古》），影射现实。时任川陕宣抚副使的胡世将，痛感和议误国，作“试看百二山河，奈君门万里，六师不发，朝议主和”（《酹江月·秋夕兴元使院作》）以抒愤懑。“白首为功名，旧山松竹老，阻归程。欲将心事付瑶琴。知音少，弦断有谁听。”岳飞的这首《小重山》是那个时代多数爱国士人有志莫伸的真实写照。

两宋之交直至南宋时期，在铁马金戈，腥风血雨，讨伐征战中，文人们以笔代剑，用文化力量书写气壮山河的悲丽诗篇，展望恢复大业。或抑郁豪放如稼轩，或雄壮悲情如岳飞，或细腻伤感如易安，或激愤昂扬如张孝祥，或忠言直谏如李纲，或悲歌慷慨如朱敦儒，或矢志不渝如陆游……全然体现了家国沦亡体验与中兴恢复之志双重支配下的恢复情结。扼要归于如下几点：

其一，恢复情结产生于乱世背景，生存于重文的言论环境。钱钟书说："一个艺术家总在某些社会条件下创作，也总在某种文艺风气里创作。"宋代士大夫精神的最好诠释，诚如范仲淹《岳阳楼记》中所述："居庙堂之高则忧其民，处江湖之远则忧其君。是进亦忧，退亦忧。然则何时而乐耶？其必曰：先天下之忧而忧，后天下之乐而乐。"因此，靖康元年的国难，才有可能成为文人情感爆发的支点。

其二，恢复情结以感怀、丧乱、救国为主要情感基调，并受支配于历代传承的正统思想与华夷意识。正统思想，体现于皇脉之尊，龙位之高；华夷意识，可溯至先秦时期的"华夏"概念，由此两点可见汉民族以自我为中心的优越感。然此种优越感被铁骑无情踩碎，恢复之声也因此振聋发聩。这其中无论诗文或长短句，无不透露出前述三种情感，为时代使然，亦人之常情。

其三，恢复情结作品由文学力量转化为政治力量。由于文人多官员身份，及宋代言论倾向开放性，词已非“与时势、政治无关的小道‘末技’，而‘与政通’‘与时高下’，同样属于词的基本职能。宋词不再‘温柔敦厚’‘温文尔雅’，而成为反对进兵入主中原、反对投降误国的斗争工具”。

然再多激昂文字，终究无法挽回南宋倾颓之势。公元1279年，随着与元军崖山之战的失败，赵宋王朝从此谢幕。留下的却是传诵千古的笔墨之迹，影响深远，其精神价值无可估量。回顾历史，前有唐朝五代“收复”之故事，后有“反清复明”之后尘，却未有将“恢复情结”创造出的文化价值与宋朝相媲美者，实为时代之慨叹。由是为其四。

其五，既然失地改朝的结局无法逆转，言恢复意义何在？宋朝士人前赴后继地抒写“恢复之志”，原因或有三：儒家忠君爱国主义及民族使命感；一种“担当天下”的浩然之气；一种文人本原的精神存在。“问世人间、英雄何处？”穷途末路之士更无惧献身，愿得“留取丹心照汗青”（文天祥《过零丁洋》）。这是美学意义上的价值所在。

北宋末年，风云突变，文风陡转。抒感时伤世之情，写抗金爱国之志，叹国破家亡之痛，一代豪雄慷慨之词随之而起。南宋偏安一隅之时，颇多激越悲慨之调，于字句中透着挥之不去的“恢复情结”。此种情结凝于魂魄，融于血液，聚于精神，扎于根基，现于笔墨，是中华文明的自我审视与思忖，也是民族气节的时代激荡。

结语舟船明日是长安：舟船与唐诗宋词舟船的形象，是历代文学者尤其是诗者的宠儿。无论是魏晋之风，隋唐之韵，宋金之词，蒙元之曲，无论是豪迈之情，婉约之思，旷达之意，幽怨之念，无论是将军之令，士子之怨，国妇之愁，隐士之怀，无论是沧浪之浊，河流之溪，湖泊之静，秋水之用，都有舟船的痕迹。而这些形象，或是深沉，或是浅显，或是忧伤，或是喜悦，都是诗人理想或人生的一种体现。

孤寂零落之舟：翩翩少年历风霜，郁郁孤身泛舟行舟船作为实际的意象主体，总是为睹物思怀的文人骚客们所钟爱。许多可歌可叹的咏物诗中，大多是以悲为主要感情的，就算陆游诗其诗恢弘，也不可避免的含有感慨和无奈的悲情。船多“孤”，舟多“独”，这在古典诗词中是一种潜在的习惯。人之于社会，有如舟船之于水中，漂泊不定，心无所系。而诗人心所系的却又恰是这漂泊不定、风雨中摇曳的孤舟。杜甫漂泊西南天地间，晚景惨淡，“亲朋无一字，老病有孤舟”。孤舟自孤，倒为孤客之所系，漂泊孤寂、凄苦无依的景状稍显讽刺，但酸楚之情总油然而生，更多的是唏嘘喟叹。

中华文化包罗万象，诗词一道亦令人探索不尽，也有很多以欢快为主题的船的形象。比如崔颢最得意之作《长干曲》之一，便是一个活泼可爱的青年女子“停船暂借问”

另一个青年男子的故事，仅仅是语言的直白转述，但读来如同亲见，整个心情和境界也洒脱了不少。船或许随处可停，但有缘相见的人们却很难真正相交。江南风情，一见如斯。一代女杰李清照，也在自己的诗中回忆年轻时的欢乐时光，直到“兴尽晚回舟”，还有兴致和鸥鹭争渡，惊起一滩喜悦。李白的诗狂放不羁，但也有开朗之意的，在发往白帝城的路上，听着两岸猿声啼不住，已经踩着轻舟，一日江陵，就已经过了万里重山。这个时候快的，不只是那一叶轻舟，更是自己心情的畅快吧？唐代王湾有诗传世，曰“潮平两岸阔，风正一帆悬”。帆悬于风正，加上潮平岸阔，自然轻快无边了。

唐诗宋词的江湖结语舟船明日是长安：舟船与唐诗宋词但是诗词中如此洒脱欢快的船恐是偶有过之，渐行渐远后，欲再寻觅恐不可得，放眼望的是那独自飘零江心湖央的孤舟一只，或加孤灯一盏，对愁而眠。

柳宗元千古流传的绝句中，“孤舟蓑笠翁，独钓寒江雪”的意象震撼人心。一舟，一翁，一钓，一江寒雪，简简单单的名词组合，构造出水墨画般的、立等可见的、萧索孤寂到极致的情形。这两句不仅是柳氏一个人的成就，更是中华汉字文化的完美体现。千山鸟已绝，万径无人迹，天地间留下的只有那个垂钓满江风雪的渔者。谁是渔者？渔者是谁？是作者么？不是作者么？想象空间无限扩大，无论任何人，在失意或得意的时候，看到这首清绝的绝句，谁能不心抽搐一下？万里霜天，暮霭沉沉楚天阔。假设这是一幅绝妙的山水画，清淡如水的背景下，寥寥数笔的小道和枯木，渔翁和钓竿也只是垂于一点而已。但，生活回归到现实，如果真的是作者本人，或许有很好的兴致在萧天索地之间作子牙之钓，然倘或是真正的渔翁，又有什么理由在这样的天气里出渔呢？生活！如同卖炭翁一样，心忧炭贱愿天寒，生活所迫，如何的困难都要面对。后世先天下之忧而忧的范文正曾关怀小民，“君看一叶舟，出没风波里”，然而看到的事实却是“但爱鲈鱼美”。对渔翁来说，他相守相依的恐怕只有那一条小小的破船。没有水何有船？没有舟可有人？正是这种悲天悯人的情怀，才成就了孤独的一种极致美。世间众人皆醉我独醒的滋味恐怕未必就是清高，更多的是一种无奈吧。这里的船，不但是出没风波的辛苦谋求，更是一种逆水行舟的艰辛。诗源于生活，高于生活，但最终还是要归于生活。谁能豁达至完全脱离尘世的羁绊？而真正脱离了，也许我们就不需要这样的诗和诗人了。杜甫有绝句，也是堆砌景物而成，“窗含西岭千秋雪”，已尽萧索之意，但还要更加一句“门泊东吴万里船”。东吴远去万里，而门口已经在泊，岂不是不得不随之而往？悲凉之意，原不需加入悲凉之词的，那么加入什么？一“舟”即可。韦应物有诗曰：“春潮带雨晚来急，野渡无人舟自横。”这首诗，看起来只是简

单的描景，并未交代什么值得感伤或悲叹的背景。但春潮带雨，多么像世间凌乱的风云？不但狂暴，而且不定，“晚来急”。那么，在风光别致的野渡，却没有人肯冒着风雨前行，只能任由渡船自“横”。诗眼显见，就是一个“横”字。这个横，既是因为无人争渡而横，也是对俗世不屑之横。既为野渡，则少为人见，即非主流。主流是什么？在当时世界，当然是科举而仕。对学问的追求，只停留在表面的大家纷纷前往的那一个小小的“捷径”，实在是儒学和文学的悲哀。虽然大道如青天，但几人能出？大千世界，野景之所以为野，便是由于世人不愿踏入而已。殊不知学问研究，经史参悟，都不是在科举中能得到的。非我特异，世所不容而已。

正如离开官场的张志和所得意的生活，青箬笠，绿蓑衣，斜风细雨不须归。同样是卓尔不群的独钓鱼翁，但配合白鹭之飞，鳜鱼之肥，还有西塞山，桃花水，无不展示出清新明丽的一面。不同的只是这种看似淡泊的心情。张身居高位而退，而柳则是一生未曾得志。对功名的追求其实在两人心里，都是一种挥之不去的执著。宦海沉浮，自然需要良好的御舟能力。风波无常，只有少数能够达到深处，但深处就愈发不能驾驭自如。轻者罢官归田，重者恐怕性命不保。只是很多人看不透这一层。多少人放不下看不过离不了这个执念？杜甫少陵，虚负凌云万丈才，一生襟抱未曾开。李商隐陷入牛李党争，只能蜡炬成灰，春蚕到死了。屡试不第的士

子张继，也只能在枫桥，江枫渔火对愁眠。仕途无异于夜半钟声，敲醒了到来的客船——此路艰险，难于上青天！在这样未知的路上，谁不是偶过的客船呢？

在唐宋诗词中，占有一席之地的诗词之一，便是所谓“闺怨”诗了。闺怨源自女子的孤零，独守空房寂寞难耐自然心生怨情。而闺怨，有女士真正思念丈夫或情人之词，但更多的是诗人们借闺门之怨，道出心中的不平意。“恨不相逢未嫁时”表面上以一个节妇之口吻表达对识才者的赞叹和仰慕之情，实则是为自己不愿意步入仕途而表达的一种婉拒。多么巧妙的构思，多么精深的文字功夫。仕途艰险，道中之人萌生退意也是理所当然。闺怨之“悔教夫婿觅封侯”，以不知愁的少妇之口言出悔意，只有个中人才能体会到这种苦涩滋味吧。名传千古的诗篇《春江花月夜》，张若虚融思乡之情，退隐之意，以国妇之声道出：“谁家今夜扁舟子，何处相思明月楼？”何不归去？感慨世人的愚昧。当然，更有真正的闺怨诗，虽然其中深意我们不能了然，但用字、用意同样让人叫绝。悔做商人妇的闺中人，“早知潮有信，嫁与弄潮儿”。商人行船货输，因忙碌而失信于人，确实令国妇烦恼。正所谓月子弯弯照九州，几家欢乐几家愁？几家夫妇同罗帐，几个飘零在外头？为了生活，家人团聚，夫妇相随的情形在每家都难得吧。《雨霖铃·秋别》词意——选自明刊《诗余画谱》船头马上，尺来鱼往，都是

深情的传递。

当然，另有一种别致的闺怨，因词人不同，则“怨”的内容和境界也不同。这就是李易安。女词人虽号“易安居士”，却委实安之不易。经历了朝代变迁和战争变乱，家庭和爱情的一路畅通也变作滞涩。丈夫的逝去，让自己不但孤独，而且难以煎熬，以至于词风也由“绿肥红瘦”转成“凄凄惨惨戚戚”了。孤身女子无以为计，百无聊赖，只得轻解罗裳，“独”上兰舟。可惜呢，此情无计可消除，才下眉头，却上心头。但成功的作品都成就于孤独，只有凄凉，才出得黄绢幼妇。伴侣中道逝去，剩下的不但是寂寞的痛苦，更有无尽的自我，还有难以知心的痛楚。无怪乎词人“乍暖还寒时候，最难将息”。生无所息，那就一愁到底吧。泛海行舟，本是双双而去，归来却是孑然一身，偏又乱世风雨，命运惶惶，可想而知。卿本佳人，奈何只能孤芳自赏，也是世间痛苦之至吧。

思乡眷友之舟：孤帆一片寒山远，无边思情渐入怀在许多以船作咏的诗中，既是咏物，更是抒怀，其中最典型的当属一首首离乡游子的思乡诗。由于思乡，因此盼着回乡，而回乡大多是要乘船，因此船的意象就不可缺少。如同周邦彦词以一句“五月渔郎相忆否”，带出了无尽的乡思。好似自作多情，自我思乡不写，反“赖”别人想自己，既是回乡不得的感慨，又是自我嘲讽的无奈。最终只能“小楫轻舟，梦入芙蓉浦”。张借以“复恐匆匆说不尽，行人临发又开封”句，通过对家书的寄送为出发点，也是道出了游子心中“家书抵万金”的心绪。但这就是南人与北人思乡的不同之处了。江南人士梦中坐船回乡，而北方人则靠马上的“行人”传递家信。方式不同，相同的恐怕是同样款款的游子心情。另外，南人既然脱离家乡，更多是来到了北方世界，而北人既然思乡，怕不是因为身在江南吧？位移的产生和差错，舟有轻重，马有快慢，难以割舍的是中国人不变的对亲人对故土的热爱。那奔驰的骏马，那行进的小船，无不承载了希望和关切，请你快些走，回到我家乡，带去无限的问候与祝福。宋人王安石在瓜洲渡上望月思乡，春风又绿江南岸，明月何时送我还。若有轻舟东风，恐怕早就归航于乡了吧。

张先《浣溪沙》中云：“楼倚春江百尺高，烟中还未见归桡，凡时期信似江潮？”归舟载归人，归舟未还，而今在何方？正是归舟的“行无辙迹，止无所根”与游子的行如浮萍，归无定期这一特点相似。舟船徐行，水痕滑下一道盼归思亲的风景，或怅或忧，与远或近，唯思乡之人独自体味了。

人生一世，不可避免的要与别人有所联系。这种联系，有血缘的联系，是一出生就固定了的，家人。另外的一种，则是心交神往，难以言表的友谊或爱情。李白杜甫哥俩，流传于千古的友谊我们虽无法亲见，但从两人的诗中感同身受，还是可以想见的。两人在诗中虽然有相互夸赞的套话，但深情如斯，慢慢地就表现出来了。“三夜频梦君，情亲见君意”和“思君若汶水，浩荡寄南征”等句开门见山的道出思念之情，而“江湖多风波，舟楫恐失坠”则是关怀备至的体现。一入江湖岁月催，在动乱的世界里，离开的好友身体怎样，安全保障如何，都是关切的首要内容。今世何世，今夕何夕？仗剑携酒的生活只能存在于太平盛世，感时花溅泪，恨别鸟惊心，每次重逢都是惊喜，因为战乱时期，非但生活难以保证，连性命也贱如瓦砾。只有在落花时节，才得见旧时好友，但所剩下的，只有一番感慨，几句聊言，即须各奔东西。乱世奔逃，如暗礁行船，只能走一步算一步了。至于壮士扼腕，豪杰叹息，也只能是时代的悲哀。元稹与白乐天感情深厚，其诗《闻乐天授江州司马》，饱含血泪，虽然自己也是官场牺牲，但诗人情怀，对朋友的关心远胜于己，以至于“垂死病中惊坐起，暗风吹雨入寒窗”，蕴含鬼气，让漂流不定的孤舟更添诡异和昏暗，读来令人震痛，不能自已。人生如此，唯一可以让人安慰的，就是这样的深情厚谊了。另外唐诗“哭晁错”，见证了中日的友谊和两国的交流，但可惜的是舟覆大海，不能尽载厚谊深情。还好后来东瀛晁错并未身死，且辗转回到长安，足慰天朝诗人。

而友情之深意，更好地体现在送别诗上。黯然销魂者，唯别而已矣。塞外将近，劝君更尽一杯酒，西出阳关无故人。虽然王维在殷切的劝酒声中言出了离别的丝丝情意，但李白在送别孟浩然之广陵的时候也使孤帆远影碧空尽，唯见长江天际流的那一道帆影赛过了出关的瘦马。自古北人骑马，南人驾船，关外黄沙漫漫，折柳不闻，孤寂显而易见。在人旺景胜的黄鹤楼辞别故人，而朋友去的地方也是烟花更三月的扬州，那么从出发的美丽到终点的妩媚都让人神往，在这种情况下仍能写出殷殷的离别之情，显然更胜一筹。王诗以西出阳关为线，道除此外再无故人，语出惊人，马蹄踟蹰不前。李诗则以烟花胜景为反衬，最繁华时最忧愁，感情更加细腻和深刻。李白与孟浩然，是相知相交的两位潇洒诗人，在文字天地里任意畅游，潇洒自如，游戏人生。他们之间的情意，是伯牙子期般的相知，是淡如水浓如血的相交。人生得一知己，可以大慰。其实，从另一个角度上讲，黄鹤楼到广陵也并不是太远，海内尚存知己，天涯也能比邻，那么这样的距离应该不是问题。但作者这样的铺张抒情，显然是出于对知己好友的深切情意。孤帆，远影，碧空，都造成了强烈的视觉效果。而剩下的，只有那长江从天际来，又流向另一个天际去。诗品谓“含蓄”曰：不着一字，尽得风流。该诗无一送别之词，却尽显送别之悲。李白被称为诗仙，诗中总有仙气。

同样，在被送别的时候，船的意象也似乎必不可少的，正如汪伦送李白时，开篇便以“李白乘舟将欲行”直白地表明事件的开始。下句“忽闻岸上踏歌声”，舟子，歌声，无疑是江南常见的景象。与送别孟浩然的婉约含蓄相比，这首诗直白慨然地说出了送别的情意，“桃花潭水深千尺，不及汪伦送我情”。千尺潭水眼前过，只留汪伦送别情。如何过？乘舟而行。舟船不但是水上代步的必需工具，更是表达情意的载体。满舟离别载不尽，万斤拳拳见水深。只是就此别过，不知何日再聚，表达情意背后难免心生怅怅之感。

送别以舟为意，足见相见时难别亦难。

宦海失意之舟：心如沉舟意似浮，何时明月照前路无论是隋文帝创设科举取士之前还是之后，文人之于仕途总有言不清、道不明的联系。恃才且胸怀远志，入仕以兼济天下。然则宦海沉浮，非舞文弄墨之所，文人失意不在少数。舟船飘零于河湖之中，恰似文人排挤于朝野之外。李白放言“安能摧眉折腰事权贵”，也只是无奈的潇洒吧。朝野的权谋，时代的更迭，注定了一批文人骚客的失意。

《浪淘沙》词意唐代的包容海内之宽，安定天下之能，造就了无数伟大的诗人。但安史之乱后，就没多少真正催人奋发的诗作了，有的只是“国破山河在，城春草木深”的景象。后来的诗人，杜甫是从“少陵”变作了“野老”，亲眼所见的时代变迁让他一次次失望，最终抑郁而逝。文风传世，虽然唐盛极而衰，但文章千古事，诗人并未断层，诗作也一直不馁，只是流传下来的，真的不能让人得到更好的力量。看诗人，白乐天虽有纳天容地之才，却也只做得杭州地方官，一生大部分的时间在徘徊和感慨。其代表性诗作《琵琶行》，在浔阳江头的船头，听到了大珠小珠般的琵琶声，联系起自己的孤苦，只能发出“同是天涯沦落人”的感慨了。在深夜的江上，两艘船中传出的噼啪声，歌声，谈话声，还有那共同悲泣的声音，让之外的客船都不得不为之动容。江州司马青衫湿，总是让人忍不住泣下。而之后的小李杜，李商隐不用说了，糊里糊涂地被介入牛李之争，再也无法出来。而杜牧这个姓杜的，反而像李白那样活得更加潇洒。但这种潇洒，恐怕也不会为世人所赞同。十年一觉扬州梦，只赢得青楼薄幸名。他这种狂放，其实更像一种放荡，纸醉金迷，虽与李商隐生活方式不一样，但世无伯乐，千里马反而因才受害。李白是随处可饮，随时可饮，不求醉或不醉。但杜牧的酒，还需要“牧童遥指杏花村”来找寻。人生如梦，被人遗忘并不可怕，遭受失败也不可怕，最可怕的是不知道自己应该做什么，和将要做什么。清雨纷纷，行人断魂，自己是否也是蝇营狗苟的行人之一呢？如若不是，又何必再找酒家？人生，真的不能迷惘，否则就只好任自己随波逐流，随世而浊了。

文章、诗词、琴棋书画包括三教九流俱佳的东坡居士苏轼，一生写作无数，前后赤壁两赋都是与至交好友在船上观看的。相互枕藉乎舟中，不知东方之既白。这样的生活真的让人向往。但他的一生，也是不曾安定多少的。苏轼与友人相随而游的场面很多，并都由自己一一写出，留给后世无限的风采。但是，他的晚年并不洒脱。所谓“日啖荔枝三百颗，不辞长作岭南人”让人欣羡，但这是他被贬谪之后的戏谑之言。事实上受父兄的影响，他还是很有为官做宰的理想的。这也难怪，既然身负经天纬地之才，谁不想展现出来呢？尤其在封建社会，学会文武艺，卖与帝王家。这种卖，虽然只是一种契约，但官场的诱惑，是无法用价值来估计的。世人的迷恋，也没有任何办法。就算看破，也无法真正离开。所以他还是很“辞”做岭南人的吧，尤其是那么“长”。不过据说当权者看到这诗句，还真的觉得他是在享受，因此就赶紧调他回来，既然是贬谪，就不能让他“日啖荔枝”那么舒服，毕竟当年杨贵妃要吃荔枝还要红尘一骑才能得到。苏轼晚年，过得并不舒坦，找不到排遣和寄托的地方，只能辗转反侧。而仕途也越来越不平坦。虽然自己纵情山水，泛舟五湖，但心情跟当年已经无法相比了。他在垂老时写下的自评，感伤殊甚，哀人伤己：“心似已灰之木，身如不系之舟。问汝平生功业？黄州惠州儋州。”

这四句自讽之言，锐气殆尽，风光散佚，耳目消沉，身心俱碎。年轻时雄发的英姿，风流的气概，在当时世界还有

谁能比得过这位旷世奇才？但黄钟毁弃，瓦釜雷鸣之事常见，任人唯贤，不拘一格的时代却只能是偶然。或许，他本不应该在这个世界生存吧，不然又为何老是格格不入呢？虽然说一蓑烟雨任平生，但又有谁见幽人独往来？是不敢，是不会，是不适，还是不留？都不是！羽扇纶巾，平生怕过谁来！何以不敢？与其弟苏辙进士三甲及第，经略满腹，何以不会？好游山水，四海皆朋，何以不适？父母杭州，修建苏堤，杭州百姓为之泣白，何以不留？是“不肯”也！拣尽寒枝不肯栖，独自领略寂寞沙洲冷。寒枝拣尽，不肯相栖，何为当时所不容也！是不敢，侯门深似海，一入无归日。是不会，阿谀、势利、逢迎，官场何其难！是不适，天人入凡间，自然多患难。是不留，一贬而再贬，朝中无人相挽。就这样，今古同意，李广难封，一代文豪亦只能如此。人之将死其言也善，垂垂而老之时，这四句已经是最后的“善言”了。心似已灰之木，人最大的悲哀莫过于失去理想，失去斗志。这并不是因为没有斗志，而是所有的斗志全部被消磨，被这世界遗弃。豪情壮志尚存耶？已枯槁矣。身如不系之舟，舟而不系，何以停泊？尘世风云，注定了这一生飘摇不定。这身这心，还有什么存在的意义么？以往的舟船意象，或形容，或状物，或描景，或抒情，但这首六言诗，竟直接把舟船比作身心，足见心灵深处是何等遗憾和寥落。可以想象，在充满漩涡和暗礁的世界里，一叶扁扁的小舟，本就已

岌岌可危，又不加系束，放任自流，恐怕只有舟毁人亡吧。而诗人此刻的心情确实如此，这个系舟之人，是别人，还是自己？自己曾经努力争流，奈何被更多竞争者所压制，这样的争流现在看来还有什么意义么？看到镜中的自己，白发三千丈，但其中还有愁么？人到老时，才能万事看空，但此时的看透，是被动地无奈地不能挽留地归去。苏轼生平，自从朝中谪到黄州，进而又贬到儋州，就像无法靠岸的小船，不住漂流，没有归宿。人生如此，何其悲也。

豪放奋进之舟：心溯沧海一叶舟，身破东风万里帆道不尽凄凉意，说不了残破情。古云："妙谛说破石点头，何事红尘仍流连！"原来我们看破的是这世间种种，却看不破自身的羁绊。所谓偶开天眼觑红尘，可怜身是眼中人。《送孟浩然之广陵》诗意图既然生到这世上，纵有千难万险，也只能承受和面对。既然都是要面对，那何不直面人生，做一回潇洒的挑战者呢？这样的想法，在诗人们心中也是一样的，虽然他们的思想，转变的原因我们也许并不知情，但其中鼓舞人性的咏怀之作，还是让我们拍案叫绝的。人生就应当是积极的，前进的，只要条件成熟，每个人都能找到自己成功的归宿。

还是从李白说起，这位感慨蜀道之难的谪仙人，虽然也是饮酒避世，虽然也是官场失意，但似乎从来没见过他消沉。苦时苦作乐，痛时痛作欢。而他的人生态度，仍为所有

人崇拜和向往。虽然抽刀断水水更流，举杯消愁愁更愁，但“长风万里送秋雁，对此可以酣高楼”，而酒醒醉过之后，依然“明朝散发弄扁舟”。这样宽容的心怀更多的是与性格相关吧，非修养可以达到的境界。人可以失意，但不可以失去自我，这就是真正的豁达。更典型的表现在他的另一首千百年来激励了世人的“长风破浪会有时，直挂云帆济沧海”。古人曰，乘长风破万里浪。人或有志，但长志者多乎哉？不多也。这种长远的立志，便是所谓的人生追求了。真正有心的诗人，会在繁华的时候想到忧伤，在热闹的时候感到孤独，在浑浊中把握住清新，在自己真正失意的时候能够想到希望和奋发的。这首诗，正是这种精神和性格的完美体现。李白一生，是丰富多彩的。“我本楚狂人，凤歌笑孔丘”。儒学家们很少会提起这个楚之狂人吧，是不屑，还是不敢？当初那“凤兮凤兮”的歌声恐怕让孔老师既头疼又尴尬吧。而李白的狂，不同于“拟把疏狂图一醉”的一时之狂，而是真真正正地狂了一世。曾教国舅磨墨近侍脱靴的他，年轻时三句清平乐就让自己“天子呼来不上船，自称臣是酒中仙”有了存在的资本和价值。贺知章称之“谪仙人”，可能并不只是一种由衷的赞叹，而是一种欣羡。

唐宋八大家中的韩愈和柳宗元，于诗词一道虽也精通，也留下不少妙作，但盛世已过，不可重来了。至于后世的温庭筠等人，只知风月，不谈国事，算是略识大体，未曾登堂入室吧。

相较而言，同样才气出色的刘禹锡，不但识见较高于诸人，而且胸襟也让人信服。勘透世间大情的诗句白居易也曾写过，便是那首关乎人才战略的“周公恐惧流言日，王莽谦恭未篡时”。而“试玉要烧三日满，辨材须待七年期”的看法也为后来的君主和领导者提供了真正的诗人之见。但勘透世情，未必便能看透自己。刘禹锡一生落魄不亚于白乐天和韩柳等人，曾遭三次贬谪，倒霉一再降临，但其性格诙谐，与种桃道士一次次的较真，显得可爱而幽默。前度刘郎一次次来，让人忍俊不禁。也许正是这种豁达吧，才使得他能够在“斯是陋室，惟吾德馨”的境界中沉醉。而他那种不拘一格的性格也让朝廷无法接受，一降再降。他虽然也定有不甘，但并没有像上述那些诗人们迷惘，或者悲叹，而是更加乐观，更加豁达。这是对自己的宽容。也许就是这样吧，这个诗人其实并不像诗人。因为他不曾感慨，不愿悲哀，甚至不想反抗。他看到的另一种高尚的境界，不仅是作为诗人的，更是作为一个高尚的人，一个能够真正成为前辈的人。这些思想，被完全体现在那句“沉舟侧畔千帆过，病树前头万木春”中了。孟浩然有云：“人世有代谢，往来成古今。”人在面对新人或自己的子弟的时候，都会有这样的想法吧。孟浩然就是与诸子登岘山的时候发出了这样的感叹。而刘禹锡则是自行了解到真正的希望所在，那就是后人的发展，是

历史的前进。江山代有才人出，没有人会听你的感慨，只会留意你为世界的贡献。被人崇仰的，永远都不是那些天赋和才气，而是真正让人得到力量的新的识见。这也就是刘诗的精华所在。舟而沉没，树而病死，是希望的破灭，理想的埋没。但这并不可怕，因为纵使千难万险，仍有千帆竞发，万木争春。这不是很好么？落红不是无情物，化作春泥更护花。

浅谈诗词歌赋

神圣歌谣

在追溯中国诗歌的源头的时候，面对遥远斑驳的时间，我们已经无法知道最初的诗是什么样子。无论是《淮南子·道应训》中所记载的“邪许”的劳动号子，还是《吕氏春秋·古乐篇》中流传的“操牛尾，投足以歌八阕”的宗教歌吟，都只能是关于诗歌诞生情形的某种生动的想象。即使是《吴越春秋》中传说是黄帝时代的那首“断竹续竹，飞土逐肉”，也不能证明它就是先人的第一次歌唱。其实，探究最早的诗是什么已经不可能，也没有必要，因为诗产生的最初的精神因子及其风貌，已经包含在公元前6世纪编定的一部神圣歌谣——《诗经》之中。

古老的歌集

作为我国第一部诗歌总集，《诗经》共收入自西周初年至春秋中叶大约五百多年的诗歌305篇，另有笙诗六篇，有目无辞。《诗经》最初只是称为“诗”“诗三百”或“三百篇”。到了汉代被尊为“五经”之首，后世便以“诗经”名之。

关于《诗经》的编集，先秦古籍中没有明确的记载。汉代学者有“采诗”的说法。班固说：“孟春之月，群居者将散，行人振木铎徇于路以采诗，献之太师，比其音律，以闻于天子。”（《汉书·食货志》）何休也认为：“男年六十、女年五十无子者，官衣食之，使之民间求诗。乡移于邑，邑移于国，国以闻于天子。”（《春秋公羊传》宣公十五年《解诂》）这种说法是否确切，一直还有争论。但考虑到古代方国林立、交通阻隔、语言互异的情形，像《诗经》这样一部涉及广泛地域、年代久远而体系完整、内容丰富的诗歌总集，不经过有意识、有目的的采集和整理，恐怕很难出现，因而“采诗”之说应该并非完全出于后人臆测。周代公卿列士献诗、陈诗，以颂美或讽谏，有史籍可考。《国语·周语》载：“天子听政，使公卿至于列士献诗，瞽献曲……师箴，瞍赋，矇诵。”《诗经》中不乏这类作品。因此可以说，《诗经》包括了公卿、列士所献之诗，采集于各地的民间之诗，以及周王朝乐官保存下来的宗教与宴飨中的乐歌等。这些作品的编集成书，汉人认为后来经过了孔子的删定。如司马迁就曾指出：“古者诗三千余篇，及至孔子去其重，取可施于礼义……三百又五篇，孔子皆弦歌之。”（《史记·孔子世家》）事实上，早在孔子的时代，已有与今本《诗经》相近的“诗三百篇”的存在。孔子自己不止一次说过“诗三百”的话，可见他

看到的是和现存《诗经》篇目大体相同的本子。而更重要的例证是公元前544年，吴公子季札在鲁国观乐，鲁国乐工为他所奏的各国风诗的次序与今本《诗经》基本相同。而其时孔子刚刚八岁，显然是不可能删订《诗经》的。不过孔子可能对“诗”做过“正乐”的工作，也可能对《诗经》的内容和文字有些加工整理。但说《诗经》由他删选而成，则是不可信的。整理编定《诗经》的人和具体情形，我们今天已无从得知。

秦始皇“焚书坑儒”之后，许多文化典籍因而失传。但《诗经》以其口耳相传、易于记诵的特点，得以保存，在汉代流传甚广，出现了今文的鲁、齐、韩“三家诗”。“三家诗”在西汉被立为博士，成为官学。鲁诗出自鲁人申培，齐诗出自齐人辕固，韩诗出自燕人韩婴，“三家诗”兴盛一时。鲁人毛亨和赵人毛苌的古文“毛诗”晚出，在西汉虽未被立为学官，但在民间广泛传授，后来“三家诗”先后亡佚，独“毛诗”盛行于世。今天我们看到的《诗经》，就是“毛诗”一派的传本。

国 风

《诗经》分风、雅、颂三个部分。其中风包括十五“国风”，即周南、召南、邶风、鄘风、卫风、王风、郑风、齐风、魏风、唐风、秦风、陈风、桧风、曹风和豳风，有诗一百六十篇。风、雅、颂三部分的划分，是依据音乐的不同。“国风”是相对于“王畿”——周王朝直接统治地区——而言的、带有地方色彩的音乐，十五“国风”就是十五个地方的土风歌谣。范文子的“乐操土风，不忘旧也”（《左传·成公九年》）正好说明了“风”的含义。其地域，除周南、召南产生于江、汉、汝水一带外，均在从陕西到山东的黄河流域一带。

“国风”保存了体现周代社会各诸侯国和地区的文化风俗、风土和风情的诗，是《诗经》中最精华的部分。其中占主导地位的是关于爱情的诗篇。“国风”是《诗经》之始，而《关雎》是“国风”之始，中国最早的歌谣是从歌咏爱情开始的：

关关雎鸠，在河之洲。窈窕淑女，君子好逑。

参差荇菜，左右流之。窈窕淑女，寤寐求之。

求之不得，寤寐思服。悠哉悠哉！辗转反侧。

参差荇菜，左右采之。窈窕淑女，琴瑟友之。

参差荇菜，左右芼之。窈窕淑女，钟鼓乐之。

在遥远的时间的那一端，一个贵族男子站在黄河岸边，从一对河洲上互相依偎着的一唱一和的水鸟的歌声中，想到了他的爱情。在“辗转反侧”的痛苦的思念后，幻想有一天能和梦中的爱人“琴瑟友之”“钟鼓乐之”。《诗经》将一首爱情诗置于篇头，引起了后来汉代经学之士的困惑，以至于将其附会成“后妃之德”一类的政教隐喻。风诗何以以爱情开始，也许和“风”最初的内涵相关。东汉服虔在注《左传》“风马牛不相及”一语时，释之为“牝牡相诱谓之风”。现代一些学者由此出发，将《诗经》中“风”的起源视作“男女赠答之歌”（陆侃如、冯沅君《中国诗史》）或“原始性爱歌舞”（刘士林《中国诗性文化》）。只是随着文明的进展，政治教化控制意识进一步加强。原本天经地义的诱惑性的乐舞经过改造和升华，“风教”于是乎从“风”中提升抽象出来，并反过来攻击和曲解原初的内涵，“诱惑”主题也因此由神圣沦为罪过（叶舒宪《诗经的文化阐释——中国诗歌的发生研究》）。其实，即便在周代，男女的婚嫁仍然是礼乐的一个重要内容，所以《周礼》中有“仲春之月，令会男女，于是时也，奔者不禁”的记载。因而《诗经》的“风”，原本就是男女相悦的情歌。即便后来经过政教意识的改造，以至于原本并非男女的歌谣也充斥进来，但最初的文化印记和内容本身仍然得以大量保存，这就是为什么风诗中占主要内容的会是情诗，以至于闻一多先生说只有认清了《诗经》是一部淫诗，我们才能看到那个时代的真面目。（闻一多《诗经研究》）

风诗中的爱情，因其没有后来那么强烈的礼教意识，故显得大胆而热烈。如《召南·摽有梅》《王风·大车》正是

这样的篇章。

摽有梅，其实七兮！求我庶士，迨其吉兮！

摽有梅，其实三兮！求我庶士，迨其今兮！

摽有梅，顷筐塈之！求我庶士，迨其谓之！

按闻一多先生《诗经研究》的说法，这篇诗歌写的是男女青年聚会，抛掷梅子选择情人之事；同时认为这是“古俗于夏季果熟之时，会人民于从林中，士女分营而聚，女各以果投其所悦之士，中焉者或以佩玉相投，即相约为夫妇焉”。从“追我的人儿快来吧，今天就是好时光”（求我庶士，迨其今兮）到“追我的人儿快来吧，只要一句话我就跟了你”（求我庶士，迨其谓之），诗中女子以递进的方式，大胆地表露出自己对爱情的强烈渴求。在《王风·大车》中我们看到了一个女子对自己倾慕的男子的表白：

大车槛槛，毳衣如菼。岂不尔思？畏子不敢。

大车啍啍，毳衣如璊。岂不尔思？畏子不奔。

穀则异室，死则同穴。谓予不信，有如皦日。

在面对爱恋的男性犹豫不决的时候，女子不得不用“穀则异室，死则同穴。谓予不信，有如皦日”的誓言来帮她的爱人下定决心。因而，和后来中国诗歌中女子在爱情中被动的处境相比，《诗经》中的女子更为主动和独立，如《郑风·褰裳》：

子惠思我，褰裳涉溱。

子不我思，岂无他人？狂童之狂也且！

子惠思我，褰裳涉洧。

子不我思，岂无他士？狂童之狂也且！

《褰裳》中的女子，在面对可能负心的男子时，没有丝毫的挫折感，相反地表现出对他的嘲讽和不屑。这种骄傲自信甚至居高临下的姿态，在后来的文学史中也是罕见的。

《诗经》时代，礼教氛围相对宽松，因此我们在这些诗中看到年轻的男子和女子自由地幽会和相恋的情景，如《召南·野有死》：

野有死麕，白茅包之；有女怀春，吉士诱之。

林有朴樕，野有死鹿；白茅纯束，有女如玉。

舒而脱脱兮，无感我帨兮，无使龙也吠。

一个打猎的男子在林中引诱一个“如玉”的女子，那女子劝男子别莽撞，别惊动了狗，表现了又喜又怕的微妙心理。又如《邶风·静女》：

静女其姝，俟我于城隅。爱而不见，搔首踟蹰。

静女其娈，贻我彤管。彤管有炜，说怿女美。

自牧归荑，洵美且异。匪女之为美，美人之贻。

明明约了爱人相会，却要故意躲起来，让爱人着一会儿急。“静女其娈，贻我彤管。彤管有炜，说怿女美。”戏弄了爱人之后，一件精心准备的礼物，成为对爱人的最好的安慰和补偿。主人公的感情表现得细腻、真挚。《郑风·子衿》则写了一个在城阙等待情人的女子，终未见来，便独自踟蹰徘徊，发出“一日不见，如三秋兮”的咏叹，把相思之苦表现得如怨如诉，深挚缠绵。

虽然《诗经》时代礼教氛围相对宽松，但是到了后期，随着社会约束逐渐严格，男女的婚姻大事已经有“父母之命，媒妁之言”的参与，不再是完全自由的了。《礼记·曲礼》中讲：“男女非有行媒，不相知名。”《仪礼·士昏礼》：“昏礼下达，纳采用雁。”《礼记·坊记》中有：“伐柯如之何？匪斧不克。娶妻如之何？匪媒不得。艺麻如之何？横从其亩。娶妻如之何？必告父母。”因而在《诗经》中，我们也能看到，爱情在父母之命前的犹豫、彷徨、无助和忧伤。《郑风·将仲子》就描写了这样一位为情所困的女子：

将仲子兮，无逾我里，无折我树杞！岂敢爱之，畏我父母。仲可怀也，父母之言亦可畏也。

将仲子兮，无逾我墙，无折我树桑。岂敢爱之？畏我诸兄。仲可怀也，诸兄之言亦可畏也。

将仲子兮，无逾我园，无折我树檀。岂敢爱之？畏人之多言。仲可怀也，人之多言亦可畏也。

《孟子·滕文公下》中说：“丈夫生而愿为之有室，女子生而愿为之有家，父母之心，人皆有之。不待父母之命，媒妁之言，钻穴隙相窥，逾墙相从，则父母国人皆贱之。”《将仲子》里的这位女主人公害怕的也正是这些礼教。对于仲子的爱和父母、诸兄及国人之言成为少女心中纠缠不清的矛盾，一边是自己所爱的人，另一边是自己的父母兄弟，怎么办呢？几多愁苦，几多矛盾，少女的心事又怎能说清呢？于是我们在“国风”中看到许多情诗，咏唱着迷惘感伤、可求而不可得的爱情。在后人看来，这也许是一种含蓄的微妙的艺术表现，但在当时，恐怕也主要是压抑的情感的自然流露吧。

月出皎兮，佼人僚兮，舒窈纠兮，劳心悄兮！（《陈风·月出》）

蒹葭苍苍，白露为霜。所谓伊人，在水一方。溯洄从之，道阻且长。溯游从之，宛在水中央。（《秦风·蒹葭》）

南有乔木，不可休思。汉有游女，不可求思。汉之广矣，不可泳思。江之永矣，不可方思。（《周南·汉广》）

我们在《诗经》中甚至也能看到因爱情被父母阻挠而发出的呼天抢地的控诉：

泛彼柏舟，在彼中河。髧彼两髦，实维我仪。之死矢靡它。母也天只，不谅人只！

泛彼柏舟，在彼河侧。髧彼两髦，实维我特。之死矢靡慝。母也天只，不谅人只！（《风·柏舟》）

女子如此顽强地追求婚姻爱情自由，宁肯以死殉情，呼母喊天的激烈情感，表现出她在爱情受到阻挠时的极端痛苦和要求自主婚姻的强烈愿望。

风诗中的爱情，有热烈，有甜蜜，有相恋的忧伤和愤激，也有被遗弃后的绝望和伤痛。《卫风·氓》和《邶风·谷风》是《诗经》弃妇诗的代表作。《氓》是诗经中著名的篇章，被称为中国文学史上第一首弃妇诗。这首诗以弃妇的口吻，讲述了一个女子从被追求、迎娶，到被虐待、遗弃的过程：

氓之蚩蚩，抱布贸丝。匪来贸丝，来即我谋。送子涉淇，至于顿丘。匪我愆期，子无良媒。将子无怒，秋以为期。

乘彼垝垣，以望复关。不见复关，泣涕涟涟。既见复关，载笑载言。尔卜尔筮，体无咎言。以尔车来，以我贿迁。

桑之未落，其叶沃若。于嗟鸠兮，无食桑葚。于嗟女兮，无与士耽。士之耽兮，犹可说也。女之耽兮，不可说也。

桑之落矣，其黄而陨。自我徂尔，三岁食贫。淇水汤汤，渐车帷裳。女也不爽，二三其德。

三岁为妇，靡室劳矣；夙兴夜寐，靡有朝矣。言既遂矣，至于暴矣。兄弟不知，咥其笑矣。静言思之，躬自悼矣。

及尔偕老，老使我怨。淇则有岸，隰则有泮。总角之宴，言笑晏晏。信誓旦旦，不思其反。反是不思，亦已焉哉！

它像是对爱情婚姻的总结。我们仿佛看到一个伫立在桑树下的女子，看着桑叶的飘落，在反思自己的爱情婚姻。一句“及尔偕老，老使我怨”道出多少海誓山盟的虚无；一句“于嗟女兮，无与士耽。士之耽兮，犹可说也。女之耽兮，不可说也”道出了多少古代女子悲惨的命运。《卫风·氓》更多地展示了一种爱情神话到婚姻真实的落差，有怨愤，有对失落的美好爱情的追忆，但更多的是伤痛之后的苍凉。相对《卫风·氓》的冷静而言，《邶风·谷风》展示的是刚被遗弃之后愤激和混乱的情绪。

《诗经》中的爱情诗，基本上奠定了中国爱情诗的未来走向。相对于后来婚恋题材感伤压抑的主调，《诗经》呈现的更多的是自然和浓烈。

在风诗中，除了爱情题材之外，也有相当一部分政治批评和道德批评的诗。这些诗有些是针对特定的人物事件的，有的则带有普遍意义。总体上说，这些诗较多地反映了社会中下层民众对上层统治者的不满。如著名的《伐檀》：“坎坎伐檀兮，置之河之干兮，河水清且涟猗。不稼不穑，胡取禾三百廛兮？不狩不猎，胡瞻尔庭有县貆兮？彼君子兮，不素餐兮！”诗人对不劳而获无功受禄者甚为愤慨，从社会公认的原则出发，认为“君子”居其位当谋其事，“无功而食禄”就成了无耻的“素餐”——白吃饭，深刻揭露了剥削者的寄生本质。而《魏风·硕鼠》则把统治者比作大老鼠，他们的贪婪，使人陷入绝境，为了摆脱这种绝境，人民不得不逃往理想中的“乐土”。

“国风”中还有一部分关于战争和劳役的作品。“小雅”中有一部分题材与之类似，我们把它和“国风”中的相关题材放在一起介绍。《诗经》中战争诗，如“小雅”中的《采薇》《杕杜》《何草不黄》，《豳风》中的《破斧》《东山》，《邶风》中的《击鼓》，《卫风》中的《伯兮》等，都是这方面的名作。这些诗歌大都从普通士兵的角度来表现他们的遭遇和想法，着重歌唱对战争的厌倦和对家乡的思念，充满忧伤的情绪。如《小雅·采薇》是出征猃狁的士兵在归途中所赋。诗人对侵犯者充满了愤怒：“靡室靡家，猃狁之故。不遑启居，猃狁之故。”同时又对久戍不归，久战不休充满厌倦：“王事靡盬，不遑启处。忧心孔疚，我行不来。”整天想的就是早日回家。但眼看着日子一天天过去，回家之事却毫无指望，因而独自黯然神伤，“曰归曰归，岁亦暮止”“曰归曰归，心亦忧止”“曰归曰归，岁亦阳止”。最后终于盼到了回家的那一天，他走在回乡途中，天空飘着纷纷扬扬的雪花，身体又饥又渴，心里充满悲哀：“昔我往矣，杨柳依依。今我来思，

雨雪霏霏。行道迟迟，载渴载饥。我心伤悲，莫知我哀。”昔日离家时的依依惜别之情，今日归来的悲凄之感，表现得淋漓尽致。这几句，一直受到后代文人的高度评价。晋代谢玄就认为这是《诗经》中最好的诗句。(《世说新语·文学》)《豳风·东山》写行人久役将归的心情，表达了主人公对家乡、亲人的怀念和向往。归家途中，触目所见，是战后萧索破败的景象，田园荒芜，土鳖、蜘蛛满屋盘旋，麋鹿游荡，萤火虫闪烁飞动，但这样的景象并不可怕，更令人感到痛苦的，是家中的妻子独守空房，盼望着“我”的归来。想当年新婚时，喜气洋洋，热闹美好，久别后的重逢，也许比新婚更加美好？这里既有对归家后与亲人团聚的幸福憧憬，也有对前途未卜的担忧。整首诗把现实和诗人的想象、回忆结合在一起，极为细腻地抒写了“我”的兴奋、伤感、欢欣和忧虑等心理活动。诗人对战争的厌倦，对和平生活的向往，在诗中得到了充分的体现。

“国风”中如《式微》《击鼓》（均见《邶风》）、《陟岵》（见《魏风》）、《扬之水》（见《王风》）等诗篇，还反映了劳动人民在沉重的徭役负担下所遭受的痛苦和折磨。无论是大夫为天子、诸侯服役，还是下层人民为国君服役，都表现出服役者的强烈不满。因为这不仅给被役者本身带来极大的痛苦，还破坏了正常的生产和家庭生活，使他们的父母因无人奉养而陷于难以存活的境地。《唐风·鸨羽》为此提出了沉痛的控诉："肃肃鸨羽，集于苞栩。王事靡盬，不能艺稷黍。父母何怙？悠悠苍天，曷其有所！"《诗经》中的战争徭役诗，不仅写战争和徭役的承担者征夫、士卒的痛苦，还以战争和徭役为背景，写夫妻离散的思妇哀歌。如《卫风·伯兮》，即写一位妇女由于思念远戍的丈夫而痛苦不堪，"自伯之东，首如飞蓬。岂无膏沐？谁适为容"。《王风·君子于役》也以思妇的口吻抒发了对役政的不满。黄昏时候，牛羊等禽畜都按时回家，而自己的丈夫却不能回来。即景生情，因情寓意，在田园牧歌式的农村小景中，渗透了思妇的无尽相思和悲哀。

雅 颂

《诗经》的雅诗分"大雅""小雅"，有诗105篇；颂分"周颂""鲁颂""商颂"，有诗四十篇。从音乐性质而言，"雅"是"王畿"之乐，这个地区周人称之为"夏"，"雅"和"夏"古代通用。"雅"又有"正"的意思，当时把"王畿之乐"看作是"正声"——典范的音乐。《大雅》《小雅》之分，众说不同，大约其音乐特点和应用场合都有些区别。"颂"是专门用于宗庙祭祀的音乐。《毛诗序》说："颂者美盛德之形容，以其成功告于神明者也。"这是"颂"的含义和用途。王国维说："颂之声较风、雅为缓。"（《说周颂》）这是其音乐的特点。

《诗大序》说：“雅者，正也，言王政之所由兴废也。”因而如果从政治功能上区分的话，雅颂的主要内容可以视作周王室的主流意识形态，主要是协调天子与异姓诸侯、周朝与其同盟邻国之间以及周王室宗族内部不同宗支之间的利益冲突的政教话语。而所谓“政有大小，故有小雅焉，有大雅焉”，则显示了周王朝的主流意识形态与其他诸侯邦国非主流意识形态之间微妙的政治关系。由于周王朝在建立过程中，借助了一些诸侯国和部落联盟的力量，自然要在意识形态上得到反映，这就是“小雅”的源起。鉴于雅颂主要作为周王室的意识形态的话语形态，而“国之大事，在祀与戎”（《左传·成公十三年》），因而保存在雅颂中的祭祀诗，大多是以祭祀、歌颂祖先为主，或叙述部族发生、发展的历史，或赞颂先公先王的德业，总之是歌功颂德之作。但这些作品也有其历史和文学价值。如被认为是周族史诗的《生民》《公刘》《绵》《皇矣》和《大明》五篇作品，赞颂了后稷、公刘、太王、王季、文王、武王的业绩，反映了西周开国的历史。《生民》写始祖后稷的神异诞生和他对农业的贡献；《公刘》写公刘率领周人由邰（今陕西武功）迁徙到豳（今陕西彬县、旬邑一带），开始了定居生活，在周部族发展史上有重大意义；《绵》写古公亶父率周部族再次由豳迁至岐（今陕西岐山县）之周原，划定土地疆界，开沟筑

垄，设置官司、宗庙，建立城郭，创业立国，并叙及文王的事迹；《皇矣》先写太王、王季的德业，然后写文王伐崇、伐密胜利的经过；《大明》先叙王季娶太任生文王，文王娶大姒生武王，然后写武王在牧野大战。从《生民》到《大明》，周人由产生到逐步强大，最后灭商，建立统一王朝的整个历史过程，得到了完整的表现。五篇史诗，反映了周人征服大自然的伟大业绩，社会制度由原始公社向奴隶制国家的转化，以及推翻商人统治的斗争，是他们壮大发展的历史写照。因此，它们与后世的庙堂文学有明显的区别。如《生民》这样写后稷出生时的神奇经历："诞置之隘巷，牛羊腓字之；诞置之平林，会伐平林；诞置之寒冰，鸟覆翼之。鸟乃去矣，后稷呱矣。实覃实讦，厥声载路。"这首带有神话和传说色彩的诗歌，反映了周民族的发生观念和历史观念，以及以农业立国的社会特征。

在雅诗中有正面描写天子、诸侯武功的战争诗篇，表现了强烈的自豪感，充满了乐观精神，如大雅中的《江汉》《常武》，小雅中的《出车》《六月》和《采芑》等等，大都反映了宣王时期的武功。这类诗往往强调道德感化和军事力量的震慑，不具体写战场的厮杀和格斗，是我国古代崇德尚义，注重文德教化，使敌人不战而服的政治理想的体现，表现出与世界其他民族古代战争诗不同的风格。

除了单纯歌颂祖先功德之外，雅诗中还有一部分是于春夏之际向神祈求丰年或秋冬之际酬谢神的乐歌。《诗经》中的《臣工》《噫嘻》《丰年》《载芟》和《良耜》等作品，就是耕种籍田，春夏祈谷、秋冬报祭时的祭祀乐歌。如《周颂·丰年》是秋收后祭祀祖先时所唱的乐歌，诗中这样描写周初农业大丰收的情景："丰年多黍多稌，亦有高廪，万亿及秭。"《载芟》《噫嘻》中则写了"千耦其耘""十千维耦"的盛大劳动场面。《诗经》中的这类作品，真实地记录了与周人农业生产相关的宗教活动和风俗礼制，反映了周初的生产方式和生产规模，周初农业经济的繁荣，以及生产力发展的水平。

西周后期至平王东迁之际，由于戎族的侵扰、诸侯的兼并、统治秩序的破坏，形成了社会的剧烈动荡。《大雅》《小雅》中大量反映丧乱、针砭时弊的怨刺诗出现了。如《大雅》中的《民劳》《板》《荡》《桑柔》和《瞻卬》，《小雅》中的《节南山》《正月》《十月之交》《雨无正》《小旻》《巧言》和《巷伯》等等，反映了厉王、幽王时赋税苛重，政治黑暗腐朽，社会弊端丛生，民不聊生的现实。《大雅》中的怨刺诗，大多出自身份和社会地位较高的作者，如《民劳》《荡》，旧说是召穆公谏厉王之诗，《板》旧说是凡伯刺厉王之诗，《桑柔》则是厉王时大夫芮良夫所作。在对执政大臣的讽刺中，作者深怀对社会现实和周王朝命运的忧虑，以诗向统治者进言，以期起到规谏箴戒的作

用。如《荡》第一章直接谴责厉王，其他七章都是托文王指斥殷纣王的口吻讽刺厉王，借古讽今，指责厉王强横暴虐，聚敛剥削，高爵厚禄，滥用威权，政令无常，并告诫厉王：殷鉴在夏，夏桀之亡国是殷纣王的一面镜子；周鉴亦在殷，殷纣之亡国又是厉王的一面镜子。《大雅》中的怨刺诗，针砭朝政，情绪愤激，但讽刺有一定的节制，带有更多的规谏之意，诗人面对国家前途黯淡的现实，试图力挽狂澜，但对积弊已深、颓势已定的局面，又充满无可奈何的悲哀。

《小雅》中怨刺诗的作者，没有《大雅》作者身份地位高，他们虽然也是统治阶级中的一员，在等级社会中却处于较低的甚或是受压抑的地位。因此，《小雅》中的怨刺诗，不仅指斥政治的黑暗，悲悼周王朝国运已尽，忧国哀民，而且还感叹自身的遭遇。如《节南山》是家父所作，讽刺周王用太师尹氏，以致天下大乱。太师尹执掌国柄，却为政不善，做事不公，不亲临国事，而委之于姻娅，欺君罔民，无所忌惮，以致天怒人怨，祸乱迭起，民怨沸腾，而他却仍不鉴察和警戒。《十月之交》是日食和大地震后，王朝官吏叙事抒情之作，讽刺贵族统治阶级扰乱朝政，以致灾异迭起，民不聊生，国运将尽，并慨叹自已无辜遭受迫害、谗毁，处于孤立无援的境地。《小雅》中还有一些诗，直接发泄对谗佞小人的怨恨和诅咒，如《巷伯》就是寺人孟子遭人谗毁

后抒发愤懑之作。诗人愤怒地写道："取彼谮人，投畀豺虎。豺虎不食，投畀有北；有北不受，投畀有昊。"由于遭受迫害，生活处境艰难，因此，诗人在诗中感怀身世，诉说人间的不平。

以上所举的例子以及《大雅》《小雅》中其他同类诗歌，可以说开创了中国政治诗的传统。诗中所表现的忧国忧民的情绪，以及总是首先要站立在社会公认的道德立场上才能进行批评而避免张扬个人的态度，对后代的政治诗产生了深刻的影响。

赋比兴

《诗经》作为中国文学光辉的起点，不仅在于给我们留下一幅五光十色的中国早期社会生活画卷，而且在艺术上也取得了极高的成就，成为后世文学反复挖掘的宝库。

《诗经》的艺术成就首先在于确立了中国文学基本的艺术表现方式——"赋、比、兴"。关于"赋、比、兴"的解释，最早见于东汉的郑玄《周礼注》："赋之言铺，直铺陈今之政教善恶；比，见今之失，不敢斥言，取比类以言之；兴，见今之美，嫌于媚谀，取善以喻劝之。"在浓郁的政教思维中，还是指出了其基本的特点。后来关于"赋、比、兴"还有很多的说法，公认的说得最清楚的是宋代的朱熹，他认为，"赋者，敷陈其事而直言之者也""比者，以彼物比此物也”“兴者，先言他物以引起所咏之辞也”。用我们现在的话说，“赋”就是铺陈直叙，即诗人把思想感情及其有关的事物平铺直叙地表达出来。“比”就是比方，以彼物比此物，诗人有本事或情感，借一个事物来做比喻。“兴”则是触物兴词，客观事物触发了诗人的情感，引起诗人歌唱，所以大多在诗歌的发端。“赋”是最基本的手法，像风诗的《七月》描述了古代农村一年四季的劳动和生活，《君子于役》写妻子怀念在外服役的丈夫，都是运用“赋”的手法通篇直言铺叙。《诗经》中“比”的运用也很广泛，如《硕鼠》用老鼠比喻统治阶级的不劳而获，《氓》用桑树由繁茂到凋落比喻夫妻爱情的变化，又如《硕人》：“手如柔荑，肤如凝脂，领如蝤蛴，齿如瓠犀，螓首蛾眉。”诗歌分别以柔嫩的白茅芽、冻结的油脂、白色长身的天牛幼虫、白而整齐的瓠子、宽额的螓虫和蚕蛾的触须来比喻美人的手指、肌肤、脖颈、牙齿、额头和眉毛，一连串的比喻刻画出卫庄公夫人美丽的仪容，形象细致，是《诗经》中成功运用比喻的典范。

“赋”和“比”都是一切诗歌中最基本的表现手法，而“兴”则是《诗经》乃至中国诗歌中比较独特的手法。“兴”字的本义是“起”。《诗经》中有些“兴”和后面的内容并无明显关联，如《小雅·鸳鸯》：“鸳鸯在梁，戢其左翼，君子万年，宜其遐福。”诗中兴句和后面两句的祝福语，并无意义上的联系。其中原因可能与图腾崇拜等宗教观念向艺术形式的积淀有关。在漫长的历史中，原来起兴的宗教内涵渐渐消失，而这种艺术形式却保存了下来。（赵沛霖：《兴的源起——历史积淀与诗歌艺术》）《诗经》中更多的兴句，与下文有着委婉隐约的内在联系，在诗中往往起着极巧妙的作用，可以起寓意、联想、象征、烘托气氛和起韵的作用。例如《谷风》是一首弃妇诗，诗的开端是"习习谷风，以阴以雨"，用风雨阴霾来烘托整首诗的气氛，一开始就令读者感到要写的是一个不幸者的故事。又如《桃夭》是一首祝贺结婚的诗，以"桃之夭夭，灼灼其华"起兴，以桃花初开的鲜丽和光华照人，象征新婚女子正青春美好，并渲染了结婚的喜庆气氛。

一般来说，《诗经》中不同手法往往是交互使用。有的已达到了情景交融、物我相谐的艺术境界，对后世诗歌意境的创造，有直接的启发，如《秦风·蒹葭》：

蒹葭苍苍，白露为霜。所谓伊人，在水一方。溯洄从之，道阻且长。溯游从之，宛在水中央。

蒹葭萋萋，白露未晞。所谓伊人，在水之湄。溯洄从之，道阻且跻。溯游从之，宛在水中坻。

蒹葭采采，白露未已。所谓伊人，在水之涘。溯洄从之，道阻且右。溯游从之，宛在水中沚。

"毛传"认为是"兴"，朱熹《诗集传》则认为是

“赋”，实际二者并不矛盾，是起兴后再以赋法叙写。在铺叙中，诗人反复咏叹由于河水的阻隔，意中人可望而不可即，可求而不可得的凄凉伤感心情，凄清的秋景与感伤的情绪浑然一体，构成了凄迷恍惚、耐人寻味的艺术境界。

《诗经》除了突出的艺术表现手法外，在句式、章法和韵律等方面也很有特色。《诗经》的基本句式是四言，间或杂有二言直至九言的各种句式。但杂言句式所占比例很低。只有个别诗是以杂言为主的，如《式微》《江有汜》《伐檀》等。基本上以四言句为主干，两字一顿，两顿一句，很有节奏感。这种句式为后世文学语言的结构奠定了基础，因而许多诗句成为成语典故。如“辗转反侧”“忧心忡忡”“如切如磋”“信誓旦旦”“孔武有力”“万寿无疆”“战战兢兢”“明哲保身”等等。在结构上，《诗经》大多采取联章叠句，在重复中有变化，在变化中有重复，如同音乐乐章不断出现主旋律一样，通过反复咏唱突出主题，充分抒发感情，产生回旋跌宕的艺术效果。如《周南·芣苢》：

采采芣苢，薄言采之。采采芣苢，薄言有之。

采采芣苢，薄言掇之。采采芣苢，薄言捋之。

采采芣苢，薄言袺之。采采芣苢，薄言襭之。

三章里只换了六个动词，就描述了采芣苢的整个过程。方玉润在《诗经原始》中描述对这首诗的感受时说：“读者试平心静气，涵咏此诗，恍听田家妇女，三三五五，于平原

绣野、风和日丽中，群歌互答，余音袅袅，若远若近，若断若续，不知其情之何以移而神之何以旷。则此诗可不必细绎而自得其妙焉。”《诗经》的韵律可说是出于天籁，成于自然。顾炎武归纳《诗经》的用韵方式时指出：“古诗用韵之法，大约有三。首句次句连用韵，隔第三句而于第四句用韵者，《关雎》之首章是也……一起即隔句用韵者，《卷耳》之首章是也……自首至末句句用韵者，若《十亩之间》《月出》诸篇是也。”当然最常见的用韵方式是：一章之中只用一个韵部，隔句用韵，韵脚在偶句之上。这也是中国后世诗歌用韵的常见方式。

不学诗，无以言

作为周代礼乐文化重要表征，《诗经》已经不是我们今天作为单纯个体言说层面上所理解的诗歌了。周人将“诗”作为礼乐的象征，显然延续了诗最初的含义。在先民那里，诗人最初也许是联结人神之间的祭司或部落首领，诗是协调人与人、人与神之间生活准则的神圣言辞，无论是围绕这种准则所展开的宗教仪式还是原始歌舞，都可能是“诗”原初的形貌。只是随着“礼崩乐坏”文明的变迁，诗人作为权力集团也开始从中心流落民间，在这一过程中，伴随着诗人的变迁，“诗”也相应发生了变化。但是“诗”作为神圣言说的文化基因却被保存下来，成为早期关于“诗”的一种普遍观念。对于周人而言，“诗”唯有禀赋这样一种性质，才可能承担起庄严的教化功能。也正是有这样一种关于“诗”的理念，因而在被编辑成书后，《诗》才会成为春秋时期贵族最重要的学习文献，广泛流行于诸侯各国，运用于祭祀、朝聘、宴饮等各种场合，在当时的政治、外交活动中，发挥了重要作用。

《左传》中大量记载了诸侯君臣“赋诗言志”的事例，他们以“诗”来酬酢应对，出使专对，以赋诗来表情达意，以至于孔子认为如果“不学诗”，就会“无以言”。到战国时代，《诗》作为圣人之道的地位已经确立，《荀子·儒效》说：“圣人也者，道之管也。天下之道管是矣，百王之道一是矣。故《诗》《书》《礼》《乐》之归是矣。”这一观念在汉人那里，随着儒家独尊地位的建立，便正式确定下来，尊之为“诗经”。何为“经”？刘勰在《文心雕龙》中说：“经也者，恒久之治道，不刊之鸿教也。”可见，在中国古代人的眼中，《诗经》并不是一部单纯的文学作品，而是一部以“诗”的形式表现圣人之“志”的“经典”。所以《诗大序》将之概述为“经夫妇，成孝敬，厚人伦，美教化，移风俗”，无疑承接了周人关于“诗”的理念。这也就是为什么汉人要将情爱歌谣的《关雎》解释成“后妃之德”的政教象征。不过，在后来的历史中，随着文明的变迁，诗逐渐从文化中分化出来，作为一种越来越私人化的话语形态，以

至于演变成一种文体样式。诗的那种神圣性也慢慢退却。但即便如此，《诗经》及其所代表的诗性文化还是一直在中国文化格局中占有崇高地位。只是到了五四时期，《诗经》才被彻底“祛魅”，被视作一部诗歌总集：“《诗经》只是一部最古的总集，与《文选》《花间集》《太平乐府》等书性质全同，与什么‘圣经’是风马牛不相及的。这书的编纂，和孔老头儿也全不相干，不过是他老人家曾经读过它罢了。”（《古史辨》第一册）于是，《诗经》不再具有了“经”的性质，而成了一部普通的中国古代诗歌总集。而这标志着《诗经》认识上的某种转向。

但是，无论如何，《诗经》作为中国文化最重要的源头，对中国文学精神构建影响至巨。举其荦荦大者，至少有以下几方面。

首先，《诗经》确立了“诗歌中心论”的中国文学格局。在诗经之后漫长的中国文学演变中，产生了许多的文学样式。但是即使到了中国古典文化晚期的明清时代，在小说戏曲等样式已经蔚然大观的情形下，诗歌仍然占据着正统和中心地位。对于传统意义上的中国文人而言，文学主要指的就是诗歌和古文。其他样式大都被视作难登大雅之堂的雕虫小技、野狐外道，这就是为什么明清时，许多小说家者流身世背景扑朔迷离，因为他们的创作是在正统文化的视野之外。在诗文中，而尤以诗为甚，诗歌这一地位的确立和《诗

经》的崇高地位显然关系至巨。诗何以能够占据这一中心位置，正是接下来要谈到的内容。

其次，《诗经》确立了中国诗歌“诗言志”的基本品格。朱自清先生称“诗言志”为中国诗歌的“开山纲领”（《诗言志辨》），这一诗歌的“金律”是直接针对《诗经》而言的，是在春秋时期广泛的“赋诗言志”的语境中产生出来的对于《诗经》品格的基本认识。“诗言志”在早期的认识中绝非我们今天所理解的表达个人感情这么简单，朱自清先生和钱穆先生在解读先秦文献中“诗言志”的时候，都注意到其时所指的“志”都更多与政治相关。在早期诗学中“志”并非指个人主观情感，而是指关乎国家及公共生活不可缺少的共同伦理准则，“志”总是关联着政治伦理的“大叙事”。这表明诗在中国其实一直承担着国家公共话语的角色，是意识形态的重要表现形式。而礼乐教化正是《诗经》最初被确立的主要功能，这一功能在原始儒家那里，被进一步强化，成为后来诗歌创作的基本原则，即所谓“发乎情，止乎礼义”。我们说诗歌的中心地位正是源自诗歌一直和政教话语相关，是被认可的意识形态话语。后来产生的词曲等诗歌变体，在某种意义上可以视作在诗歌这种公共话语之外寻求私人情感表达的一种努力。

再次，正是在政教品格的基本要求下，《诗经》表现出

鲜明的“现实关怀”创作取向和“温柔敦厚”的情感取向，也成为后来诗歌所遵循的原则。《诗经》中的诗歌，除了极少数几篇，完全是反映现实的人间世界和日常生活、日常经验。在这里，几乎不存在凭借幻想而虚构出的超越于人间世界之上的神话世界，不存在诸神和英雄们的特异形象和特异经历，有的是关于政治风波、春耕秋获、男女情爱的悲欢哀乐。《诗经》这种强烈的现实取向，称为“风雅”精神，被后世诗人奉为创作上的圭臬。在表现感情时，《诗经》总体上因克制而显得平和，呈现出孔子所称道的“乐而不淫，哀而不伤”的理性精神，形成了中国诗歌“温柔敦厚”的诗教传统。

最后，《诗经》也奠定了中国诗歌以抒情诗为主导的文体样式。叙事意识在《诗经》中相对淡泊，诗歌的重心不是放在对真实世界的描述上，而是放在人和世界关系的体验上，这一点和西方文学迥然有异。正如荷马史诗奠定了西方文学以叙事传统为主的发展方向，《诗经》也奠定了中国文学以抒情传统为主的发展方向。以后的中国诗歌，大都是抒情诗，以抒情诗为主的诗歌，成为中国文学的主要样式。

关于《诗经》的意义，作为中国文化宗师的孔子谈得很多，他告诫后人：“小子何莫学乎诗？诗可以兴，可以观，可以群，可以怨。迩之事父，远之事君，多识于鸟兽草木之名。”在他那里，《诗经》绝非只是饥者劳者的歌谣，而是一个人在文化上安身立命的前提，“不学诗，无以言”“不学诗，无以立”。

逸响伟辞

在《诗经》编订成书后的近三百年间，百家蜂起，风云际会，形成了中国文明灿烂的轴心时代。但奇怪的是，在这一辉煌的历史洪流中，诗歌却神秘地缺席。《诗经》之后，中国诗歌留下一段漫长的寂静的历史。直到以屈原为代表的楚辞的出现，这种局面才被打破。

诗人屈原

在屈原之前，中国有诗歌却没有真正的诗人，正如清人劳孝舆在《春秋诗话》中指出：“风诗之变，多春秋间人所作。……然作者不明，述者不作，何欤？盖当时只有诗，无诗人。古人所作，今人可援为己诗，彼人之诗，此人可赓为自作，期于‘言志’而止。”最初的诗是公共话语而非个人话语。屈原之后，“诗人”作为特定的文化身份才正式确立。可以说屈原是中国第一个真正意义上的诗人。

屈原（约前340—约前277），名平，字原，是楚国的同姓贵族。祖先封于屈，遂以屈为氏。屈原年轻时受到楚怀王的高度信任，官为左徒。据《史记·屈原贾生列传》载，他“博闻强志，明于治乱，娴于辞令，入则与王图议国事，以出号令；出则接遇宾客，应对诸侯”，对内主张举贤任能，对外主张联齐抗秦，是楚国内政外交的核心人物，深得楚怀王的信任。但那时楚国内外都有尖锐的斗争：在内政上是保守派与改革派的斗争，外交上是亲秦与亲齐两派的斗争。前者以怀王稚子子兰等楚国的贵族集团为代表，后者以屈原为代表。在政治斗争中，屈原逐渐被楚王疏离。先是上官大夫靳尚出于妒忌，趁屈原为楚怀王拟订宪令之时，在怀王面前诬陷屈原，怀王于是“怒而疏屈平”。此后，由于怀王外交上举措失当，楚国一再见欺于秦。屈原曾谏楚怀王杀张仪，又劝谏怀王不要前往秦国和秦王相会，都没有被采纳。而楚国接连遭到秦、齐、韩、魏的围攻，陷入困境。大约在怀王二十五年（前304）左右，屈原一度被流放到汉北一带。楚怀王三十年（前299），楚怀王被扣于秦。顷襄王即位，以其弟子兰为令尹，屈原再次受到令尹子兰和上官大夫靳尚的谗害，被顷襄王放逐。屈原再次流放到沅、湘一带。在屈原多年流亡的同时，楚国的形势愈益危急。公元前278年，秦将白起轻而易举就攻拔郢都，杀人无数，楚墓被烧，顷襄王逃到

陈城，楚国自此一蹶不振。屈原也约于此时，在对人生和国家的双重绝望中，投江而死。

屈原虽然在政治上不见容于世，却以一个诗人的形象流传至今。屈原的作品，在《史记》本传中提到的有《离骚》《天问》《招魂》《哀郢》和《怀沙》五篇。《汉书·艺文志》载屈原有赋二十五篇，未列篇名。东汉王逸《楚辞章句》所载也是二十五篇，为《离骚》《九歌》（计作十一篇）、《天问》《九章》（九篇）、《远游》《卜居》和《渔父》，而把《招魂》列于宋玉名下。大致说来，现代研究者多认为《招魂》仍应遵从《史记》，视为屈原之作；《远游》《卜居》《渔父》《大招》等篇，是后人伪托。

屈原的作品，我们今天称之为“楚辞”。“楚辞”之名，首见于《史记·张汤传》。可见最迟在汉代前期已有这一名称。其本义，当是泛指楚地的歌辞，以后才成为专称，指的是以战国时楚国屈原的创作为代表的新诗体。这种诗体具有浓厚的地域文化色彩，如宋人黄伯思所说，“皆书楚语，作楚声，纪楚地，名楚物”（陈振孙《直斋书录解题》卷十五《楚辞类》引）。西汉末，刘向辑录屈原、宋玉的作品及汉代人模仿这种诗体的作品，书名即题作《楚辞》。这是《诗经》以后，我国古代又一部具有深远影响的诗歌总集。另外，由于屈原的《离骚》是楚辞的代表作，所以楚辞又被称为“骚”或“骚体”。当然，“不有屈原，岂见《离骚》”

（《文心雕龙·辨骚》）。楚辞虽是楚文化的产物，但只有通过屈原，才最终成为中国文学中的不朽经典。

离　骚

《离骚》是屈原最重要的作品，也是中国古代最为宏伟的抒情诗篇。其写作年代，一般认为是在屈原离开郢都往汉北之时。《史记·屈原贾生列传》说屈原因遭上官大夫靳尚之谗而被怀王疏远，“屈平疾王听之不聪也，谗谄之蔽明也，邪曲之害公也，方正之不容也，故忧愁幽思而作《离骚》”，也认为《离骚》创作于楚怀王疏远屈原之时。《离骚》的题旨，司马迁解释为“离忧”，班固释“离”为“罹”，以“离骚”为“遭忧作辞”；王逸则说：“离，别也；骚，愁也。”把“离骚”释为离别的忧愁，都指出其悲愤忧伤的意蕴。我们可以把它视作是屈原在政治上遭受严重挫折以后，面临个人的厄运与国家的厄运之际，一个崇高而痛苦的灵魂的自白，一次理性地选择死亡的悲壮之旅。

全诗372句，2400余字，可分成前后两大部分。从开头到“岂余心之可惩”为前半篇，侧重于历史的追寻；后半篇则着重于神话的追寻。我们来看看诗人是如何从现实和理想的上下求索中，一步一步地走向幻灭的。

诗歌在一开始叙述了自己高贵的身世、美好的品格和远大的抱负：“帝高阳之苗裔兮，朕皇考曰伯庸。摄提贞于孟陬兮，惟庚寅吾以降。皇览揆余初度兮，肇锡余以嘉名：名余曰正则兮，字余曰灵均。纷吾既有此内美兮，又重之以修能。扈江离与辟芷兮，纫秋兰以为佩。汩余若将不及兮，恐年岁之不吾与。朝搴阰之木兰兮，夕揽洲之宿莽。日月忽其不淹兮，春与秋其代序。惟草木之零落兮，恐美人之迟暮。不抚壮而弃秽兮，何不改乎此度？乘骐骥以驰骋兮，来吾导夫先路！”诗人浓墨重彩，骄傲地叙述了自己不同凡响的生平，无论是颛顼后裔的高贵血统，寅月寅日出生时的祥瑞，还是父亲郑重其事地给自己美好的命名，都似乎预示了诗人应该拥有一个同样不可限量的前途。后来中国文人往往在开篇就自述身世，这和《离骚》这种叙述方式也许有一定的联系。诗人不但有令人羡慕的先天资质，后天也努力完善自己的品行，他用许多美好的草木（“江离”“辟芷”“秋兰”“木兰”“宿莽”等）象征自己修身洁行的品格。这样一种出生和资质，使得他迫切地希望自己能够帮助楚王，有一番大的作为。诗歌在一开始就表明了一种时不我待的焦虑，“汩余若将不及兮，恐年岁之不吾与”“日月忽其不淹兮，春与秋其代序。惟草木之零落兮，恐美人之迟暮”。在后面的游历中，我们会发现这种不可名状的时间焦虑一直贯穿始终。

接下来，诗人描述了当时楚国存在的政治关系模式，由三方面的人物，即诗人自我、“灵修”（即楚王）和一群

"党人"，构成了激烈的矛盾冲突。在当时楚国"惟夫党人之偷乐兮，路幽昧以险隘"的现实境遇中，诗人通过对历史的追溯和对比，暗示和劝勉楚王"亲贤臣，远小人"。因为他们"众皆竞进以贪婪兮，凭不厌乎求索"，会将楚国引向衰败。但是国君不仅不理解诗人的忠诚："指九天以为正兮，夫唯灵修之故也"，反而听信谗言疏远了他。诗人受到了沉重的打击，甚至他亲手培养的并寄予希望的人才也纷纷转向，"哀众芳之芜秽"，他处在完全孤立的境地。但这却进一步激起了诗人的高傲和自信。他反复用各种象征手段表现自己不愿同流合污的高洁品德：饮木兰之露，餐秋菊之英；戴岌岌之高冠，佩陆离之长剑；又身披种种香花与香草。同时，诗人坚定地、再三地表示：他决不放弃自己的理想而妥协从俗，宁死也不肯丝毫改变自己的人格："亦余心之所善兮，虽九死其犹未悔!"

在后半篇中，诗人为开释抑郁的心怀，开始了精神漫游。一开始，诗人假设一位"女嬃"对他劝诫，认为在一个"世并举而好朋"的时代，忠贞和高洁显得不合时宜。为了寻求精神上的支撑，他于是来到九嶷山向古代的帝舜剖白心迹，历数历史上昏君败国的教训和圣君治国的经验。而想到因群小误国而危在旦夕的楚国，诗人又止不住唏嘘叹息和掩涕哭泣。在作为公正清明象征的舜那里，诗人获得了精神上的支撑，悟到了中正耿介的道理，也就明确否定了之前

"女媭"的劝诫。虽然诗人具有高洁的操守并且被确证，而现实的世界又如此溷浊，这一矛盾，使得诗人幻想远离浊世，飞向天界。"路漫漫其修远兮，吾将上下而求索"，他驱使众神，来到天界。然而帝阍——天帝的守门人却拒绝为他通报。这表明重新获得楚王信任的道路已经被彻底阻塞。他又降临地上"求女"，但那些神话和历史传说中的美女，或"无礼"而"骄傲"，或无媒以相通，均告失败，这又表明他无法找到能够理解自己、帮助自己的知音。

在一次次寻求君臣遇合和同道知音失败之后，诗人转而请巫者灵氛占卜、巫咸降神，给予指点。灵氛认为楚国已毫无希望，劝他离国出走；巫咸劝他留下，等待君臣遇合的机会。但后一种道路已经被证明是无望的，他只能采纳灵氛的意见，试图远走他乡。因此，开始了他从容赴死前最后一次的游历："吾道夫昆仑兮，路修远以周流；扬云霓之晻蔼兮，鸣玉鸾之啾啾；朝发轫于天津兮，夕余至乎西极；凤凰翼其承旗兮，高翱翔之翼翼；忽吾行此流沙兮，遵赤水而容与；麾蛟龙使梁津兮，诏西皇使涉予；路修远以多艰兮，腾众车使径待；路不周以左转兮，指西海以为期；屯余车其千乘兮，齐玉轪而并驰；驾八龙之蜿蜿兮，载云旗之委蛇；抑志而弭节兮，神高驰之邈邈；奏《九歌》而舞《韶》兮，聊假日以婾乐。"这是一次壮盛的神话之旅。在欢愉的旋律中，我们还是看到了诗人踌躇不前的矛盾心态，而当诗人不经意

间一次回眸，高扬的情绪便顿时冷落下来："陟升皇之赫戏兮，忽临睨夫旧乡；仆夫悲余马怀兮，蜷局顾而不行。""高驰之邈邈"之时，诗人突然俯视到多灾多难的祖国，仆人悲哀起来，马（飞龙）也留恋地回顾不再前进。对于诗人而言，最终从上而下的自我放逐、从宇宙之无边回归于人生现实之感知，既不能改变自己，又不能改变楚国，而且不可能离开楚国，那么，除了以身殉自己的理想，以死完善自己的人格之外，别无选择。诗人在反复的游历之后，在无路可走之际，终于冷静地选择了死亡："乱曰：已矣哉，国无人兮，莫我知兮，又何怀乎故都；既莫足为美政兮，吾将从彭咸之所居。"《离骚》就这样走完了一个伟大诗人的死亡旅程。

《离骚》是一部殉道者的悲壮自白，展示了一个理想者的生存姿态：当理想无以为寄时，生命也就无以为寄。在这篇境界宏阔、气势奔放的诗篇中，诗人运用浪漫的手法，驰骋其无比丰富的想象力，上天入地，把现实世界、神话世界和理想世界融合起来，描绘出一个色彩斑斓、迷离惝恍的诗的世界，塑造出一个志行高洁、虽九死而不悔的爱国诗人形象。

除《离骚》外，屈原重要的作品还有《九章》《九歌》等。

《九章》是屈原所作的一组抒情诗歌的总称，包括《惜诵》《涉江》《哀郢》《抽思》《怀沙》《思美人》《惜往日》《橘颂》和《悲回风》等九篇作品。“九章”之名大约是西汉末年刘向编订屈原作品时加上的。《九章》的内容与《离骚》基本接近，主要反映了作者两次被放逐的经历、处境和苦闷悲愤的心情。如朱熹所说：“屈原既放，思君念国，随事感触，辄形于声。后人辑之，得其九章，合为一卷，非必出于一时之言也。”（《楚辞集注》卷四）

《九歌》本是古代的乐曲，是一组祭神所用的乐歌。一般认为，这是屈原根据民间的祭神乐歌改写而成的。王逸以为：“《九歌》者，屈原之所作也。昔楚国南郢之邑，沅、湘之间，其俗信鬼而好祀，其祀必作歌乐鼓舞以乐诸神。屈原放逐，窜伏其域，怀忧苦毒，愁思沸郁。出见俗人祭祀之礼，歌舞之乐，其词鄙陋。因为作《九歌》之曲，上陈事神之敬，下见己之冤结，托之以风谏。”（《楚辞章句·九歌》）《九歌》中，《东皇太一》祭至尊之天神，《云中君》祭云神丰隆（又名屏翳），《湘君》《湘夫人》皆祭湘水之神（楚地以舜妃娥皇、女英附丽在她们身上），《大司命》祭主寿命之神，《少司命》祭主子嗣之神，《东君》祭太阳神，《河伯》祭河神，《山鬼》祭山神，《国殇》祭阵亡将士之魂。从内容上说，《九歌》以描写爱情为主，但也表达了对神灵的赞颂和祭者的虔敬之情，还描述了阵亡将士的勇烈悲壮。《九歌》中的多数诗篇大抵韵味隽永，语言精美，善于

把周围景物、环境气氛、人物容貌动作的描绘与内心感情的抒写十分完美地统一起来，有一些片段长期为后人所传诵。如《湘夫人》中“帝子降兮北渚，目眇眇兮愁余。袅袅兮秋风，洞庭波兮木叶下”就是千古名句。

《天问》是楚辞中一首奇特的诗歌。它就自然、历史、社会以及有关的神话传说，一口气提出一百七十二个问题，“怀疑自遂古之初，直至百物之琐末，放言无惮，为前人所不敢言”（鲁迅《摩罗诗力说》），从中可见诗人思想的博大和探索真理的精神。

衣被词人，非一代也

屈原对于中国文化是具有里程碑意义的。这体现在：他是一种精神源流的开创者，同时他还是一种精神表达形式的开创者。

屈原对后世影响最大的，首先是他那砥砺不懈、特立独行，在逆境之中勇于坚持理想的人格精神以及忧愤深广的爱国情怀。屈原死后，第一个认识到他对于中国文化意义的是司马迁。他评价屈原“其志洁，故其称物芳。其行廉，故死而不容。自疏濯淖污泥之中，蝉蜕于浊秽，以浮游尘埃之外，不获世之滋垢，皭然泥而不滓者也。推此志也，虽与日月争光可也”（《史记·屈原贾生列传》），将屈原坚持高洁的精神比之于日月。这一认识为后来诗人所认同。李白诗句

“屈平词赋悬日月，楚王台榭空山丘”（《江上吟》）在屈原辞赋和楚王台榭的存亡对比中，昭示了文化传承比政治兴废有着更强大久远的力量。屈原在信而见疑、忠而见弃之后，不愿意放弃自己的理想而与世俗同流合污，相反对于理想的求索和坚持则表现出一种“虽九死其犹未悔”的执着精神，甘愿做一个理想的殉道者。他突破了儒家明哲保身、温柔敦厚等处世原则，为中国文化增添了一股深沉而刚烈之气，培养了中国士人主动承担历史责任的勇气。这是屈原及其辞赋对民族精神的重大贡献。今人林庚甚至说：“唐代能于先秦之后，独成一个灿烂的文化时期，那正是楚辞的力量，在说明着屈原人格的启示。”（《诗人屈原及其作品研究》）而屈原的这种理想体现为一种强烈的家国情怀，一种个人负荷群体兴衰的担当意识。所以，屈原可以被视作中国文化道义精神的典范。

屈原的存在还为中国文化注入了悲剧精神。屈原是中国历史上第一个真正意义上的诗人，也是中国第一个自杀的诗人。中国诗歌从《诗经》开始就为政治而生，而中国第一个诗人也因政治而死。这真是一个令人唏嘘的隐喻。它似乎在一开始就暗示了中国古典诗人悲剧性的命运。屈原的悲剧及其遭遇是具有普遍性的，可以说是整个中国士人阶层的命运的缩影。因而，对屈原悲剧的体认成为后世文人自伤身世、自明心志反复抒写的主题。唐代诗人戴叔伦路过屈原庙时就写诗说："沅湘流不尽，屈子怨何深！日暮秋风起，萧萧枫树林。"秉承这一悲剧精神的士人，总是勇敢地在溷浊的现实之外坚守理想的存在，在昏暗中不放弃光亮的寻求，顽强地标举人类高贵的精神，为一个不理想的世界树立一个理想的标尺。

屈原不仅开创了一种坚持理想的人格精神，还为中国文学创造了这种精神的文学载体，那就是屈原开创的"楚辞"。鲁迅《汉文学史纲要》说屈原的作品"逸响伟辞，卓绝一世""其影响于后世之文章，乃甚或在三百篇以上"。可见其对中国文学史产生的影响极其广泛而深远。

首先，楚辞创造了一种新的诗歌样式，这种诗歌形式无论是在句式还是在结构上，都较《诗经》更为自由且富于变化，因此能够更加有效地塑造艺术形象和抒发复杂、激烈的感情。就句式而言，楚辞以杂言为主，词语繁复，很重视外在形式的美感，这为汉代赋体文学的产生创造了条件。

其次，楚辞突出地表现了浪漫的精神气质。这种浪漫精神主要表现为感情的热烈奔放，对理想的追求，以及抒情主人公形象的凸现，想象的奇幻等。楚辞中另一浪漫特征表现在它通过幻想、神话等创造了一幅幅雄伟壮丽的图景，开创了《诗经》之外中国诗歌的浪漫主义传统。

再次，楚辞的象征手法对后世的文学创作有重大的影响。楚辞中典型的象征性意象可以概括为香草美人，它是对

《诗经》比兴手法的继承和发展，内涵更加丰富，也更有艺术魅力。如王逸所说："善鸟香草，以配忠贞；恶禽臭物，以比谗佞；灵修美人，以媲于君；宓妃佚女，以譬贤臣；虬龙鸾凤，以托君子；飘风云霓，以为小人。"（《楚辞章句·离骚经序》）它成了中国文学史上以男女君臣相比况的常见的创作手法。

总之，由屈原开创的楚辞，同《诗经》共同构成了中国诗歌乃至整个中国文学的两大源头。后人将《诗经》中的《国风》与屈原的《离骚》并称"风骚"，成为中国文学的代名词。屈原及其辞赋对后世文学的影响，正如刘勰所说："其衣被词人，非一代也。"（《文心雕龙·辨骚》）

汉赋巨丽

以屈原为代表的楚辞诗体是汉人命名的，汉人最初是将它归于"赋"这一体类的。司马迁在《史记·屈原贾生列传》的结尾处提到："屈原既死之后，楚有宋玉、唐勒、景差之徒，皆好辞而以赋见称。"在汉人的观念中，不入乐的歌辞都可以称为赋（班固《汉书·艺文志》："不歌而诵谓之赋，登高能赋，可以为大夫"），原来诗乐一体的诗歌到了汉人那里，大都只剩下光秃秃的歌辞，汉人便称这种形式的创作为“赋”。所以刘勰认为：“然赋也者，受命于诗人，拓宇于楚辞也。”可见赋是由《诗经》与《楚辞》演变而来，《诗经》是赋的远源，《楚辞》是赋的近源。只是到了汉武帝之后，由于一种铺张的宫廷之赋盛极一时，已足以成为汉代文学的代表，于是赋逐渐就成了汉赋的专称。

汉赋巡览

西汉前期，汉赋承接屈原的楚骚传统，主要是以抒情明志为主的骚体赋，在这方面取得较高成就的是贾谊和枚乘。

贾谊（前201—前169），洛阳（今属河南）人。《汉书·艺文志》说贾谊有赋七篇，今存五篇，以《吊屈原赋》《鹏鸟赋》为代表。文帝四年（前176），贾谊被贬为长沙王太傅，赴任途中，经湘水，凭吊了前代竭诚事君而遭贬谪的诗人屈原投江自沉之地，怀古伤今，感慨不已，遂作《吊屈原赋》。作者在开篇说：“既以谪去，意不自得；及渡湘水，为赋以吊屈原。”又说：“屈原，楚贤臣也。被谗放逐，……遂自投江而死。谊追伤之，因以自喻。”作者在文中描绘出一个是非混淆、善恶颠倒的黑暗社会：“遭世罔极兮，乃陨厥身。呜乎哀哉，逢时不祥！鸾凤伏窜兮，鸱枭翱翔。阘茸尊显兮，谗谀得志。贤圣逆曳兮，方正倒植。世谓随夷为溷兮，谓跖蹻为廉。莫邪为钝兮，铅

刀为铦。吁嗟默默，生之无故兮。斡弃周鼎，宝康瓠兮。腾驾罢牛，骖蹇驴兮；骥垂两耳，服盐车兮。章甫荐履，渐不可久兮。嗟苦先生，独离此咎兮。”这无疑也是在影射作者所处的现实，既表现了对屈原的同情，又流露出作者本人无辜遭贬的愤激。接下来作品分析了屈原悲剧的原因，认为屈原这条“吞舟之巨鱼”不为“寻常之污渎”所容，其出路除了“自沉”之外，还有两条路可以走：一是“远浊世而自藏”，即引退归隐；二是“历九州而相其君”，即择主而仕。但屈原在“罔极”“不祥”的现实环境下，却是积极入世、怀恋故国，就难免出现悲剧。这表明，贾谊与屈原在人生价值观上是存在差异的。但作品的字里行间流露出对浊世的愤恨之情，倾注了对屈原德高而见妒于俗、才俊而不容于世的深厚同情与无限惋惜。这篇作品在模仿楚辞的同时又能有所变化，对比鲜明，感情激切，刘勰《文心雕龙·哀吊》称之为“词清而理哀”。

贾谊的另一篇有影响的作品是《鹏鸟赋》，作者谪居长沙，有鸟入其宅。以为不祥，因作是篇，阐明自己对生死、祸福的达观态度。赋中以万物变化不息、吉凶相倚，不可执着于毁誉得失乃至生死存亡的道家哲学为解脱之方，却在解脱的语言中深藏不可解脱的痛苦。在文体特征上，《鹏鸟赋》可以说是楚辞体与汉赋之间的一种过渡。它的文句，除去语气词“兮”字，基本上都是整齐的四言句，这已经脱离了楚辞的风格；赋的内容，以假设自己与鹏鸟的问答展开，也隐然开汉赋问答体的先河。

枚乘（？—前140），字叔，淮阴人。先后游于吴、梁，以善写谏书而闻名。武帝即位后，慕名而以安车蒲轮征其入京，因年老，卒于途中。《七发》是枚乘的代表作，是在一个虚构的故事框架中以问答体展开的。它假托楚太子因安居深宫、纵欲享乐而卧病不起，“吴客”前往探病，说七事以启发之（《七发》之名即由此而来）。他依次向太子讲了音乐之悲、饮食之美、车马之骏、游观之乐、田猎之壮、观涛之奇六件事，极言声色犬马之乐，想以此打动太子，但太子皆以有病推辞，不为所动。最后，吴客要给太子引荐“方术之士有资略者”，来“论天下之精微，理万物之是非”，让他听取“天下要言妙道”，终于使太子“涊然汗出，霍然病已”。《七发》脱离了楚辞的抒情特征，转化为以铺陈写物为中心的高度散文化的文体。刘勰《文心雕龙·杂文》说：“枚乘摛艳，首制《七发》，腴辞云构，夸丽风骇。”全篇长达两千余字，除首段外，其余各段分别铺写七种事物，有不少大胆的夸张，绘声绘色，穷形尽相。尤其是“观涛”一段，具有了汉赋“铺采摛文，体物写志”（《文心雕龙·诠赋》）的特征。《七发》是汉赋发展史上的一篇极为重要的作品，标志着新体赋——汉赋正式形成，在赋的发展史上有重要地位。它引起后来许多作家的模仿，形成了一种定型的

主客问答形式的文体，号称“七体”。

司马相如（前179—前118），字长卿，蜀郡成都（今四川省成都市）人。小名犬子，后慕蔺相如之为人，遂改名相如。青少年时期，好读书击剑。相传他离开成都赴长安时，曾于成都城北十里处的升仙桥的桥柱上题字：“不乘驷马高车，不过此桥。”（《太平御览》卷七十三引常璩《华阳国志》）景帝时为武骑常侍。因景帝不好辞赋，无所用，遂免官去梁，从枚乘游于梁孝王门下。梁孝王卒，梁园宾客解体，相如归蜀。相如懂音乐，善鼓琴，以此与临邛富家女卓文君结为伉俪，成为文坛一段佳话。汉武帝即位后，对司马相如的《子虚赋》大为赏识，得以召见。相如乃赋天子游猎之事，写了《上林赋》。武帝更加高兴，任用为郎，开始了做官的生活。武帝元光五年（前130），司马相如还曾奉命出使西南，安抚当地人心。晚年因不满于自己在宫廷的地位，常称病闲居。司马相如是汉代最著名的辞赋家，《汉书·艺文志》著录他有赋二十九篇，今存《子虚赋》《上林赋》等六篇。

《子虚赋》与《上林赋》是司马相如的代表作，也是汉赋中的名篇。这两篇赋不写于同时，《子虚赋》写于相如为梁孝王宾客时，《上林赋》写于武帝召见之时，前后相去大约十年。两赋既相对独立成篇，又内容密切相连，构思一贯，实为一篇完整作品的上下篇。两篇赋的内容，在一个虚构框架中以问答体的形式展开。楚国使者子虚出使齐国，向齐国之臣乌有先生夸耀楚国的云梦泽和楚王在此游猎的盛况。乌有先生不服，夸称齐国山海之宏大以压倒之。代表天子的亡是公又铺陈天子上林苑的壮丽和天子游猎的盛举，表明诸侯不能与天子相提并论。然后“曲终奏雅”，说出一番应当提倡节俭的道德教训。

《子虚赋》与《上林赋》，充分展示了汉赋的精神内涵和文体特征。汉赋说到底，不过是汉代文人为满足汉武帝需要而蓄意制造的一个庞大帝国的文化形象符号。其兴盛，和当时帝国的强盛以及汉武帝的好大喜功关系至巨。在帝王需要显摆而当时又缺乏帝国影像的时代，一种事无巨细、搜罗毕至的文字满足了这种权力的欲求。在汉赋为描写而描写的背后，是一种占有一切的兴趣。《子虚赋》与《上林赋》正是为了满足帝王坐拥天下的奢华感与虚荣感，而进行的一次豪华的“帝国神游”。所以，汉赋首先展示的就是一种“巨丽”，一种囊括宇内的气势，也就是司马相如所谓的“赋家之心，包括宇宙，总览人物”。这就是为什么汉赋的写法一定都是这样，就好像百科全书或是类书，翻到水的地方，就全部在讲水，如《上林赋》：“且夫齐楚之事又乌足道乎？君未睹夫巨丽也，独不闻天子之上林乎？左苍梧，右西极。丹水更其南，紫渊径其北。终始灞浐，出入泾渭。酆镐潦潏，纡余委蛇，经营乎其内。荡荡乎八川分流，相背而异

态。东西南北，驰骛往来。出乎椒丘之阙，行乎洲淤之浦。经乎桂林之中，过乎泱漭之野。汩乎混流，顺阿而下，赴隘狭之口。触穹石，激堆埼，沸乎暴怒，汹涌澎湃。滭弗宓汩，逼侧泌瀄。横流逆折，转腾潎洌。滂濞沆溉，穹隆云桡，宛潬胶戾。逾波趋浥，涖涖下濑。批岩冲拥，奔扬滞沛。临坻注壑，瀺灂霣坠。沉沉隐隐，砰磅訇磕。潏潏淈淈，湁潗鼎沸。驰波跳沫，汩濦漂疾，悠远长怀。寂漻无声，肆乎永归。然后灏溔潢漾，安翔徐回。翯乎滈滈，东注太湖，衍溢陂池。于是乎蛟龙赤螭，䱭䲛渐离。鰅鳙鰬鮀，禺禺鱋鳎。揵鳍掉尾，振鳞奋翼，潜处乎深岩。鱼鳖讙声，万物众伙。明月珠子，的砾江靡，蜀石黄碝，水玉磊砢。磷磷烂烂，采色澔汗，藂积乎其中。鸿鹔鹄鸨，驾鹅属玉。交精旋目，烦鹜庸渠。箴疵鵁卢，群浮乎其上。泛淫泛滥，随风澹淡。与波摇荡，奄薄水渚。唼喋菁藻，咀嚼菱藕。”所以底下他全部开始在讲水、讲川流，“荡荡乎八川分流，相背而异态。东西南北，驰骛往来”，或是“触穹石，激堆埼，沸乎暴怒，汹涌澎湃”，全部都是在模仿水碰到岩石会发出怎样的声音，是澎湃的声音，还是安缓从容的声音。所以这一大段全都在模仿川流碰到山石呈现怎样曲折周流的样子。所有大赋的写法都是这样安缓从容、铺叙夸饰，所有东西一格一格整齐地拿出来给你看，像摆姿势一样，一个都不会放过。刚刚讲的是川流，接下来“于是乎蛟龙赤螭”，水中各种各样的物类，龙鳞贝壳，还有珍玉奇石，比方说“明月珠子”，各种各样的颜色都有，接着还有各种各样的“水鸟”成群飘荡。所有能够讲的东西极尽一切搜罗在这里。由于汉赋的这种特点，清代的袁枚因而认为汉赋的作用不过就是充当字典、类书等工具书而已：“古无类书，无志书，又无字汇，故《二都》《两京》赋，言木则若干，言鸟则若干。必待收集群书，广采风土，然后成文。果能才藻富绝，便倾动一时。洛阳所以纸贵，直是家置一本，当类书、郡志读耳。故成之亦须五年、十年。今类书、字汇，无所不备；使左思生于今日，必不作此等赋。即作之，不过翻摘故纸，一二日可成。而抄颂之者，亦无有也。”（《随园诗话》）汉赋事无巨细、静止罗列的背后，凸现的是一个整齐有序、优雅尊贵的帝国意识形态。

西汉后期最著名的赋家是扬雄。扬雄（前53—18），字子云，蜀郡成都（今四川省成都市）人。他早年爱好辞赋，尤其钦佩同乡司马相如，“每作赋，常拟之以为式”。他的赋据《汉书·艺文志》记载有十二篇，《甘泉》《河东》《长杨》和《羽猎》四赋，是他的代表作，是模拟《子虚》《上林》而成的。虽是模拟，仍显示了相当高的才华。他的赋不但有司马相如式的宏伟气魄，而且更注重锤炼语言。如“碎轒辒，破穹庐，脑沙漠，髓余吾”（《长杨赋》），这种短促强劲的句子显得很特别，同时又杂以气势遒劲的长句，总体上显示出瑰丽奇谲的风格。故向来以“扬马”并称。赋的形式也有些变化。《甘泉赋》和《河东赋》都以简洁的叙述开头，不用主客对话的陈套。扬雄晚年改变了对赋的看法，认为赋“劝百讽一”“劝而不止”，本质上不符合儒家教义。因此转向学术性的著述，仿《周易》作《太玄》，仿《论语》作《法言》。这一转变，反映了当时社会儒家思想统治的深化。

汉魏悲歌

汉赋作为汉代文学的主流样式，某种意义上是先秦诗骚传统的变异。《诗经》在汉代被尊为儒家经典之后，便被肢解成维护纲常伦理的封建教条；而屈骚经过枚乘、司马相如等宫廷文人的改造，也演变成铺张扬厉的帝国符号，诗骚精神一度失落。当主流文人越来越远离诗歌之际，此时民间的乐府民歌却以其现实的内容和新鲜的形式别开生面，大放异彩，以其强大的生命力逐渐影响了文人的创作，促使诗歌蓬勃兴起，形成了以慷慨悲凉为主调的汉魏诗风，最终取代了辞赋对文坛的统治，维系并推动了诗歌的发展。

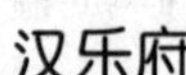

汉乐府

“乐府”一词，最初是指主管音乐的官府。在汉惠帝时设有“乐府令”，到武帝时已经扩充为大规模的专署。《汉书·礼乐志》云：“至武帝定郊祀之礼……乃立乐府，采诗夜诵，有赵、代、秦、楚之讴。以李延年为协律都尉，多举司马相如等数十人造为诗赋，略论律吕，以合八音之调，作十九章之歌。以正月上辛用事甘泉圜丘，使童男女七十人俱歌，昏祠至明。”它除了组织文人创作朝廷所用的歌诗外，还广泛搜集各地歌谣。许多民间歌谣因在乐府演唱，而得以流传下来。乐府配乐演唱的诗，汉代人称为“歌诗”，但魏晋六朝却将乐府所唱的诗，即汉人叫“歌诗”的也叫“乐府”，于是所谓乐府便由机关的名称一变而为一种带有音乐性的诗体的名称。继而在唐代出现了不用乐府旧题而只是仿照乐府诗的某种特点写作的诗，被称为“新乐府”或“系乐府”。如元结《系乐府》、白居易《新乐府》、皮日休《正乐府》等，于是所谓乐府又一变而成为一种批判现实的讽刺诗。宋元以后，则又离开了唐人所揭示出来的乐府的精神实质，而单从入乐这一点上出发，将“乐府”又用作词、曲的别称。

汉乐府的内容，班固在《汉书·艺文志》里有一个很好的概括：“感于哀乐，缘事而发。”由于乐府歌谣的民间性质，使得我们有机会能够看到汉代平民的真实生活，这是一种与汉大赋所表现的几乎完全不同的另一种生活。其中给人感受最强烈的，是诗歌中所展示的下层劳动人民悲惨的生活遭遇。我们先来看一个离乱中的哀伤："悲歌可以当泣，遥望可以当归。思念故乡，郁郁累累。""欲归家无人，欲渡河无船。心思不能言，肠中车轮转。"悲歌当泣，是因已经无泪可流；遥望当归，是因已经无家可归。满怀悲愁无处诉说，腹中如有车轮碾轧，心灵的伤痛永无了结。这首题为《悲歌》的乐府，可以作为整个汉乐府的主题。无家可归是飘零的痛苦，有家又如何呢？我们来看看《妇病行》中所描述的情形："妇病连年累岁，传呼丈人前一言。当言未及得言，不知泪下一何翩翩。'属累君两三孤子，莫我儿饥且寒！有过慎莫笪笞，行当折摇，思复念之！'乱曰：抱时无衣，襦复无里。闭门塞牖，舍孤儿到市。道逢亲交，泣坐不能起。从乞求与孤买饵，对交啼泣，泪不可止。'我欲不伤悲，不能已！'探怀中钱持授交。入门见孤儿啼，索其母抱。徘徊空舍中，行复尔耳，弃置勿复道！"这是一个怎样凄凉的景象呢？一个久病不起的母亲，在临终前再三嘱咐丈夫要好好养育孩子，不要打骂他们，可是她死了以后，孩子们无衣无食。父亲只好到市上去乞讨，在讨得几个钱回家之后，看见小孩还一个劲地哭着索要死去的母亲，想让妈妈抱抱。在以前的诗歌中，还没有一首诗能如此原生态地展示一个平凡而苦难的生活。行将死去的母亲的叮咛，催人泪下。同样写孤儿的，还有另一篇《孤儿行》。诗中的孤儿，原是一个富人家的子弟。但父母死后，却成为兄嫂的奴隶。他被迫远行经商，饱经风霜，归来后“头多虮虱，面目多尘”，也不能稍事休息：“大兄言办饭，大嫂言视马”“使我朝行汲，暮得水来归”。平日“冬无复襦，夏无单衣”，从“三月蚕桑”，到“六月收瓜”，什么都得干。这种奴隶般的生活使得这位孤儿不禁发出了“居生不乐，不如早去，下从地下黄泉”的悲痛呼喊！

由于无法忍受贫穷饥饿带来的苦难，一些人迫于生计，不惜铤而走险，走上为盗为寇的冒险之路。《东门行》就写了这样一个情形：“出东门，不顾归。来入门，怅欲悲。盎中无斗米储，还视架上无悬衣。拔剑东门去，舍中儿母牵衣啼。‘他家但愿富贵，贱妾与君共餔糜。上用仓浪天故，下当用此黄口儿！’‘今非，咄！行！吾去为迟。白发时下难久居！’”女主人苦口婆心的劝说，已经挽留不了丈夫的去意。这是一幅典型的官逼民反的剧照。

在汉乐府中，我们还能看到战争带给人民的深重苦难。如《战城南》：“战城南，死郭北，野死不葬乌可食。为我谓乌：且为客豪，野死谅不葬，腐肉安能去子逃。水深激激，蒲苇冥冥。枭骑战斗死，驽马徘徊鸣。梁筑室，何以南，何以北，禾黍不获君何食，愿为忠臣安可得！思子良臣，良臣诚可思。朝行出攻，暮不夜归。”一场恶战后，战场上尸骨纵横、驽马嘶鸣，一派阴森惨象。诗人沉痛地要求乌鸦在啄食尸体之前，先为战士哀号；并痛斥统治者的不义

和罪恶，指出："禾黍不获君何食，愿为忠臣安可得！"《十五从军征》则通过一个老兵的悲惨遭遇，揭露了当时兵役制度的黑暗。他少小入伍，老大回乡，只见家园残破，亲友凋零。他孤独地采掇杂谷野菜做饭，"羹饭一时熟，不知贻阿谁"，茫然地倚门东望，不禁伤心泪落。

在一个苦难反复出现、生命极端脆弱的时代，自然就会生发出对生命短促、人生无常的哀叹。《薤露》和《蒿里》里唱道：

薤上露，何易晞！露晞明朝更复落，人死一去何时归！

蒿里谁家地？聚敛魂魄无贤愚。鬼伯一何相催促，人命不得少踟蹰！

当然，即使再苦难的时代，也会有动人的爱情。而且在那样一个时代，爱情会来得更为决绝和浓烈。我们来看看汉乐府中的爱情宣言："上邪！我欲与君相知，长命无绝衰。山无陵，江水为竭，冬雷震震，夏雨雪，天地合，乃敢与君绝！"连举五种千载不遇、极其反常的自然现象，用以表白自己对爱情的矢志不移，内心火热坚贞的情感如火山爆发、江河奔腾，不可遏止。和《诗经》"温柔敦厚"的情感取向相比，这里更多的是楚文化熏陶下的激烈和浪漫。爱是如此热烈，对待负心情变的恨也是这样斩钉截铁，义无反顾：有所思，乃在大海南。何用问遗君？双珠玳瑁簪，用玉绍缭之。闻君有他心，拉杂摧烧之。摧烧之，当风扬其灰。从今

以往，勿复相思！相思与君绝！爱情不但表现为一种瞬间迸发的激情，也在一唱三叹中敷衍成温婉动人的故事。这就是汉乐府中出现的前所未有的相当完善的叙事诗。叙事是汉乐府显著的艺术特点。明代徐祯卿说："乐府往往叙事，故与诗殊。"（《谈艺录》）中国诗歌史上著名的叙事诗主要集中在这一时期和南北朝时期，如《陌上桑》《羽林郎》《孔雀东南飞》等。《陌上桑》写美丽的罗敷用夸耀夫婿官威的方式，嘲笑斥退了太守的调戏。该诗赞美了罗敷的聪明坚贞，揭露了官僚的丑恶灵魂。《羽林郎》写一位酒家胡姬，严词痛斥霍氏家奴冯子都仗势欺人，借西汉故事以揭露东汉外戚的罪恶，而赞美了兄弟民族女子的正义反抗。最杰出的是长篇叙事诗《孔雀东南飞》。它以汉末建安年间发生的真人实事为题材，通过刘兰芝和焦仲卿这对年轻夫妇的婚姻悲剧，表达了青年男女对爱情和幸福的追求，控诉了封建礼教的罪恶。

汉乐府中除了表现下层人民的苦难与挣扎，对战争的控诉以及热烈或凄婉的爱情外，也有少数展示权门豪家的生活的作品。如《鸡鸣》《相逢行》《长安有狭斜行》。它与前者形成鲜明的对照：一边是饥寒交迫，一边是奢侈豪华；一边是连自己的妻儿都无法养活，一边是妻妾成群，锦衣玉食，而且还豢养大群水鸟。在强烈的对比中，更加衬托出苦难的触目惊心和社会的不平等，强化了悲苦的主题。

汉乐府延续了中国诗歌的精神命脉。在主流文学逐渐远离现实生活走向僵化时，汉乐府以其强烈的现实关怀和真挚的思想情感焕发出强大的生命力。今人余冠英以为：“乐府之丰富了汉代诗歌，简直是使荒漠变成了花园。”（《乐府诗选序》）这首先体现在它“感于哀乐，缘事而发”的现实主义精神上。这种精神像一根红线贯穿在从建安到唐代的诗歌史中，俨然形成了一个以乐府为系统的现实主义传统。其次，汉乐府民歌的影响还表现在对新的诗歌形式的创造上。汉乐府的诗歌体裁以五言为主，兼有七言及杂言。它引起后来文人的广泛效仿，到汉末建安，更出现了一个“五言腾涌”的局面。对中国古代诗歌样式的嬗革起到了积极的推动作用，实现了由四言诗向杂言诗和五言诗的过渡。再次，汉乐府突破了之前中国诗歌相对单一的抒情诗格局，奠定了中国古代叙事诗的基础。

建安风骨

一般而言，新的文学样式从民间走向庙堂，从边缘走向中心，必须经过文人改造这一环节，并且要有相当数量文人的参与才可能完成这一过程。在汉乐府中滋生的新的诗歌样式经过文人的加工，已经出现了像《古诗十九首》这样成熟的五言诗样式，但从数量上就可以看出，其时诗歌创作还是处于边缘地位。而真正使文人的创作重心，从辞赋转移到诗歌，要等到以“三曹”和“建安七子”为代表的建安诗歌的出现。建安诗歌在中国诗歌发展史上具有标志性的意义，它形成了中国文学史上第一次文人诗歌的创作高潮，并从此奠定了诗歌在中国古代文学中的主导地位。

建安（196—219）是汉献帝刘协的年号，曹操挟天子以令诸侯后，凭借政治和军事的力量，网罗了一批当时的名士，建立了以曹氏父子为中心，以建安七子，即孔融、陈琳、王粲、徐干、阮瑀、应玚和刘桢为主干的邺下文人集团。以这个集团为主导的文学创作就是建安文学，而把他们在诗歌中所表现出来的慷慨悲凉、刚健有力的风格特点称之为“建安风骨”。

曹操和曹丕、曹植父子三人，既是建安时代政治的中枢，又是文坛的领袖。曹操（155—220），字孟德，沛国谯（今安徽亳县）人。出身微贱，少时任侠放荡，好权术，喜“刑名之学”。史书记载，曹操生性机警，为人通脱。年轻时曾被当时名士许劭评为“治世之能臣，乱世之奸雄”（《三国志·魏书·武帝纪》裴注引孙盛《异同杂语》），挟天子以令诸侯后，成为北方的实际统治者。曹操不仅是杰出的政治家，也是当时著名的诗人。他在戎马倥偬之余，用汉乐府旧题自创新调，写了许多诗歌。这些诗歌与汉乐府“感于哀乐，缘事而发”的精神一脉相承，部分诗歌反映了当时军阀混战造成的社会离乱和人民颠沛流离的残酷现实。如

《蒿里行》：“关东有义士，兴兵讨群凶。初期会孟津，乃心在咸阳。军合力不齐，踌躇而雁行。势利使人争，嗣还自相戕。淮南弟称号，刻玺于北方。铠甲生虮虱，万姓以死亡。白骨露于野，千里无鸡鸣。生民百遗一，念之断人肠。”《蒿里行》原为汉乐府中的挽歌，曹操突破了旧题相对狭窄的题材，赋予其阔大深层的现实内涵。全诗总共八十个字，概括了关东各州郡首领合兵讨伐董卓，由聚而散的情形。诗末六句揭示了长期的战乱给社会和百姓造成的灾难，犹如一幅凝重的历史画卷。后人称其为“汉末实录，真诗史也”（钟惺《古诗归》卷七）。有些诗篇表现了作者统一天下的政治抱负和顽强的进取精神。如《短歌行》：“对酒当歌，人生几何！譬如朝露，去日苦多。慨当以慷，忧思难忘。何以解忧，唯有杜康。青青子衿，悠悠我心。但为君故，沉吟至今。呦呦鹿鸣，食野之苹。我有嘉宾，鼓瑟吹笙。明明如月，何时可掇？忧从中来，不可断绝。越陌度阡，枉用相存。契阔谈宴，心念旧恩。月明星稀，乌鹊南飞。绕树三匝，何枝可依？山不厌高，海不厌深，周公吐哺，天下归心。”虽然诗歌前半部分也流露出人生短暂的悲哀，但却写得慷慨激昂，因为诗人最终想表达的是求贤若渴的心情以及统一天下的雄心壮志，是希望通过建立不朽功业来使得有限的生命获得崇高的价值，因此，诗歌昂扬着英雄主义的旋律。《龟虽寿》中的“老骥伏枥，志在千里。烈士暮年，壮

心不已”则表现了作者老当益壮、锐意进取的精神风貌。《步出夏门行·观沧海》是我国现存第一首完整的山水诗：“东临碣石，以观沧海。水何澹澹，山岛竦峙。树木丛生，百草丰茂。秋风萧瑟，洪波涌起。日月之行，若出其中。星汉灿烂，若出其里。幸甚至哉，歌以咏志。”诗人将其包举宇内、囊括四方的博大襟怀融入吞吐日月、含孕群星的大海的壮阔图景中，被后人誉为“有吞吐宇宙气象”（沈德潜《古诗源》）。

曹操的诗，大都写得真气弥满，慷慨悲凉，后人称之为“如幽燕老将，气韵沉雄”（敖陶孙《诗评》）。

曹丕（187—226），字子桓，曹操次子。220 年，曹操死，丕即位为魏王。接着代汉帝自立。曹丕善于选用清词丽句，配以谐和的音韵，写游子思乡、思妇怀远之情。清人沈德潜说：“子桓诗有文士气，一变乃父悲壮之习矣。要其便娟婉约，能移人情。”（《古诗源》卷五）最著名的作品是《燕歌行》：“秋风萧瑟天气凉，草木摇落露为霜。群燕辞归雁南翔。念君客游思断肠，慊慊思归恋故乡，君何淹留寄他方？贱妾茕茕守空房，忧来思君不敢忘，不觉泪下沾衣裳。援琴鸣弦发清商，短歌微吟不能长。明月皎皎照我床，星汉西流夜未央。牵牛织女遥相望，尔独何辜限河梁？”此诗写一女子在不眠的秋夜思念远在他乡的丈夫，音节舒缓，笔法细腻，感情缠绵，语言清丽，能代表曹丕诗歌的艺术特色。

《燕歌行》是我国现存第一首成熟的七言诗，对后代歌行体诗的发展产生了重大的影响。

曹植（192—232），字子建，曹丕弟。在建安作家中，他是留存作品最多、对当时及后代文学影响最大、后人多数评价最高的一个，《诗品》称之为“建安之杰”。在曹植前期作品中，更多地抒写了个人的志趣与抱负，洋溢着自信、自负的乐观情调，其中以《白马篇》为代表。它塑造了一个渴望为国立功甚至不惜壮烈牺牲的少年爱国英雄形象：“羽檄从北来，厉马登高堤。长驱蹈匈奴，左顾凌鲜卑。……名在壮士籍，不得中顾私。捐躯赴国难，视死忽如归。”诗歌寄托了诗人对建功立业的渴望和憧憬。由于曹丕在政治上的迫害，曹植后期诗歌，表达的主要是由理想与现实的矛盾所激起的悲愤。《世说新语》记载了一个流传已久的故事，曹丕命他七步内为诗，如果不成就会被杀掉。七步之内，他吟诵出：“煮豆持作羹，漉豉以为汁。萁在釜下燃，豆在釜中泣。本自同根生，相煎何太急。”这个故事传神地表现了他当时的处境。他的后期诗歌就是这一心态的诉说。这方面的典型作品则是《赠白马王彪》，当时诗人和白马王曹彪、任城王曹彰都去京师朝会，结果曹彰被曹丕所害，暴死京城。诗人与曹彪返回封地时，又为有司所阻，不能同行，于是诗人“愤而成篇”，写下了这首赠诗。全诗七章，主要抒发旅途的艰辛，兄弟离间、骨肉分离的悲伤，也吐露

了诗人在岌岌可危的处境中惴惴不安的心境。此诗在抒情中穿插以叙事、写景，将诗人后期备受迫害的感受凝聚起来，鲜明感人，是文学史上有名的长篇抒情诗。他的《七哀诗》也很有代表性："明月照高楼，流光正徘徊。上有愁思妇，悲叹有余哀。借问叹者谁？言是荡子妻。君行逾十年，孤妾常独栖。君若清路尘，妾若浊水泥。浮沉各异势，会合何时谐？愿为西南风，长逝入君怀。君怀良不开，贱妾当何依！""明月照高楼，流光正徘徊"二句，以迷蒙恍惚的景象，奠定了全诗哀怨的基调。所以沈德潜说他"极工于起调"（《说诗晬语》）。接着采用自问自答的形式，牵引出怨妇幽幽地叙述悲苦的身世，这同时也是曹植牵动了对自己崎岖境遇的感慨。从明月撩动心事到引述内心苦闷，曹植写得流畅自然，不着痕迹，难怪能成为"建安绝唱"。刘履评此诗曰："子建与文帝同母骨肉，今乃浮沉异势，不相亲与，故特以孤妾自喻，而切切哀虑之也。"（《选诗补注》卷二）

曹植是第一位大力写作五言诗的文人，对乐府古诗进行了进一步改造，在语言和形式美感上，做了很多创造性的尝试。在使用华丽辞藻和精致句式的同时，还能保持着雄健笔力和浑厚气象，从而形成"骨气奇高，辞采华茂"（钟嵘《诗品》）的风格，既不同于曹操的古直悲凉，又不同于曹丕的便娟婉约，而能兼有父兄之长，达到风骨与文采的完美结合。由于其诗歌的艺术力量，大大吸引了后来的诗人，推动了五言诗的发展，对诗歌的发展做出了杰出的贡献，后人给予他极高的评价。钟嵘《诗品》说："陈思之于文章也，譬人伦之有周孔，鳞羽之有龙凤，音乐之有琴笙，女工之有黼黻。"谢灵运说："天下才有一石，曹子建独占八斗，我得一斗，天下共分一斗。"（宋无名氏《释常谈》卷中引）张戒《岁寒堂诗话》说："韩退之之文，曹子建、杜子美之诗，后世所莫能及也。"这种推崇，不但在于曹植杰出的文学成就，可能也在于他后期坎坷的命运更能激起文人的共鸣。

"建安七子"中以王粲的成就最为突出，刘勰《文心雕龙》誉之为"七子之冠冕"。王粲（177—217），字仲宣，山阳高平（今山东邹县西南）人。能诗善赋，代表诗作是《七哀诗》三首，尤以第一首最为著名："西京乱无象，豺虎方遘患。复弃中国去，远身适荆蛮。亲戚对我悲，朋友相追攀。出门无所见，白骨蔽平原。路有饥妇人，抱子弃草间。顾闻号泣声，挥涕独不还。未知身死处，何能两相完？驱马弃之去，不忍听此言。南登灞陵岸，回首望长安。悟彼泉下人，喟然伤心肝。"此诗写诗人在初平三年（192）董卓部将李傕、郭汜作乱长安时避难荆州途中的所见所闻。诗歌在"出门无所见，白骨蔽平原"的悲惨背景下，以具体而典型的情节，反映出战争带给人民的深重灾难，成为反映离乱的名篇。沈德潜说此诗为"杜少陵《无家别》《垂老

别》诸篇之祖”（《古诗源》卷五），可见其影响深远。王粲之外“七子”都有一些传世的诗篇，如孔融的《杂诗》、陈琳的《饮马长城窟行》、阮瑀的《驾出北郭门行》、刘桢《赠从弟》三首和徐干的《室思》等。

与“七子”并称的还有著名女诗人蔡琰。她字文姬，是东汉著名学者蔡邕之女。董卓之乱中，被掳至南匈奴，嫁左贤王，生二子，后被曹操用金璧赎归。其诗今存三首，其中五言体的《悲愤诗》较可信。此诗记述了她从遭掳入胡直到被赎回国的经历，展示了一幅“马边悬男头，马后载妇女”“城郭为山林，庭宇生荆艾。白骨不知谁，纵横莫覆盖。出门无人声，豺狼嗥且吠”的可惊可怖可痛可泣的社会情状。其中第二段写得尤为凄恻沉痛：“存亡永乖隔，不忍与之辞。儿前抱我颈，问母欲何之。人言母当去，岂复有还时？阿母常仁恻，今何更不慈？我尚未成人，奈何不顾思？见此崩五内，恍惚生狂痴。号泣手抚摩，当发复回疑。兼有同时辈，相送告离别。慕我独得归，哀叫声摧裂。马为立踟蹰，车为不转辙。观者皆嘘唏，行路亦呜咽。”这样一个苦难的时代，逼迫一个母亲在故国与爱子之间进行残酷的选择。诗歌通过细节描写，具体生动地表现人物的内心活动，使人如临其境，如见其人，读来让人唏嘘，感人肺腑。

建安诗歌是中国诗歌史上一大关捩，它一方面继承了汉乐府的现实主义精神，另一方面又将其从一种边缘存在变成

了主流文学样式，诗歌主体也从原来集体性创作变成个人创作，从此诗歌进入了一个高扬个性的时代。由于“世积乱离，风衰俗怨”的特定时代，汉魏时期既是一个苦难和动荡的时代，同时又是一个生命觉醒的时代，在对社会人生的书写中，形成了一种慷慨悲凉、刚健有力的艺术风格，被称之为“建安风骨”，成为后世诗歌反对绮靡文风的进步旗帜。

正始之音

曹魏之后，由于政治倾轧，时局动荡，“天下多故，名士少有全者”（《晋书·阮籍传》），迫使士人从先前的政治依附关系中游离出来，重新寻求安身立命的根据。为了表达对政局的不满，他们以自然对抗名教，进行个人或沉沦或放浪的文化演出。在这一过程中，士人心态从原来的投身社会、建功立业的昂扬精神变为自我隐遁、远祸全身的低回喟叹。诗歌也从“建安风骨”过渡到“正始之音”，慷慨悲凉的建安诗歌进入正始后，变得慷慨难再，悲凉有余。

正始（240—249）是魏废帝曹芳的年号。但正始诗歌并不限于这十年，还包括正始以后直到西晋立国（265）这一段时期的诗歌创作。代表人物就是“魏晋风度”的主要缔造者“竹林七贤”，即阮籍、嵇康、山涛、王戎、向秀、刘伶和阮咸七人。其中以阮籍、嵇康的诗歌成就最高。

阮籍（210—263），字嗣宗，陈留尉氏（今河南尉氏）

人。年轻时“好书诗”“有济世之志”（《晋书·阮籍传》），自视甚高，曾经到广武山观楚汉相争战场，睥睨历史上的刘、项，叹息说：“时无英雄，遂使竖子成名!”可见其恢宏心胸。但在当时政治高压下，他的抱负无从施展，政治热情逐渐冷却衰退，继而以一种狂放、奇特的表现来对待现实，越礼任情，佯狂放诞。为远祸全身，终日“饮酒昏酣，遗落世事”“发言玄远，口不臧否人物”，虽不评价人物，却常以青白眼对人，示其爱憎。晚年曾慕步兵营中有美酒而一度做过步兵校尉，后人称为阮步兵。阮籍尽管在行动上佯狂放诞，内心却十分痛苦。史书上说他经常一个人孤独地驾辆马车，在旷野中肆意奔跑，到无路可走的时候，就放声恸哭，然后无奈返回。他把这种寓藏在内心的、无由发泄的痛苦与愤懑都在诗歌中用隐约曲折的形式倾泻出来，这就是著名的八十二首五言《咏怀诗》（另有四言《咏怀》十三首）。其核心内容，是对人生的苦难和人在世界中的真实境遇的反思和哀伤。八十二首中的第一首，是整部诗的序曲：“夜中不能寐，起坐弹鸣琴。薄帷鉴明月，清风吹我襟。孤鸿号外野，翔鸟鸣北林。徘徊将何见，忧思独伤心。”月色如水，寒风拂衣，孤鸿悲鸣，宿鸟惊飞，在这一片冷漠枯索的气氛中，主人公独处空堂，徘徊忧思。这里所描摹的并非实有的场景，而是一种抽象化的孤独和冷寂。阮籍的诗歌，所指向的往往不是某个具体事件所引发的情思，而是如清人沈德潜

说的："反复凌乱，兴寄无端。"（《说诗晬语》）之所以如此，刘宋诗人颜延之在分析原因时指出："嗣宗身仕乱朝，常恐罹谤遇祸，因兹发咏，故每有忧生之嗟。虽志在刺讥，而文多隐避，百代之下，难以情测。"（《文选》李善注引）其实"百代之下，难以情测"更重要的原因是钟嵘《诗品》中所指出的阮诗"言在耳目之内，情寄八荒之表"。阮籍把人生问题上升到哲学的高度思考，他的忧时伤世，并不限于个人的哀乐，所流露出的是一种人类深远的孤独和困境。在汉魏之际对于人生的思考中，它比《古诗十九首》和"建安风骨"更为深刻和尖锐。

与《古诗十九首》及建安诗歌一样，《咏怀诗》中也反复发出诸如"人生若尘露，天道邈悠悠"之类对人生短促的感叹。但在《古诗十九首》中，生命的这种困境通过追求现世的享乐，追求友谊和爱情来解决；在建安诗歌中，以追求不朽的功业作为有限生命的延续。而在《咏怀诗》中，

逐一排除了人生可能的解脱路径。"膏火自煎熬，多财为患害"，富贵不是；"高名令志惑，重利使心忧""千秋万岁后，荣名安所之"，名利不是；况且建功立业并非个人可以随意选择的道路。"阴阳有舛错，日月不常融"，一切充满阴错阳差，甚至家庭、朋友也不是人生安顿之所。亲情友情诚然美好，但黑暗的现实随时可以夺走它们，因而愈加唤起人生的悲哀："一身不自保，何况恋妻子？""临觞多哀楚，

思我故时人。对酒不能言，凄怆怀酸辛。”而且，人与人之间，更多的是虚伪、怨毒、猜疑、背弃：“人知结交易，交友诚独难。险路多疑惑，明珠未可干。”“亲昵怀反侧，骨肉还相仇。”《咏怀诗》中虽多次写到对神仙世界的向往，但这只是一个虚幻的影子，况且即使能长生，在这样的世界上也是徒然：“人言愿延年，延年欲焉之?”阮籍就这样把人生逼到绝路，没有了“古诗”和“建安诗歌”中的人生解脱的路径，没有了那种把自然生命的困境通过社会行为来解决的信心。阮籍把人生困境问题哲学化了。所以在阮籍的诗里，现实犹如一张大网，使人无处可逃：“天网弥四野，六翮掩不舒。”在第三十三首中，他对人生做了一个总的描绘：“一日复一夕，一夕复一朝。颜色改平常，精神自损消。胸中怀汤火，变化故相招。万事无穷极，知谋苦不饶。但恐须臾间，魂气随风飘。终身履薄冰，谁知我心焦!”人生变故猝不及防，忧生之嗟了无可了。《咏怀诗》因而可以称作中国诗歌史上诗人对人生的忧愤、苦闷、恐惧和悲悯之情的最深广的表达之一。阮籍的悲哀、凄怆、涕下、咨嗟、辛酸、蹉跎、忧伤、愤懑、怨尤和悲悼其实最终是一个社会问题，是黑暗政治阻绝了士人实现社会理想之路后的人生寂寥，是朝不虑夕的政治变故后的生命如风如露。

阮籍的《咏怀诗》拓深了汉乐府相对单纯的抒情方式，把具体人生问题升华到普遍的哲学层面，在视野上极为广阔，境界也极为高远。由其深邃思想和朦胧意象所创造出来的“阮旨遥深”的艺术风格，对于唐诗意象以及整个华夏诗歌的意象方式有着深远影响。阮籍以组诗的形式表达自己在特定政治背景下的内心感受，这一点，没有为太康、元嘉时代的诗歌主潮所接受。一直到唐代陈子昂出，提倡“正始之音”，明确继承了阮籍《咏怀》的忧患传统，以组诗写下《感遇》三十八首，才开辟了唐代直面人生乃至干预现实的诗歌道路。

嵇康（223—262），字叔夜，谯郡（今安徽宿县西）人。为人尚奇任侠，刚肠嫉恶，同时又崇尚老庄，恬静寡欲。嵇康与阮籍是好友，同为“竹林七贤”的代表人物。虽然两人都蔑视名教，崇尚自然，不愿意与司马氏政权合作，但与阮籍虚与委蛇不同，嵇康在司马懿执政之后，就辞职回家，以打铁为生，公然蔑视司马政权。因此为司马氏所不容，而遭杀身之祸。嵇康的诗歌成就虽不如阮籍，但四言之作仍有特色。其《幽愤诗》作于因友人吕安的冤案被构陷入狱时，自述身世、志趣和耿直的性格，包含了对司马氏陷害无辜的愤怒和抗议。《文心雕龙·明诗》说嵇康诗风“嵇志清峻”，于此可见。《赠秀才从军》是为了送哥哥嵇喜从军所作，共十八章，写得生气矫健而又潇洒脱俗，第九、十四两篇常为人传诵：

良马既闲，丽服有晖。左揽繁弱，右接忘归。风驰电

逝，蹑景追飞。凌厉中原，顾盼生姿。

息徒兰圃，秣马华山。流磻平皋，垂纶长川。目送归鸿，手挥五弦。俯仰自得，游心太玄。嘉彼钓叟，得鱼忘筌。郢人逝矣，谁与尽言。

“目送归鸿，手挥五弦。俯仰自得，游心太玄”四句，很能展示嵇康之“魏晋风度”，他的朋友山涛说“叔夜之为人也，岩岩若孤松之独立。其醉也，巍峨若玉山之将崩”，其飘逸潇洒风度为时人所激赏。据说他被构陷入狱后，引发了一次学潮风波，“太学生数千人请之，于时豪俊皆随康入狱”（《世说新语·雅量》注引《晋书》），更引起司马政权的忌恨，加速了对他的清洗。临刑前嵇康弹五弦琴，“临当就命，顾视日影，索琴而弹之”，叹息曰：“广陵散从此绝矣！”风神气度，千载宛然！嵇康之死，意味着“竹林七贤”为代表的“魏晋风度”风度不再，士人试图疏离政权的行为被迫结束。嵇康死而向秀入洛做官，就是这种情形的标志。

六朝清音

汉魏之后，诗入晋宋。慷慨悲凉之音仿佛秋后蝉鸣，渐行渐远。从骨力到气象都慢慢失落，“汉魏风骨，晋宋莫存”，到齐梁间诗，则更是“彩丽竞繁，而兴寄都绝”(陈子昂《修竹篇序》)。中国诗歌进入明人胡应麟所谓的“诗道大限”：“晋宋之交，古今诗道之大限乎！魏承汉后，虽寖尚华靡，而淳朴余风，隐约尚在……士衡、安仁一变而俳偶开矣，灵运、延年再变而俳偶盛矣，玄晖三变而俳偶愈工，淳朴愈散，汉道尽矣。”（《诗薮》卷二外编）清人沈德潜步武其论，对此说得更为简单明了：“诗至于宋，性情渐隐，声色大开，诗运一转关也。”（《说诗晬语》）无论是胡应麟的“大限”还是沈德潜的“转关”，都表明了六朝对于中国诗歌影响非同小可：它最终将刚健质朴的汉魏诗歌引入追求声色的唯美之路，使得中国诗歌步入迷途。尽管六朝绮靡诗风受到普遍指责，但是，我们还是不能否定六朝诗歌在形式探索方面的积极意义，它通过对句式、声律等要素的锤炼，在形式上为唐代诗歌的辉煌准备了条件。另外在一些诗歌类型和题材表现上也有开创之功。更重要的是，即便在绮靡纤弱的诗歌主调中，也还有恍如天籁的六朝清音。

陶渊明

六朝诗风的唯美之路在西晋已为先导，其大略正如刘勰所概括的“晋世群才，稍入轻绮。张、潘、左、陆，比肩诗衢，采缛于正始，力柔于建安；或析文以为妙，或流靡以自妍”（《文心雕龙·明诗》）。晋初傅玄、张华已露端倪，陆机、潘岳张皇其后，之后诗风为之一变。到东晋，诗坛为孙绰、许询等主导的玄言诗风所笼罩，“理过其辞，淡乎寡味”，以诗为老庄之注解，如同嚼蜡，流弊百年。但在绮靡玄虚的大气候下，其间抑或有矫健刚劲之气汩没。如被称之为“左思风力”的左思，其《咏史诗》第一次用诗歌形式攻击魏晋时期华素悬隔的门第社会，鸣寒士之不平，开创了咏史诗借咏史以咏怀的新路。如被刘勰称为“壮而多风”的刘琨，其《扶风诗》《重赠卢谌》之凄戾清拔，亦为当时诗坛所罕见。如被钟嵘誉为“中兴第一”的郭璞，借游仙写其坎壈之怀，变永嘉平淡之体，成为后来山水诗和田园诗之滥觞。这些诗人作品对六朝诗风都有矫枉之功，但真正让后人在靡靡中为之一震，眼前一亮的，要等到大诗人陶渊明的出现。

陶渊明（365—427），字元亮，或云名潜，字渊明，浔阳柴桑（今江西九江）人。曾祖陶侃曾官至大司马，祖父和父亲也做过太守、县令一类的官，不过到了他，家境已经没落。他虽少有大志，但生性孤傲，故一生只做过几任小官。二十九岁时出仕，任江州祭酒，不久即归隐。后陆续做过镇军参军、建威参军等地位不高的官职，过着时隐时仕的生活。义熙元年（405），陶渊明四十一岁，再次出为彭泽县令，不过八十多天，因不肯“为五斗米折腰向乡里小儿”，挂职而去，从此脱离了官场，以隐士终其身。他一生之所以会时隐时仕，乃是“猛志逸四海，骞翮思远翥”（《杂诗》其五）和“少无适俗韵，性本爱丘山”（《归园田居》其一）两种人生志向冲突的结果，而污浊的官场和独立的个性使他最终选择了后者。

我们读陶渊明，一个强烈的印象，就是作品中所流露的强烈的回归情结。无论是倾慕上古还是田园，都是这种回归意识的体现。他的眼光因而常常回溯到淳朴无争的上古之世，表达对已经逝去的人类黄金时代的眷恋。如《劝农》诗说：“悠悠上古，厥初生民，傲然自足，抱朴含真。”《时运》诗说：“黄唐莫逮，慨独在余。”《饮酒》诗说：“羲农去我久，举世少复真！”而回归上古之世，最重要的原因就是那个时代真实、质朴、自然。然而上古之世，悠邈难求，于是陶渊明就将田园生活作为其理想的寄托。如《归园田居》之一：“少无适俗韵，性本爱丘山。误落尘网中，一去三十年。羁鸟恋旧林，池鱼思故渊。开荒南野际，守拙归园田。方宅十余亩，草屋八九间。榆柳荫后檐，桃李罗堂前。暧暧远人村，依依墟里烟。狗吠深巷中，鸡鸣桑树颠。户庭无尘杂，虚室有余闲。久在樊笼里，复得返自然。”在中国诗歌中，第一次将官场和田园作为两个对立的世界来表达的诗人是陶渊明。这两个世界在陶诗里被表达成伪与真、人为与自然、囚笼与解脱、喧

器与祥和等一系列二元模式，成为中国以后诗歌中重要的张力模式。在陶诗中，回归田园不仅仅是回归大地自然，更是回归人的自然，是从不自在回到自在，从虚伪回到真实的过程。这是陶诗能引起后人，尤其是那些饱受仕途煎熬的诗人的心灵共鸣的真正原因。

其实，真实的田园劳作非常辛苦，陶诗中也有这样的感慨："晨出肆微勤，日入负耒还。山中饶霜露，风气亦先寒，田家岂不苦？弗获辞此难。四体诚乃疲，庶无异患干。"（《庚戌岁九月中于西田获早稻》）不但辛苦，有时碰上天灾虫害，还会劳而无获："炎火屡焚如，螟蜮恣中田。风雨纵横至，收敛不盈廛。夏日长抱饥，寒夜无被眠。造夕思鸡鸣，及晨愿乌迁。"（《怨诗楚调示庞主簿邓治中》）正因为如此，饥寒和贫困长期困扰着陶渊明，在他的一篇自传中也指出了这一点："环堵萧然，不蔽风日，短褐穿结，箪瓢屡空。"（《五柳先生传》）有时，乡村的凋敝也会出现在他的笔端，《归园田居》（其四）就向我们展示了这样一幅图景："徘徊丘垄间，依依昔人居。井灶有遗处，桑竹残朽株。借问采薪者，此人皆焉如。薪者向我言，死没无复余。"上面所展示的艰苦、饥饿、贫穷和凋敝也许才是真正的乡村生活本身。但是在陶诗中，田园生活的这种贫困和辛苦不是他书写的重心，相反，它更多的只是作为另一种生活方式的映衬，在《归园田居》（其三）中，诗人清晰地传达了这一

点："种豆南山下，草盛豆苗稀。晨兴理荒秽，戴月荷锄归。道狭草木长，夕露沾我衣。衣沾不足惜，但使愿无违。""衣沾不足惜，但使愿无违"，也就是说这种贫困和辛苦的田园生活，与摧折心性的尘网和官场生活相比，是在所不惜的。因为在田园生活中，诗人无须违背自己的意愿，虽然艰苦，但能给诗人带来心灵的充盈和宁静："结庐在人境，而无车马喧。问君何能尔，心远地自偏。采菊东篱下，悠然见南山。山气日夕佳，飞鸟相与还。此中有真意，欲辩已忘言。"这才是陶诗中着意要表达的田园。在这里，诗人和自然万物相融为一，毫无在尘网中的疏离感和胁迫感，在与无垠的自然万物的亲和共在中，诗人回归到真实的存在，获得了真正的安宁。在陶诗中，诗人更多地展示了这种田园生活的快乐，作品写得让人心驰神往：

孟夏草木长，绕屋树扶疏。众鸟欣有托，吾亦爱吾庐。既耕亦已种，时还读我书。穷巷隔深辙，颇回故人车。欢然酌春酒，摘我园中蔬。微雨从东来，好风与之俱。泛览周王传，流观山海图。俯仰终宇宙，不乐复何如。（《读山海经》）

蔼蔼堂前林，中夏贮清阴。凯风因时来，回飙开我襟。息交游闲业，卧起弄书琴。园蔬有余滋，旧谷犹储今。营己良有极，过足非所钦。舂秫作美酒，酒熟吾自斟。弱子戏我侧，学语未成音。此事真复乐，聊用忘华簪。遥遥望白云，

怀古一何深。（《和郭主簿》）

陶诗在某种意义上是构建而非展示了中国古典的田园生活，他把贫穷辛苦的田园生活诗意化了，塑造了以后中国诗歌关于田园的基本想象。在陶诗中，我们能够明显地感受到，许多时候他是将田园生活进行写意化和理想化的：

熙熙令音，猗猗原陆。卉木繁荣，和风清穆。

纷纷士女，趋时竞逐。桑妇宵兴，农夫野宿。

这个田园不就是他时时想返回的上古之世吗？在他后来的《桃花源记》中，这个田园之梦和往古的时间意识有机联系在一起，营造了中国人世代向往的“世外桃源”。

田园诗是陶渊明诗歌中最核心的部分，是他着意营造的理想的自然图景。其间所表现出来的宁静和欣悦令人神往。但是，陶诗中所表现出来的这样的心境是一种被升华后的宁静，在其背后，我们会看到，他也有过壮气蒿莱的煎迫：“白日沦西阿，素月出东岭。遥遥万里辉，荡荡空中景。风来入房户，夜中枕席冷。气变悟时易，不眠知夕永。欲言无余和，挥杯劝孤影。日月掷人去，有志不获骋。念此怀悲凄，终晓不能静。”（《杂诗》其二）“念此怀悲凄，终晓不能静”，如此说来，在他看似平静的表面下一样波涛翻滚。的确，他不是一个生而就甘愿平淡的人，也绝非我们今天想象的一副悠然自得的样子。他说自己“少时壮且厉，抚剑独行游。谁言行游近，张掖至幽州”（《拟古》其八），完全是

一副唐代游侠儿的模样。“忆我少壮时，无乐自欣豫。猛志逸四海，骞翮思远翥。”（《杂诗》其五）也曾经豪情万丈、壮志骄阳。这一切，在尘世的溷浊和官场的囚笼下成为旧梦。在“有志不获骋”的现实处境下，他开始重新思考人生的归依。魏晋时代，生命意识觉醒是一个普遍的主题，陶渊明也一样进行了痛苦的反思。他对生命短促的事实，表现得比同时代任何人都焦灼不安。现存不过一百多首诗里，竟有几十处提及“老”和“死”。在组诗《形影神》中我们能看到他思考的痕迹。诗人借用辞赋的对话体，让“形”提出饮酒自乐、忘怀一切的人生态度（这近于《古诗十九首》），又让“影”强调应追求事功，建立身后之名（这近于建安文学）。但在第三首《神释》中把前二者都否定了，认为每日醉酒伤害生命，立善求名也只是外在的追求，毫无意义，真正的解脱应该是：“纵浪大化中，不喜也不惧。应尽便须尽，无复独多虑。”即归化于自然。所以陶渊明最终选择田园，乃是长期对人生思索的结果。田园在他那里，就是自然观念的物化形态。而其核心思想就是与天地大化冥合，万物一体的道家观念。他的许多诗歌都体现了这种豪华落尽之后的简单和通脱，如《拟挽歌辞》（其三）：“荒草何茫茫，白杨亦萧萧。严霜九月中，送我出远郊。四面无人居，高坟正嶕峣。马为仰天鸣，风为自萧条。幽室一已闭，千年不复朝。千年不复朝，贤达无奈何。向来相送人，各自

还其家。亲戚或余悲，他人亦已歌。死去何所道，托体同山阿。”诗歌前半部所渲染的悲凉在后面被化解掉了，人生最大的困惑已被勘破，死亡不过是重新归入泥土，与山丘相伴而已，显示了一种与物无乖的自然观念，仿佛又一个鼓盆而歌的庄子。但是，陶渊明的通脱不是对人生的淡漠，这和后来的一些受佛禅影响的诗歌观念不一样，与其他魏晋诗歌主导观念一致，对死亡的意识和生的执着是联系在一起的。在陶诗中，我们也看到对有限的人生强烈的拥抱和珍惜：“人生无根蒂，飘如陌上尘。分散逐风转，此已非常身。落地为兄弟，何必骨肉亲。得欢当作乐，斗酒聚比邻。盛年不重来，一日难再晨。及时当勉励，岁月不待人。”（《杂诗》之一）同样，对人生的超脱意识也并不表示超然世外，作为一个具有强烈的现实情怀和远大抱负的诗人，那些曾经的“猛志逸四海”的豪迈意识在与古代英雄的碰撞中还是勃然以出，不可遏止，表现在诗歌中就显得慷慨激越，摄人心魄。正如鲁迅先生所看到的，陶渊明并非只是“静穆”“悠然”，他还有“金刚怒目”的一面。如“精卫衔微木，将以填沧海。刑天舞干戚，猛志固常在。同物既无虑，化去不复悔。徒设在昔心，良辰讵可待。”（《读山海经》）“燕丹善养士，志在报强嬴。招集百夫良，岁暮得荆卿。君子死知己，提剑出燕京。素骥鸣广陌，慷慨送我行。雄发指危冠，猛气冲长缨。饮饯易水上，四座列群英。……图穷事自至，豪主正怔营。惜哉剑术疏，奇功遂不成。其人虽已殁，千载有余情。”（《咏荆轲》）所以清代诗人龚自珍说陶渊明“莫信诗人竟平淡，二分梁甫一分骚”（《杂诗》之二），将其比于诸葛亮和屈原，看出了其平淡背后隐藏的不凡的抱负和深广的忧愤。不阿于世又不忘情于世，在贫穷和艰辛中能超越贫穷与艰辛，平和洒脱却又踔厉风发，这，也许才是一个真实的陶渊明。

陶渊明的诗歌，在纤弱绮靡的晋宋诗坛上，如“孤鹤之展翮于晴空，朗月之静挂于夜天”（郑振铎《插图本中国文学史》），让六朝近三百年的其他诗人都黯然失色。但在当时“淡乎寡味”或“富艳难踪”的诗学观念下，情形却正好相反，他珠湮泥下，不为时人所重，只是以一个隐士而非诗人的身份被人偶尔谈起。到了梁陈时期，钟嵘、萧统才开始注意到他的诗人身份，但评价还十分有限。《诗品》只将他列为中品，《文选》选录他的作品也不过寥寥数篇。但到唐代以后，他才渐渐引起广泛的关注，许多诗人对其表现出了倾慕，尤其是宋代，经过苏轼的大力推崇，最终确定了其崇高的地位。苏轼称他为：“自曹（植）、刘（桢）、鲍（照）、谢（灵运）、李（白）、杜（甫）诸人，皆莫及也。”（《与苏辙书》）显然苏轼是想让他坐中国诗人第一把交椅。这当然只是苏轼个人的意见，是宋代平淡诗风观念下的产物，未必恰当。但陶渊明无疑

是中国最有影响的诗人之一，朱自清先生便称他为中国古代三个影响最大的诗人之一。

陶渊明的意义在于为中国文化提供了一个诗化的自然，为中国诗人提供了一个诗化的田园。屈原之死，其实就已经暗示了诗人生存的困境，某种意义上宣告了中国诗人极端恶化的政治环境。这正是陶渊明后来遭遇到的问题，但陶诗的意义正在于此，他决绝地离开了官场式的囚笼，但既没有像屈原那样“从彭咸之所居”，也没有像渔父那样“淈其泥而扬其波”，而是置之死地而后生，发现了在政治空间之外的一个诗化田园。通过一个回归的姿态，找到了灵魂的安宁，极大地拓展了中国诗人的生存空间。以后的中国诗人在政治舞台上被敲打得千疮百孔之后，可以还有一个生养精神的栖息地。（当然还有其后佛禅提供另外的空间，后面还会涉及这个问题）这也许就是后来在政治舞台上伤痕累累的苏轼何以如此推崇陶渊明的真正原因。从屈原到陶渊明，中国诗人在精神生命中完成了一个轮回。

和精神上的意义一致，陶诗在艺术上也同样提供了这样一种范式。元好问对陶诗的一句著名的评价“一语天然万古新，豪华落尽见真淳”（《论诗绝句》之四）可谓一语中的。陶渊明的冲淡是苦难之后的升华和诗化，其诗歌艺术鲜明地体现了这一特质，明白如话的“田家语”其实是一种回归简单与本质的选择。他看似平常，却是大味存焉。苏轼不愧元亮的解人，准确地指出这一点，说陶诗是“质而实绮，癯而实腴”（《与苏辙书》），同元好问的评语正好相辅相成。陶诗的这一品格我们随便拈出几句，就能理解，如：“及时当勉励，岁月不待人。”（《杂诗》其一）“日月掷人去，有志不获骋。”（《杂诗》其二）“蔼蔼堂前林，中夏贮清阴。”（《和郭主簿》其一）其中“待”字、“掷”字、“贮”字，三个简单的动词，用在这里都极为精彩，将无生命的存在生命化，将无形的存在有形化，只一个字，一个疏离的世界便顿时亲和起来，一个麻木的世界便顿时生动起来，充分显示了陶诗与自然万物亲和共在的情怀。“采菊东篱下，悠然见南山”中一个“见”字更是千古一字，让人自叹弗如。故陶诗被后人誉为“为诗之准则”（宋真德秀语）。从南朝文人鲍照、江淹作了学陶体的诗歌以后，历代“拟陶”“和陶”相沿成风。中国历代有成就的诗人几乎都推崇沾溉于他。李白说：“何日到彭泽，长歌陶令前。”（《寄韦南陵冰余江上乘兴访之遇寻颜尚书笑有此赠》）杜甫说：“焉得思如陶谢手，令渠述作与同游。”（《江上值水如海势聊短述》）王维说：“复值接舆醉，狂歌五柳前。”（《辋川闲居赠裴秀才迪》）白居易说：“常爱陶彭泽，文思何高玄。”（《题浔阳楼》）陆游说：“我诗慕渊明，恨不造其微。”（《读陶诗》）清人沈德潜对唐人学陶有一个简单的总结：“陶诗胸次浩然，其中有一段渊深朴茂不可到处。唐人祖述者：王右丞（维）

有其清腴，孟山人（浩然）有其闲远，储太祝（光羲）有其朴实，韦左司（应物）有其冲和，柳仪曹（宗元）有其峻洁，皆学焉而得其性之所近。”（《说诗晬语》）陶诗的艺术影响力由此可见一斑。

南北朝乐府

文学往往就是这样，当主流文学在一定程度上偏离文学发展的方向，此时民间文学的生机和活力就会彰显出来，重新为文学输入养分，维系文学精神于不坠。南北朝乐府民歌是继汉乐府民歌之后，民间诗歌创作的又一高潮。在中国诗歌发展史上，有其不可替代的作用，像一股清泉滋润着其时和后来的诗歌创作。

南朝乐府民歌，以吴声和西曲为主，前者计 326 首，主要产生于长江下游以建业为中心的一带地区。后者 142 首，产生于长江中游和汉水两岸，以江陵为中心的地区，及其四周的一些城市。这些民歌最初是徒歌，后经乐府机构采集方才入乐。在内容上几乎全是清丽缠绵的情歌，所谓“郎歌妙意曲，侬亦吐芳词”（《子夜歌》）。造成这种原因一方面与乐府机构收集的兴趣点有关。南朝统治者采集民歌主要是为了满足声色游冶的需要，《南齐书·萧惠基传》载：“自宋大明以来，声伎所尚，多郑卫淫俗。雅乐正声，鲜有好者。”统治者的爱好，自然会影响乐府机构收集民歌时的倾向性。

另一方面也与江南幽美的自然环境和充裕的经济条件有着直接的关系。江南地区，风光明媚，物产丰饶，容易陶养居民热烈而浪漫的情思；而随着经济的发展，商贾增加，自然容易产生别离相思之情，也会刺激对声色享乐生活的追求。

南朝情歌大都出自女子之口，生动而集中地表达了主人公对爱情种种丰富复杂的心态。如《子夜歌》："始欲识郎时，两心望如一。理丝入残机，何悟不成匹？"以女子的口吻表达了对爱情的渴望和渴望不得的惆怅。南朝民歌在语言上最显著的特色，是大量运用双关隐语，如本诗中的"丝"谐"思"字；"残机"是残破的织布机，喻机缘不好；"匹"是布的长度单位，喻"匹配"。残机织布当然织不成匹，用谐音双关的手法叹息爱情不顺利，构思新鲜，委婉含蓄，别有妙趣。既有写相思不得的，也有表达"相思相得"的喜悦之情的，如《读曲歌》："打杀长鸣鸡，弹去乌臼鸟，愿得连冥不复曙，一年都一晓。"为了长久缠绵，期望一个夜晚长如一年，因为害怕天亮，竟然怪罪报晓的公鸡和鸦雀，爱情中不可理喻的复杂心态跃然纸上。还有如《子夜四时歌》，表达季节变换中女子的情感心态：

光风流月初，新林锦花舒。情人戏春月，窈窕曳罗裾。（春歌）

青荷盖渌水，芙蓉葩红鲜。郎见欲采我，我心欲怀莲。

（夏歌）

秋风入窗里，罗帐起飘扬。仰头看明月，寄情千里光。（秋歌）

昔别春草绿，今还墀雪盈。谁知相思老，玄鬓白发生。（冬歌）

伴随着春花秋月、夏莲冬雪的四季嬗变，写出了一个女子从相识、相思到相思不得的情感历程，情景交融，十分感人。李白的《静夜思》明显受到秋歌中的“仰头看明月，寄情千里光”的启发。同样，在南朝乐府中，也有一些凄婉的爱情，如《华山畿》：“华山畿，君既为侬死，独活为谁施？欢若见怜时，棺材为侬开！”写一个少男在华山畿与一个少女一见钟情，但“男女之大防”使其“悦之无因”，回家后相思成疾，抑郁而死。送葬的车子经过这女子家门时，驾车的牛不肯前行。女子梳妆打扮好，从门里走出来，悲伤地唱了这一首歌，棺盖应声而开，女子纵身跳入，殉情而死，仿佛民间传说“梁山伯与祝英台”。

南朝乐府中最负盛名的是《西洲曲》：“忆梅下西洲，折梅寄江北。单衫杏子红，双鬓鸦雏色。西洲在何处？两桨桥头渡。日暮伯劳飞，风吹乌臼树。树下即门前，门中露翠钿。开门郎不至，出门采红莲。采莲南塘秋，莲花过人头。低头弄莲子，莲子清如水。置莲怀袖中，莲心彻底红。忆郎郎不至，仰首望飞鸿。鸿飞满西洲，望郎上青楼。楼高望不见，尽日栏杆头。栏杆十二曲，垂手明如玉。卷帘天自高，海水摇空绿。海水梦悠悠，君愁我亦愁。南风知我意，吹梦到西洲。”沈德潜称其“续续相生，连跗接萼，摇曳无穷，情味愈出”（《古诗源》卷十二），陈祚明则谓之“言情之绝唱”（《采菽堂古诗选》）。作品通过季节变换，层层递进地表现了一位少女从春到秋对远方情人的深切思念之情。语言优美，声韵和谐，情感缠绵，笔触细腻。

北朝乐府民歌今存70余首，多数是北魏、北齐、北周时期的作品，传入南朝，被梁代的乐府机关保留下来。南北朝民歌虽是同一时代的产物，但由于南北的长期对峙，北朝又受鲜卑贵族统治，政治、经济、文化以及民族风尚、自然环境等都大不相同，因此北朝民歌呈现出与南朝民歌不同的色彩和情调。《乐府诗集》里说“艳曲兴于南朝，胡音生于北俗”，概要地说明了两者的差异。和南朝乐府的清词丽句、温婉缠绵的风格相比，北朝民歌显得质朴粗犷、豪迈雄壮，仿佛杏花春雨对铁马秋风。

北朝民歌反映的社会内容比较丰富，有的描写了北方的壮丽山川和游牧生活。如《敕勒歌》：“敕勒川，阴山下。天似穹庐，笼盖四野。天苍苍，野茫茫，风吹草低见牛羊。”寥寥几笔，便形象地展现了西北辽阔苍茫的草原景色，意境壮阔，气势雄浑，烘托出北方民族乐观豪迈的胸怀和气质，堪称千古绝唱。有的表现了北方民族粗犷豪迈的个性和豪侠尚武的精神。如：

男儿欲作健，结伴不须多。鹞子经天飞，群雀两向波。（《企喻歌》）

健儿须快马，快马须健儿。跛跋黄尘下，然后别雌雄。（《折杨柳歌辞》其五）

新买五尺刀，悬著中梁柱。一日三摩挲，剧于十五女。（《琅琊王歌辞》其一）

骏马矫鹰，英雄豪杰，快意恩仇，爱宝刀甚于美人，这样的少年意气，干云语句，真如王士祯《香祖笔记》所谓的读之令人“骨腾肉飞”。有的民歌反映了北方频繁的战争以及由此给人民带来的离乡背井、流离失所的痛苦。如《陇头歌》三首：

陇头流水，流离山下。念吾一身，飘然旷野。

朝发欣城，暮宿陇头。寒不能语，舌卷入喉。

陇头流水，鸣声幽咽。遥望秦川，心肝断绝！

大漠荒寒，羁旅行愁，写得苍凉哀切。还有的民歌反映了婚姻爱情生活。与南朝乐府缠绵婉转的情调形成鲜明对比的是，北方民歌中对爱情的表达直率、大胆，毫无扭捏羞涩之态。如《折杨柳枝歌》其二：“门前一株枣，岁岁不知老。阿婆不嫁女，那得孙儿抱？”《地驱歌乐辞》其二：“驱羊入谷，白羊在前。老女不嫁，蹋地呼天！”这种爱情作派恐怕是唱南方风情小调的女子不敢想的。

北朝民歌最杰出的代表是《木兰诗》。叙写木兰女扮男装，代父从军的故事，塑造了一个勤劳、纯朴、勇敢、智慧、坚强的爱国女英雄的形象。全诗布局严谨，繁简得当，描写生动，语言丰富，下笔大刀阔斧，情节跌宕起伏。全篇以五言为主，又多用杂言，在艺术上突破了汉代杂言体民歌的狭小篇幅，形成了自己的长篇巨制体式。胡应麟《诗薮》说："五言之赡，极于焦仲卿妻；杂言之赡，极于木兰。"《木兰诗》对唐代七言歌行的发展起了示范性的推动作用。作品浪漫主义色彩浓厚，对后世文学有较大影响。它和《孔雀东南飞》一起，被称为我国诗歌史上民间叙事诗的"双璧"，异曲同工，前后辉映。

南北朝民歌继承了汉乐府的现实主义精神，为六朝绮靡、苍白的诗坛吹进了一股清新、刚健之风。它们所创造出的五言、杂言为主的抒情小诗，成为五言、七言绝句的源头，在艺术手法和题材方面也对后世诗歌产生了深远影响。

南北朝文人诗

依照清人沈德潜的说法，诗歌到了南朝刘宋之时才真正声色大开。诗人们在"错彩镂金""铺锦列绣"的声色迷恋中，对诗歌形式的兴趣超过了对内容本身的关注，使得这一段时期成为中国诗歌的探索时期，为后世的诗歌创作留下许多或正面或反面的经验教训。在今天看来，它的探索意义要大于其成就本身。南朝诗歌的形式冲动更多源自于对诗歌艺术特质的思考。在“文”“笔”分野之后，文学从泛文学进入分化期。诗歌自身的特质是什么？它如何与其他文体有效地区分开来？这个问题成为当时文人需要思考和解决的一个问题。在曹丕的《典论·论文》和陆机的《文赋》中，已经显示了这一区分的努力，提出“诗赋欲丽”“诗缘情而绮靡”，显然将辞采华丽视作诗歌最重要的特征。在这种观念的影响下，追逐辞藻成为诗歌创作的应有之义。另一方面，如何超越前人，凸现不同时代文学的个性也成为一个问题。如梁萧子显所说“若无新变，不能代雄”（《南齐书·文学传论》），刘勰《文心雕龙·时序》中提出：“时运交移，质文代变。”这些都表明，当时对文学自身的意识得到空前关注，这种关注的重要标志就是《文心雕龙》和《诗品》这些旷代文论著作出现。在这种背景下，六朝诗人对诗歌进行了一系列的探索和创新，这些探索集中表现在南北朝文人的诗歌创作中。在诗歌史上，这一时期重要的现象，有山水诗的勃兴发展和永明体、宫体诗等出现。

“宋初文咏，体有因革，庄老告退，而山水方滋。”（《文心雕龙·明诗》）浸淫在玄言诗中的六朝文人，逐渐学会从自然山水中去体会那玄妙的“道体”：“山水以形媚道。”（宗炳《画山水序》语，见《历代名画记》卷六）正是在对山水的澄怀味像中，虚玄的道被外化为具体的山水本身，文人的视野逐渐被山水本身所吸引，诗歌也因而从玄言过渡到山水。而诗歌史上自觉以山水入诗的第一人是王谢大族的谢灵运。

谢灵运（385—433），出身于东晋最显赫的士族家庭，年轻时即袭封康乐公，故世称“谢康乐”。谢灵运门第既高，又天资过人，故性格高傲，行为放纵。后又卷入最上层的权力之争，始而被遣，终至被杀。其山水诗多作于任职永嘉、临川及隐居家乡始宁墅时。他在游览的过程中写作了大量山水诗。在谢灵运之前，中国诗歌以写意为主，摹写物像只占从属的地位。谢灵运则不同，山姿水态在他的诗中占据了主要的地位，“极貌以写物”（刘勰《文心雕龙·明诗》）和“尚巧似”（钟嵘《诗品》）成为其主要的艺术追求。他尽量捕捉山水景物的客观美，不肯放过寓目的每一个细节，并不遗余力地勾勒描绘，力图把它们一一真实地再现出来。

如《于南山往北山经湖中瞻眺》：“朝旦发阳崖，景落憩阴峰。舍舟眺迥渚，停策倚茂松。侧径既窈窕，环洲亦玲珑。俯视乔木杪，仰聆大壑潨。石横水分流，林密蹊绝踪。解作竟何感，升长皆丰容。初篁苞绿箨，新蒲含紫茸。海鸥戏春岸，天鸡弄和风。抚化心无厌，览物眷弥重。不惜去人远，但恨莫与同。孤游非情叹，赏废理谁通？”开阔的洲渚，茂密的松林，蜿蜒的蹊径，淙淙的流水，嫩绿的初篁，鲜紫的新蒲，自娱的群鸟，诗人像是把景物分解成一个又一个镜头，向读者展示眼前的一切。

在谢灵运那里，自然山水的美第一次进入中国诗歌的视野，中国诗歌第一次如此细腻地感受山水本身，诗歌不仅仅写意，也开始写实，从比德山水变成描摹山水。这种方式既形成了谢诗的优点也构成了他的缺点：就是在努力展示山水中不惜浓墨重彩，反复渲染，务求穷形尽貌，结果造成了刘勰所说的："俪采百字之偶，争价一句之奇；情必极貌以写物，辞必穷力而追新。"（《文心雕龙·明诗》）而观览山水的目的是为了媚道，注意力又过分集中在山水外部，结果在诗歌结构中就形成了"叙事—写景—说理"的单调模式，而且造成情、景、理的分离，影响到诗歌意境的浑成完整。正是上述特征造就了谢诗阅读中最突出的现象：有句无篇。谢诗中最夺人耳目的往往是那些"名章迥句"，而非整个诗歌的意境。如："白云抱幽石，绿筱媚清涟"（《过始宁墅》），"林壑敛暝色，云霞收夕霏"（《石壁精舍还湖中作》），"池塘生春草，园柳变鸣禽"（《登池上楼》），"野旷沙岸净，天高秋月明"（《初去郡》），"明月照积雪，朔风劲且哀"（《岁暮》）等，的确像鲍照所形容的"如初发芙蓉，自然可爱"。尤其是"池塘生春草"更是意象清新，浑然天成，深得后人激赏。

谢灵运第一个以成功的创作实践确立了山水题材的独立

地位，为山水诗展示了无限的发展潜力。同时，他在继承前代古诗艺术成就的基础上，创造了“极貌写物”的各种表现技巧，开出以铺写繁复、典丽厚重为特色的一种境界，开启了新的诗歌风貌，并对后世产生了深远的影响。

与谢灵运同时的，还有一位对后世颇有影响的诗人——鲍照。鲍照（？—466），字明远，出身寒微，因曾任临海王参军，世称鲍参军。尽管鲍照“才秀人微，取湮当代”（《诗品》卷中），但在文学上取得很高的成就，他不仅与谢灵运、颜延之并称为“元嘉三大家”，而且被推举为刘宋时代成就最高的作家。

鲍照现存200多首诗中，最有代表性的是那些深刻反映诗人积极进取、渴望建功立业的精神，以及在门阀制度压抑下寒士的不平和苦闷的作品。如《拟行路难》18首及《拟古》8首。我们选取其中两首：

泻水置平地，各自东西南北流。人生亦有命，安能行叹复坐愁！酌酒以自宽，举杯断绝歌路难。心非木石岂无感，吞声踯躅不敢言！（《拟行路难》其四）

对案不能食，拔剑击柱长叹息。丈夫生世会几时，安能蹀躞垂羽翼？弃置罢官去，还家自休息。朝出与亲辞，暮还在亲侧。弄儿床前戏，看妇机中织。自古圣贤尽贫贱，何况我辈孤且直！（《拟行路难》其六）

诗中情绪激昂，愤世嫉俗，充满磊落不平之气以及与门阀社会抗争的精神，如“饥鹰独出，奇矫无前”（敖器之《诗评》）。此外如《代出自蓟北门行》着重表现了战士们为国立功不惜捐躯的豪迈志向和诗人建功立业的愿望。其中描写边塞风物和沙场景象的诗句，雄峻有力，情调悲壮。《代东武吟》用一个老兵自述的口气，倾诉他历经征战、暮年废弃还家的困苦境遇，为后来唐代王维《老将行》《陇头吟》一脉相承。

鲍照的诗歌继承了汉乐府与建安诗歌的精神，发展了七言歌行，对唐代李白、杜甫等大诗人都有很大的影响。胡应麟《诗薮》称其“上挽曹、刘之逸步，下开李、杜之先鞭”。

中国诗歌在齐梁时代的一大转折就是“永明体”的出现。永明体是由古体诗到今体诗的过渡，由自然音律变为人工音律。这是中国诗歌史上的一次新变。其特点是讲究声律、对偶，增加了诗歌艺术的形式美。它的出现在诗歌史上具有重要意义，不仅使我国诗歌在古体以外开出近体一大宗，并且对此后的辞赋、骈文及词曲等文学形式产生了很大的影响。

永明体的代表诗人是谢朓。谢朓（464—499），字玄晖，与谢灵运是同族，又都以山水诗见长，所以并称“大小谢”，是齐梁时期最为杰出的诗人。谢朓最突出的贡献，是对山水诗的发展和对新诗体的探索。在山水诗方面，他继承了谢灵运山水诗细致、清新的特点，但突破了大谢“寓目辄书”、全面铺写的格局，精心选择和剪裁景物，真切细致地表现出景物的特征、动态和情趣，在景物描写中自然融进抒情主人公的形象，从而避免了大谢诗的晦涩、平板及情景割裂之弊，同时还摆脱了玄言的成分，形成一种清新流利的风格。如他的名作《晚登三山还望京邑》：“灞涘望长安，河阳视京县。白日丽飞甍，参差皆可见。余霞散成绮，澄江静如练。喧鸟覆春州，杂英满芳甸。去矣方滞淫，怀哉罢欢宴。佳期怅何许，泪下如流霰。有情知望乡，谁能鬒不变?”这首诗作于刚刚离京赴宣城任太守的旅途中，诗人将明媚秀丽的景物与思乡的情思自然融合，显得深婉含蓄。“余霞散成绮，澄江静如练”两个形象贴切的比喻表现出黄昏时分晚霞与大江互相映衬的优美意境和宁静澄澈的境界，李白对此激赏不已：“解道澄江静如练，令人常忆谢玄晖。”（《金陵城西楼月下吟》）

谢朓是写作新体诗成就最高的诗人。他既注意学习南朝乐府民歌优美的情韵和明快的口语，又汲取了晋宋以来体物工细和讲究对偶的技巧，形成含蓄凝练、思致工巧的特点。如《玉阶怨》：“夕殿下珠帘，流萤飞复息。长夜缝罗衣，思君此何极?”截取深宫夜景的一隅，通过萤火浮动的景象和缝衣的细节，暗寓宫女愁思的深长及她再邀恩宠的希望，兴象玲珑，不着“怨”字而意在言外。所以严羽《沧浪诗话》说："谢朓之诗，已有全篇似唐人者。"

谢朓作为"永明体"最有成就的诗人，其在诗歌形式上的贡献是毋庸置疑的。在诗歌题材上他改造了谢灵运的山水诗，为后世山水诗开出一个更为广阔的天地。

南朝时期产生的最为后世诟病的就是"宫体诗"。"宫体"之名，始于萧纲。《梁书·简文帝纪》说："（萧纲）雅好题诗，其序云：'余七岁有诗癖，长而不倦。'然伤于轻靡，当时号曰'宫体'。"这类诗，以宫廷生活为描写对象，专写男女之情，以及女子的容貌、举止、情态、服饰乃至生活环境、所使用的器物等。由萧纲倡导而兴起的宫体文学，不但风靡了梁、陈、隋、初唐，而且在晚唐、五代及至更后来的诗与词中继续留下它的痕迹。宫体诗的内容受到历代许多诗人的非议，斥之为诗歌迷途。其实在我们今天看来，"宫体诗"的以关注女性为重心的题材好像也无可厚非，它比起明清时期民歌中的一些内容来，实在算不上色情。但这种普遍的指责的背后，却明确传达了诗歌在中国文人心中的地位及其政教性质。尽管"宫体诗"被视为诗歌没落的象征，然而就艺术形式而言，宫体诗仍有其贡献。最突出的一点，就是宫体诗发展了吴歌西曲的艺术形式，并继续了永明体的艺术探索而且更趋格律化。

不过，饶有意味的是，南北朝最重要的诗人是一个曾经的宫体诗人，这就是被誉为"穷南北之胜"（倪璠《注释庾

集题辞》）的庾信。庾信（513—581），字子山，南阳新野（今属河南）人。他的一生，以42岁出使西魏并从此流寓北方为标志，可分为前后两期。前期在梁，作品多为宫体性质，轻艳流荡，富于辞采之美。羁留北朝后，诗赋大量抒发了自己怀念故国乡土的情绪，以及对身世的感伤，风格也转为苍劲、悲凉。所以杜甫说："庾信文章老更成，凌云健笔意纵横。"（《戏为六绝句》）如《拟咏怀》其十八："寻思万户侯，中夜忽然愁。琴声遍屋里，书卷满床头。虽言梦蝴蝶，定自非庄周。残月如初月，新秋似旧秋。露泣连珠下，萤飘碎火流。乐天乃知命，何时能不忧?"写自己身为羁臣，功业无望，又不能乐天知命，因而连琴书也无法解忧。其中"残月如初月，新秋似旧秋。露泣连珠下，萤飘碎火流"四句，句式巧拙相间，吸收南朝民歌的句调声情，以岁月的不断更新反衬自己年年如旧的心境，字里行间流露出连绵不绝、无法排遣的烦愁。

庾信对近体诗形式的发展也做出了值得注意的贡献。他使诗歌进一步律化和骈俪化。有不少诗从句数、章法、对仗、声律上看，已成为唐代五言律绝和长篇歌行的先驱。庾信的成就，使他成为集汉魏六朝诗歌艺术之大成的一代大家，在诗歌由六朝转向唐代的发展过程中，具有承前启后的重大作用。